145gの孤独

伊岡 瞬

角川文庫
15876

その中には夢が詰まっている。

かつて、まるで舌打ち代わりのようにバットで私の尻《しり》を叩《たた》いた監督の口癖だった。

大人の手のひらなら隠れてしまうほどの、小さな白いボール。

私はそれを他人より少しばかり速く正確に投げることができた。

気がつけば、いつしかプロ野球と呼ばれる世界で一人前の顔をして投げていた。

もちろんそれなりの努力も苦労もあった。流した汗の量だけは誰にも負けなかったと、今でも信じている。

しかし、それだけでレギュラーの座に居続けられるほどプロというのは単純な世界でもない。

耐えた苦痛とおなじくらいに、ツキに恵まれていたと認めないわけにはいかない。

努力は重ねることができるが、幸運はいつか尽きる。

そのときバッターボックスに立っていたのは、危険球さえも打ちに行く積極さで有名な選手だった。とりわけ私が相手の時には闘争心をあらわにする男だった。

あとストライクひとつでゲームセット。私の十三勝目はほとんど手の中にあった。チームで二番目の稼ぎ頭だ。そう悪くはないシーズンだった。

九月は半ばすぎの消化試合だったから、さっさと終わりにして帰りたいという気持ちがどこかにあったかもしれない。

それまでの何万回とおなじように振りかぶり、おなじように渾身《こんしん》の力で投げた。

指先からボールが離れるよりも前に、「当たる」という直感がした。

時速百五十キロ近い速さの硬球が、打者の頭をめがけて飛んでいった。

さすがの彼も本能的にのけぞり、その弾みでヘルメットがわずかにずれた。

ボールは糸で引かれたように、彼のこめかみを直撃した。

私は、彼があお向けに倒れ、審判が試合を中断し、担架に乗せられ運ばれて行く光景をぼうっと眺めていた。

不思議なことに、そのときの音は何も耳に残っていない。ただ静寂があるだけだ。

観客の怒号もアナウンスの声も、ピッチングコーチが私の背中に手を回してわめいているせりふも、何ひとつ聞こえなかった。

そして、倒れた彼は二度とバッターボックスに立つことはなかった。

私にいわせれば、白球に夢など詰まってはいない。

牛革に縫いつけられた百八ヵ所の赤い糸をほどいてみればわかる。
ただコルクの芯《しん》に固く糸が巻いてあるだけだ。

第一章　帽子

1

スライド式の梯子《はしご》をいっぱいに伸ばして、外壁に立て掛けた。建物から一メートルほど離れたブロック塀で足もとを支える。高さは充分だし、雨樋《あまどい》にも手が届くだろう。建物の北側と聞いて心配していたが、古い家のせいかその程度の余裕はあった。

倉沢修介《くらさわしゅうすけ》は梯子の先端を見上げたまま、二、三度揺すってみた。

「大丈夫そうだな」

足場に不都合はなさそうだ。問題は誰がこれを登るかだ。

ブルーグレーの作業服を着た西野晴香《にしのはるか》が、隣で同じように雨樋を見上げている。化粧気の少ないすっきりとした横顔がしみ汚れの浮いた仕事着に妙に似合っている。

「なんとか届きそうね」

そう言って、袖《そで》で額の汗を拭《ぬぐ》った。倉沢は、晴香から隠すようにそっと左手を見た。震えている。なんでこんなときにと思った。この程度の梯子が怖いわけではない。だが、左手一本で体重を支えながら作業をするのはどう考えても無理だった。正直に話すか。いや、自分から話題には出したくない。

「それじゃ、晴香君。あとはよろしく頼む」

コーヒーのお代わりを頼むような口調で言った。しゃがんでワイヤーの準備をはじめていた晴香が顔をあげる。

「ちょっと待って。どうしてまたわたしなの？」

立ち上がって腕を組み、わずかに茶色がかった瞳《ひとみ》で倉沢を睨《にら》む。晴香の身長は百六十五センチほどあるらしいが、約二十センチ背が高い倉沢の顔は見上げる形になる。

「昨日もその前も、高いところはわたしだったけど」

「たしかにそうなんだけどさ」顔をしかめ、腹のあたりを押さえる。「今朝食べた鯖《さば》にあたったみたいなんだ」

晴香が、半分は疑いもう半分は心配しているらしい表情で倉沢を見た。

「そういえば、なんだかずいぶん汗をかいてるわよ。大丈夫？」

「少し休めばなんとかなる」

わかったけれどこれが最後だからね、と言い残して、晴香は巻いたワイヤーを肩にかけ、梯子をリズミカルに登っていった。器用な手つきでワイヤーをほどき、先端を雨樋の中に差し込んでいく。

下で梯子を支えていた倉沢は、押さえるのをやめ三段目のバーに腰かけて重しがわりになることにした。ひとつ大きなため息のあとに汗を拭った。

左手を見る。まだ震えている。

最近ではほとんど毎日のように症状が出る。車の運転程度ならごまかしようもあるが、さっきのように左手一本で身体を支えることはむずかしい。いつまでも晴香に隠しておくことはできないだろう。どうして震えるのか、原因に心当たりはあるが、納得はいかない。

今朝もまたあの夢を見た。見るたびに、少しずつ内容が酷《ひど》くなっていく気がする。

奴が倒れている。ぴくりとも動かない。頭の皮が手のひらほどにも剝《む》けて、白い頭蓋骨《ずがいこつ》が露出している。立ちつくしている自分の足もとにまで血だまりが広がっていく。左手が意思を持ったように猛烈に震えている。

なぜだ――。

夢から醒《さ》めるたびに何度自問したかわからない。自分は奴にそれほど負い目を感じているというのか。奴からたかが野球を奪っただけで。

いや、と倉沢はつぶやいた。

夢は関係ない。小さく頭を振った。夢のせいじゃない。

雨樋のパイプに詰まった枯葉を掃除するなどという仕事を、身体が拒絶しているのだ。左手は代表して震えているに違いない。今日のところは、晴香がワイヤーをパイプに通して作業は無事に終わるだろう。

倉沢が青黒い苔《こけ》の浮いたブロック塀を前に、今月の資金繰りは大丈夫なのか、そもそもこの仕事のやめ時はいつか、そんなことに気持ちを切り替えようとした矢先のことだった。突然「ひゃっ」という叫び声がして、何かがずだだだっとハシゴを落ちてきた。

ふり返る間もなく背中に衝撃を受け、その勢いで倉沢は目の前の塀に右頬から突っ込んだ。

「痛たた……」

最初に呻《うめ》いたのは背中に落ちてきた荷物のほうだった。

顔の右半分で二人分の体重を受け止めた倉沢は、あまり突然のできごとに声をあげるのも忘れていた。彼が両腕に力を込めてようやくブロック塀から顔を引きはがした時、まだ背中に乗ったままの晴香が言った。

「ごめん。大丈夫？」

「細かいことはあとにして、まずは背中から降りてもらえないかな」

腹が立ちすぎて、かえって丁寧な言葉遣いになった。

勝手口のドアが開き、依頼主でもあるこの家の女性が半身を覗かせてこちらを見た。音を聞きつけたらしい。

「なんだかすごい音だったけど。大丈夫？」

「大丈夫です。お騒がせしてすみません」晴香がようやく背中から降りながら答えている。

「ちょっと滑っただけですから」

倉沢は当たり散らしたい気持ちをこらえ、依頼主に笑顔で応《こた》えようと努力した。この商売はどんなときも笑顔が大切だ。たった今まで店じまいの手はずを考えていたところだったとしても。

「ほんとに、どうぞ、おかまいなく」

ほほがじんじんと痛む。そっと触れると、皮膚にめり込んでいたブロックのつぶがいくつか落ちた。

2

依頼主が申し出てくれた応急手当ては丁重に断った。

外の水道で軽く汚れだけを洗い流し、事務所に戻ることにした。今日の予定は終了だ。ここから事務所までは十五分ほどの距離だ。倉沢は不機嫌な表情のまま車を発進させた。走り出してまもなく、晴香が口を開いた。

「ねえ、いま思い出したんだけど」

「謝罪の言葉かい」

左目のはしで助手席に座る晴香の表情をうかがう。

「そうじゃなくて、今朝、鯖なんて食べてないじゃない。わたしが行くまで寝てたんだから」

視線をそっと正面に戻す。

「美容のために、あまり細かいことは考えないほうがいいよ」

晴香の大きなため息が聞こえた。

「ほんとに、鯖にでもぽちにでもあたればよかったのに」

事務所まで歩いて二分ほどの駐車場にバンタイプのメルセデスベンツを停める。現役時代に乗っていたひとり身には大きすぎるクーペを手放して、仕事兼用に中古で購入したものだ。三列目のシートをはずした以外、特別に改造もしてない。間もなく三度目の車検を迎える。そろそろ調子の出てくるころだ。

明日も使う予定の梯子は積んだまま。小物の道具類をしまった帆布製のバッグだけをぶら下げて、二人は事務所まで歩いた。

事務所兼用でもある倉沢の家は、武蔵野《むさしの》市と三鷹《みたか》市の境に広がる井《い》の頭《かしら》公園の北側に隣接して建っている。吉祥寺《きちじょうじ》駅から徒歩で数分。公園に植わった樹木の枝先が庭まで迫って来ている。特に桜の季節と紅葉の時季の窓からの眺めは倉沢のお気に入りだった。

玄関をあけるとすぐに二十畳ほどの広い洋間、ここが事務所だ。一階にはそのほかトイレと給湯室、それに納戸がわりの洋間があるだけ、寝室など倉沢の生活空間は二階にある。現役時代のマンションから移り住む時にほとんど内装を一新して、見ただけでは新築と変わらないほどに手をかけた。貯金もかなり目減りした。

その事務所の中で窓からの眺めが一番いい場所に、西野真佐夫《まさお》が今日も座っていた。部屋の中だというのに相変わらずサングラスをかけ、仏頂面で外に広がる公園の木々を眺めている。桜が五分咲きだ。

「今日も花見か。いいご身分だな」

倉沢修介の声に真佐夫がふり返った。サングラスの奥で瞬きをしたように見えた。

「蕾《つぼみ》が日ごとに開いていくところがいいんだ。それより、どうしたその顔」

顔の傷に気づいたようだ。

「お前さんの妹の運動神経のおかげさ」

「どうせまた、セクハラでもしたんだろう」

「梯子だよ。降りるのが面倒で俺の上に飛び降りたんだ。めんどくさがりなところは兄貴に似たんじゃないか」

今日の後始末をしながら聞いていた晴香が割り込んだ。

「もとスポーツマンのくせに、いつまでも根にもつのね」

修介が真佐夫と言い合いを始めると、きまって機嫌が悪くなる。

「もと、だからね。いまは日銭を稼ぐ小企業の社長さん」

修介は手鏡を立てて、脱脂綿にしみこませた消毒液で傷跡を拭った。

「なあ西野。何か、おいしい話でもないか」

めり込んだ砂粒を綿棒で掻《か》き出す。

「ないな」

真佐夫が他人《ひと》ごとのように答える。

「お前、そんな言いぐさがあるか？……あ、また血が滲《にじ》んできた……。そうやって外ばかり眺めてないで、少しは割のいい仕事でも考えろよ。妹だってああやってさ、恋愛も青春も捨てて力仕事してるんだから」

「べつに捨ててないけど」

晴香の抗議は聞こえないふりをした。

真佐夫にはできる限りの待遇で応じているつもりだった。たまに帳簿の整理をする以外、日がな一日窓の外ばかり眺めている男に。

「世の中に割のいい仕事なんてあるのか？　だいたい、俺が考えたってどうせ行くのはお前たちだろう？　ふたりに何ができるのか、俺にわかるわけないじゃないか」

自分はなぜこの男に好き勝手を言わせておくのだろう。もうそろそろけじめをつけてもいいころだ。晴香は兄の手助けに来てそのまま働いてくれているが、いつまでも頼るわけにはいかない。かといって、彼女がいなくなればその日から仕事は立ち行かなくなる。

出口のないいらだちに、ついつまらない言いがかりをつけてしまうのはわかっている。

やはり、この仕事は見切りどきなのだろう。

ドアのチャイムが鳴った。顔の怪我ですっかり忘れていたが、来客の約束があったことを思い出した。

まるで春が舞い込んできたようだ、と倉沢は思った。

三十を少し越えたあたりに見える。飛び抜けた美人というほどではない。しかし、見れば気になり、なぜ気になるのかもう少し見つめていたくなるような顔のつくりと表情。メンテナンスにもそこそこ金を遣っているに違いない。スタイルも悪くはないし、自分が男の目にどう映るか過不足なく認識している余裕が表れている——。客の第一印象を観察するのは大切な業務の一部だったが、仕事を忘れて倉沢はしばらく見とれていた。

オフホワイトのハーフコートの下から現れた桜色のカーディガンと、首にまいた淡いグリーンのスカーフは、庭先に見える桜以上に世の中が春であることを実感させた。広瀬《ひろせ》碧《みどり》と名乗ったその女は、挨拶《あいさつ》もそこそこに窓の外へ目をやった。

「素敵！　夜桜が見えるんですね」

その言葉で我に返った倉沢が、しっとりと光沢を放つ碧の髪から、視線を窓の外に移した。五分咲きの桜にライトがあたって白く浮き上がる様は幻想的だと倉沢自身も思っている。

「ええ、そうですね。……たしかに眺めはいいんですが、なんていうか、気が散って仕事をしない人間もいるので困っています」

いまこの時も、知らん顔をして窓の外に目をやる西野真佐夫をちらりと睨《にら》んだ。この怠け者を紹介すべきかどうか悩んでいるうちに、碧が口もとを押さえた。

「まあ、そのお顔。どうかなさったんですか？」

倉沢の顔に気づいたようだった。木の葉の形をした目を大きく開いている。

「最近、とても危険な任務を遂行しましてね」

「危険な任務？」

綺麗《きれい》に手入れされた眉《まゆ》を寄せた。

「はい。二階から飛び降りた女性を身体で受け止めたんです。彼女にはかすり傷ひとつ負わせてません」

「そんなこともされるんですか」

「命がけですが、怖《お》じ気づいてちゃ商売になりません」

テレビで見た救出場面でも回想しているのか、碧はしきりに感心している。いつのまにか隣の椅子に座った晴香が睨んでいるのに気づいて、倉沢はその先をやめた。

あはん、と大きな音をたてて晴香が咳払いをした。

「そろそろ、ご用件をうかがいましょうか」

晴香のことばに、碧は想像から現実に戻ったようだった。わずかに身を乗り出し、じつは、と切り出した。

「子供のことなんです。小学六年生の……」

六年生。そんな歳の子供がいるようには見えなかった。実際には倉沢より年上なのかもしれない。

「名前は優介《ゆうすけ》といいます。優しいに介護の介」

「ああ、僕と名前が一字同じです。きっと将来大物になる」

晴香が再び睨んだので、こんどこそ会話に加わるのはやめることにした。

「そう言って頂けると嬉《うれ》しいです」

「それで、ご依頼の内容は？」

晴香が先を促す。

修介は興味を失い、二人の会話をほとんど聞いていなかった。真佐夫と並んで夜桜が散りゆくのを見ながら、資金繰りのことを考えていた。

「それでは、一緒にサッカー観戦に行くということでよろしいですね？」

なんだって——？

「ええ。ほんとうにそんなこと、お願いできますかしら？」

「もちろんです」

晴香が大げさにうなずいている。

「スポーツのことなら、この倉沢が得意ですから。もと、プロ野球の選手なんです」

「おい。ちょっとなんの話だ」

「そうかがっています。有名な方だったそうですね。光栄です」

碧の顔に、笑みが浮かんだ。すぐに晴香が料金体系の説明をする。諸経費込み、二時間で総額約四万円になると聞いても、まったく表情を変えなかった。

話を終えて帰ろうと立ち上がりかけた碧が、倉沢と晴香を交互に見て微笑んだ。

「おふたりはご夫婦？」

晴香が軽く息をのむ気配がした。

「とんでもないです」

倉沢が口をひらくよりも先に、晴香が否定した。今日一番の強い口調だった。

「わたしはただの従業員です」

「でも、青春を賭《か》けてます」

「それも嘘です」

「そうなんですか。なんとなくお似合いだと思ったんですけど」

お願いしますのことばとほのかな香水の香りを残して碧が去った。

「そんなにむきになって否定することもないだろう」

客がいなくなると、倉沢はしばらくくすくす笑いをしていた。

「変な噂が立ったら、取り返しがつきませんから」晴香が睨む。「それに、わたしはもうあきらめたけど、お客さんをからかうのはやめなさいよ」

「いいじゃないか。楽しませるのも仕事のうちさ。で、サッカーがなんだって？」

「聞いてなかったの？」

「久しぶりの美人なので見とれてた」

晴香は怒りかけたが、あきらめたように頭をふって説明した。

──せっかくチケットを手に入れたサッカーの試合に一緒に行ってやれなくなったので、面倒をみてやってもらえないか。

それが碧の依頼だった。

「そんなことに四万も払うのか?」

「よっぽど重要な試合なんじゃないの」

「まあ、料金については納得してたみたいだけど。大丈夫だろうな……、その、なんていうか、危なくないか。西野、どう思う?」

ずっと口を挟まずに外を見ていた真佐夫が、半分ほどふり向いて応《こた》える。

「まあ、ちょっと変わってるとは思うが」

「なんだ、それだけか? 大丈夫かっていうのは、つまり支払いのことさ」

代わりに晴香が答えた。

「戸部《とべ》さんの紹介だからたぶん大丈夫でしょう。それに、あの服見たでしょ」

「春っぽかったな」

「そうじゃなくて、ブランドものってこと。表に見えてただけで三十万以上するわね」

「てことは、耳からぶら下がってたのは、君が普段してるようなガラス球じゃないってことか?」

「おかげさまで、力仕事が多いので、ガラス球のピアスもできません」

「子供のサッカー観戦に付き添うだけで、ポンと四万も払うなんて、すごい金持ちだな。旦那《だんな》は何をやってるんだろう」

「何でもいいけど、つまらない冗談言ってご機嫌そこねないようにしてね」

碧の座っていた席に、身体についてきたのか、桜の花びらが一枚落ちていた。

3

花冷えのする四月最初の水曜の夜、倉沢修介はその日初めて会った小学六年生の少年と、千駄ヶ谷《せんだがや》にある国立霞ヶ丘《かすみがおか》競技場で、Jリーグの試合が始まるのを待っていた。

三日前、梯子をすべり落ちた晴香の体重を支えた傷がまだはっきり右頬に残っている。手持ち無沙汰《ぶさた》に負けて、ついかさぶたを指先で掻《か》いては痛みに何度も小さく悲鳴をあげた。

あの惨事は思い出すたびに腹立たしいが、今ここにいることもおなじくらいに不機嫌の原因になっている。

あまり気乗りのしない仕事だった。

しかしおそらくは今日も明日も来週も、いや今の商売を続けている限り、永遠に気乗りのする仕事がくるとは思えない。我慢するしかなかった。晴香と言い合いになるのも面倒だった。

約二時間のお勤めになる。

時計を見る。まだ試合開始までに十五分ほどあった。隣におとなしく座る少年の表情をうかがう。これでもう五回目だ。少年はほとんど感情の表れていない顔でピッチを見ている。

倉沢は、席に着くなりさっさと寝てしまおうと決めて来た。

起きているか寝ているかは契約要項には入っていない。

のっけから、あてがはずれた。まさか椅子に背もたれがないとは予想していなかった。あまり居眠りに向いた環境ではないかもしれない。しかたなく、騒々しい場内を見渡してみる。

観客席の八割近くが埋まっている。試合前からスタンド全体が盛り上がっている。試合は浦和レッズ対鹿島アントラーズ。どちらもサポーターが熱心だというのは聞いていたが、赤いユニフォームの観客が七割近くいるように感じた。地鳴りのような歌が聞こえる。テレビで見たことのある巨大な旗が揺れている。熱気の波が赤く染まった観客席の中を伝わっていく。

ついていないことに、夜になって急に冷え込んできた。暖かい恰好《かっこう》のほうがいいよ、という晴香の忠告を無視して春物のジャケット一枚で来てしまった。このまま夜風に当たっていたら、風邪をひくかもしれない。辛《つら》い二時間になりそうだ。

うまくいかないことをすべて西野兄妹《きょうだい》のせいにしながら、ぐるりと一周見渡したところで、視線は再び少年に戻る。

さて、どうする。

胸にL.L.Beanのロゴが入ったネイビーのウインドブレーカーを着て、下はジーンズ。キャップとスニーカーはナイキでおそろいだ。趣味はともかく、あまり熱心なサッカーファンには見えない。まして、付き添いの人間に数万円の料金を払ってまで観戦に来たがるようには、どうしても思えなかった。

ぽつんと無感動に座っている。

反対隣で、レプリカのユニフォームを着て顔に派手なペイントを施し、親が席をはずした隙に殴り倒してやろうかと思うほどに盛り上がっている少年とは対照的だった。

ホイッスルで試合が始まった。

いきなりどよめくような歓声が沸きあがる。今まで石像のようだった少年が、わずかに身を乗り出すようなしぐさを見せた。ようやく興味が湧いてきたのだろうか、と見ていると、尻《しり》のポケットからパスケースを出してカレンダーのようなものを眺めただけだった。

どういうつもりなんだ？

疑問も腹立ちもあるが、不愉快も仕事のうちだと自分に言い聞かせる。

「ちょっといいか」

少年の肩をつつく。

「え？」

振り向いた少年の顔は、相変わらず無表情だった。

「暇だからさ。自己紹介でもしないか。俺の名前は倉沢修介」

「うん。僕は、広瀬《ひろせ》優介《ゆうすけ》」

よし、その調子だ。

「介の字が一緒だな」

「うん」

「これでもう三度目だな」

「うん」

三度目の挨拶《あいさつ》が一番短く終わった。

倉沢は、しばらくボールが右にいったり左にいったりするのを見ていた。

「なあ、君はどっちのチームを応援してるんだ?」

気をとりなおして少年の耳もとで声を張り上げる。場内はすでに大歓声に満ちている。

「べつに。どっちも応援してない」

少年も大声で返す。

倉沢は何度か深呼吸をした。

待てよ、待て待て。子供相手にカッとなるな。きっと俺が嫌いなわけじゃない――。

何か心配ごとでもあるんだろう。そうだ、きっとそれだ。名前をつけて可愛がっていたサボテンが枯れそうなのかもしれない。

試合は序盤戦から浦和レッズが押し気味だった。レッズの選手がボールを持つたびに目の前の観客が跳び撥《は》ねる。選手とボールを見ている時間より、赤いユニフォームの背中の縫い目を数えている時間のほうが長そうだった。

倉沢は、ときおり何かが自分の足に当たるのに気づいていた。少年の持参した大きなバッグが倒れかかるのだ。そのつど少年が神経質そうに引き起こすのも気になる。

「ちょっと聞いてもいいか。その重そうなバッグには何が入っているんだい？　金塊か？」

スリーウェイタイプのそれを、少年はほとんど背負ってここまで来た。

「何でもない」

「なるほど。隠すってことは金目のものだな。もし札束だったら、俺に預けてみないか。増やしてやるよ」

「お金じゃないよ」

「信用してくれて大丈夫だ。元本は保証する」

「お金じゃないってば」

そのときスタンド内で大歓声があがったが、倉沢はもはやそちらを見る気も起きなかった。

気乗りがしないという直感はよく当たるんだ。それが倉沢の口癖だった。

冷えてきたせいか、ほどなくトイレに行きたくなった。

「一緒に行くか？」

「行かない」

「ソフトクリームくらい奢《おご》ってもいいけどな」

「いらない」

何度目かわからないため息をつきながら階段を上った。ほんの五分ほどの留守だった。倉沢が戻ってみると、少年が消えていた。

「めんどうが起きる気がしたんだ」

つい口をついて出た。

ナイキのキャップがぽつりと椅子の上に置いてある。その脇にどこからか舞ってきたらしい桜の花びらが数枚落ちていた。

「やっぱり親子だな。変なところが似てる」

倉沢は花びらを指ではじき飛ばした。

4

椅子の上に残されたキャップには見覚えがある。確かに優介少年がさっきまでかぶっていたものだ。席も間違えていない。

気が変わってトイレにでも行ったのだろうか。試合がよほどつまらなくて拗《す》ねたのか。いずれにしてもすぐに戻るだろう。家出なら帽子もかぶっていくに違いない。

結局座って待つことにした。

十五分間待ってから、携帯電話を取り出した。電話の声が聞き取れるとは思えなかったので、晴香の携帯宛にメールを打った。

〈子供が逃げた〉

すぐに返事が戻ってきた。

〈トイレじゃないの？〉

〈十五分も戻ってこない〉

〈今まで何してたの？〉

〈待ってた〉

〈なんで見ていないのよ〉

〈トイレに行った隙に消えた〉

〈我慢できなかったの〉

〈冷えるんだよ　今さらしょうがない〉

〈もしかして虐《いじ》めた？〉

〈背中には乗っていない〉

〈ふざけてる場合か　誘拐だったらどうするの〉

怒り始めたようだ。あわてて携帯をしまって立ち上がった。

今のやりとりでさらに五分は無駄にした。本当に誘拐なら、そろそろ脅迫電話のかかってくる頃かもしれない。仕事に行き詰まった元野球選手、ドジを踏んで誘拐の手助け。そんなスポーツ紙の三面記事が目に浮かぶ。

倉沢は一段飛ばしで階段を駆け上り、スタンド裏の通路に出た。ほとんど人気《ひとけ》はない。

買い食いでもしているのかと、売店にも目を配りながら小走りに回った。走っているうちについ本気になった。

結局一周回ったが、どこにも見当たらなかった。息がきつい。

やや前屈《かが》みに壁に手をつき、乱れた息を整える。すっかり体力が落ちた。それにしてもいったい、どこに消えたというのか。誘拐という考えが現実味を増してくる。あのバッグにはやはり有価証券でも詰まっていたのか。

「まいったな。冗談じゃないぞ」

そのとき、長いホイッスルが聞こえた。倉沢がスタンド入口から競技場を覗《のぞ》いてみると前半戦が終了したところだった。

ついてない。混んだらますます見つかりにくくなる——。

気の早い一団が早くも通路に出て来た。売店のほうへ走って行く。その姿を視線で追った倉沢は、壁際にうずくまるようにして座っている人間に気づいた。

そっと近づいてみる。壁の窪《くぼ》みを利用してちょこんと腰掛けている姿が風景に溶け込んでいた。そう思って探さなければ見つからなかっただろう。

膝《ひざ》の上には本が載っている。真剣に読んでいる。

「やあ」

倉沢の声に、少年が顔をあげた。

「久しぶりだな。自己紹介でもしないか？」

「うん」

少年の表情に、わずかに申し訳なさそうな色合いが見て取れて、倉沢は背中の強張《こわば》りが解けた。

「まさかとは思うけど、その膝の上に載ってるのは参考書かい？」

「うん。……どうしても今日中にやりたいところがあって」

詫《わ》びるように答える。

「もしかして、そのバッグに入っているのは金塊じゃなくて、勉強道具か？」

「うん。塾でもらったドリルとテキスト」

「なんだって？」

つい、周囲を見回したが、ほかに驚いている人間は見当たらなかった。

「こんなところで勉強か？　金払って俺を付き添わせたくせに……まあいいさ。人にはいろいろな趣味があるからな。俺の知ってる奴は行きつけの飲み屋に必ずケーキを持参してはツマミにしてた。……なあ。再会を祝してちょっと乾杯でもしないか」

緊張後の安堵《あんど》感と走り回ったせいで、倉沢は喉《のど》が渇いていた。少年は意外に素直にうなずいて売店までついてきた。優介はコーラ、倉沢はアイスティーを持って、通路のフェンス際に立った。

「この寒いのにそんなものを飲むのか？」

「おじさんだって」

優介が真面目な表情で指摘する。

「おじさんはやめてくれよ。まだ三十四なんだ。それより、立ち飲みなんかして怒られないか？　お母様に」

「別に言わないよ」

「あのな、奢ってもらったことだけは言ってくれよ」

「うん、言う」

「金粉入りプレミアムコーラだったってな」

「うん」

倉沢はため息をついた。

「君、冗談っていう言葉知ってるか？」

「知ってるよ」

「辞書に載ってたか？」

「うん」

「それはよかった。ところで、勉強そんなに好きか？」

「あんまり」

「じゃあなんでサッカーの試合を見に来て、勉強してるんだ？」

少年は答えずにバッグに視線を落とした。話題を変えよう。

「君のお父さんはお金持ちなんだな」

「お父さんはいないよ」

「いない？　いないっていうのは一緒に暮らしていないという意味かい？」

「ううん。お母さんしかいない。お父さんは事故で死んだんだって」

予想しなかった返事に、しかもその淡々とした口調に倉沢はつい口走った。

「そりゃすごいな」

晴香の怒った顔が浮かんだ。

「いや、すごいっていうのは、つまり、君のお母さんは稼ぎがいいんだな、ってことだ」

少年は黙って見返している。反論がないことがかえって不安でつい饒舌《じょうぜつ》になった。

「というのはだ。自分の子供がサッカーを見に行きたいっていうだけで、金を払って付き添いの人間を雇うなんていう発想は普通しないと思うからだ。最初に話を聞いたときはアラブの石油王の隠し子かと思った。金ぴかのリムジンで現れたら乗せてもらおうと、楽しみで昨夜《ゆうべ》は眠れなかった。だから、君のお母さんはよっぽど君が可愛いんだと思うぞ」

「たぶん違うと思うよ」

「違う？」

「可愛くなんかないよ、きっと。それにお金も余ってないよ。リムジンなんかないし。この前もオンボロな軽の中古車買ってたし」

コーラのストローをいたずらに吸っている。

「金はともかく、子供が可愛くない親なんているか」そう言いかけて、やめた。

六年生ならたまにはニュースくらい見るだろう。せっかく会話が進み始めたのに、そんな嘘っぱちの説教をしては、もう信用してもらえなくなる。

「俺の知ってる限り……」

秘密を明かすように、声を落とす。

「君のうちみたいな金持ちは高木さんしかいないな。高木さん、知ってるか?」

少年は少し考えてから首を横に振った。

「知らない」

「そうだろうな。子供の頃、うちの近所に住んでた人だ」

倉沢は、出会って以来初めて優介少年の目もとに笑みが浮かぶのを見た。最近は仕事でもめったに抱かなくなった達成感を覚えた。

「よかった。世界中からジョークが死に絶えたかと心配してたところだった」

優介の肩を二度叩《たた》いた。

「安心したついでに、高木さんがどのくらいの金持ちだったか教えてやるよ」

黙っている。興味はありそうだ。

「小学生の頃、学校帰りに草野球をやる予定がない日、俺はよく高木さんの家の庭に生《な》ってるビワをもいで食べた。もちろん無断で。世間じゃそういうのを泥棒ともいうけどな。そのほかにもキウイだとかグミだとかいろいろ収穫したけど、やっぱりビワが一番美味《うま》かったな。……言っとくけどさ、家が貧乏で買えなかったわけじゃないぜ。そこを誤解しないでくれ。スリルを味わいながら食うから美味いんだ。わかるか？」

「なんとなく」

「ただし、君みたいな金持ちは真似をしないほうがいい。まあ、とにかく塀によじ登ってもぎとるんだ。だけど不思議なことに、何度行っても高木さんに見つかって叱られたことはなかった。さあ、どうしてだと思う？」

　少年が首を振った。「わからない」

「庭が広すぎて、母屋からビワの木が見えないんだ。すごいだろう。庭が一度に全部見渡せないくらい広い家なんだ。見えもしないところに植えた木を、しょっちゅう植木職人雇って手入れさせてるんだぜ。そんな悲しい話があるか？」

「それ、悲しいの？」

「悲しいさ。せっかく選びに選んだソファがでかすぎて玄関から家に入らなくて、庭のベンチ代わりになっちまったくらいに悲しい」

「よくわかんない」

「金持ちなりの悲劇があるってことだ。君の家もそのくらい大きいか？」

「うちはマンションだよ」

「そうか」

　倉沢は伸びをした。

「俺はとりあえず席に戻って寝てる。用があったら起こしてくれよ」

「うん」

優介は、勉強バッグを肩にかけて先ほどの特別席に戻って行った。

倉沢があきれながら自分の観客席にたどり着いたとき、晴香からメールが届いていることに気づいた。

〈子供はどうなった?〉

本当のことを書いても、どうせまたふざけていると思われるだけだ。

〈無事保護。誘拐犯人はライフル銃を乱射しながら逃亡〉

〈バカ〉

どうしてこう気乗りのしない仕事ばかりなのか。

5

「なあ、倉沢。新天地でやってみないか?」

「新天地?」

ピッチングコーチの林和彦は、トレーに載せてふたつ持ってきた紙コップのうちひとつを倉沢の前に置きながら、いきなり本題に入った。余計な話を始めると、切り出しづらくなると思ったのかもしれない。

すでにユニフォームに着替えた倉沢は、スチールパイプ製の椅子に足を組んで座っていた。スタジアム内に設けられた選手用のティールームに普段の練習開始時刻より一時間も早く呼び出されていた。

「砂糖もクリームもなしでよかったよな」

林の問いにあいまいにうなずく。

「ええ。……それよりコーチ。話ってなんです？　新天地ってどういう意味です？」

「わかるだろ」

一瞬、ふたりの目が合った。すぐに林が顔を横に向けた。

「なに言ってるんです？　もう一度行かせてくださいよ。球は奔《はし》ってるでしょう？　全然スピードは落ちてない。コントロールさえ戻ればいける。コーチだってわかってるはずだ」

食い下がる倉沢に、林はすぐに答えず、自分はミルクも砂糖も入れたコーヒーを口に運んだ。

ずず、と音をたててコーヒーをすすり、一拍おいて答えた。

「そりゃわかってる。俺はわかってるよ」

「だったら、投げさせてくださいよ。監督に言ってもう一度チャンスを……」

林のうつろな表情を見て、倉沢の口調も変わった。

「まさか……冗談ですよね。まだ六月ですよ」

「倉沢。残念だが本当なんだ。このトレードはもう決まったことだ。週あけにも正式に発表になる。『まだ六月』だからフロントはあわててるんだよ。今なら今シーズンのトレード期限に間に合う」

倉沢は落ち着きなく髪を触ったり、爪を噛《か》んだりしている。

「そんな、まだ開幕して二ヵ月じゃないか。……コーチ、どうにかしてくださいよ。発表前なら撤回できるでしょう？　だいたい、ウチの監督はそんなに気が短かったですかね」

「これはな……」

ずず。

間の抜けた音が響く。

林は視線をカップに落としたまま倉沢を見ようとはしない。

ひょっとすると——、
舌が焼けるようなホットコーヒーを買って来たのは、話をはぐらかすための作戦だったのではないか。倉沢はそんなことにも腹が立った。

「……オーナーの意向らしい」

「オーナーの？」

「ああ、そうだ。あのオーナーが言い出したら監督でも意見を変えさせられない。お前さんも知ってるだろう？」

倉沢も、コーヒーに似た香りのする茶色い液体をすすった。

「決まった以上、あまりごたごたしないで行ってくれないか」

「交換ですか、金銭ですか」

「交換だ。今度はセ・リーグだ。悪い話じゃないだろう？　テレビに映る機会が増える」

「誰と？」

「ロイヤルスの笹山だ」

「何だって？　笹山って言ったんですか？　よりによってあのポンコツと交換なんて酷《ひど》い話だ」

「そう言うな、奴は今シーズンだって何度かクリーンナップを打ってる。たまたま調子の落ちたエースピッチャーと主軸打者を環境を変えて活躍させようという親心だ。リーグも替わって気分も変わるだろう」

「何が親心だか。だいたいあんたの口からエースなんて言ってもらったのは初めてだ。餞《せん》別《べつ》代わりに頂戴《ちょうだい》しときますよ」

「まあ、そうむくれるな。野球が続けられるだけ幸せだぞ」

苦い液体をすすった。

「もう一度聞きますが、この話はひっくり返せないんですか？」

「ああ、たぶんもう登板もない」

「登板もない？　もう一度投げるチャンスもくれないんですか？　最後の花道っていうでしょう」

「花道ばかりとは限らない。無様な投球をされてこれ以上商品価値が下がるのを球団は避けたいだろう」

「そこまで……」

まだ中身の残ったカップを倉沢の左手が握りつぶした。ぷしゅ、っと音がして中のコーヒーが噴き出した。あやうくユニフォームにかかりそうになった林はあわててのけぞった。

「そこまで見下されちゃしかたない。わかりました。好きにしてください」

「先月のあの記録、あれが悪かった。あれがオーナーの逆鱗《げきりん》に触れたらしい。それと、去年のあの事故だ。いまだにぶつぶつ言ってるらしいのは知ってた。オーナーは血が嫌いなんだ」

血が嫌い？　たしか、レアステーキが好物じゃなかったか。

「そんなことはもうどうでもいいです。……コーチ。今日もどうせ登板はないんでしょう？　だったら帰らせてもらいますよ」

「そりゃ違反だ」

ずっと口ごもっていた林コーチが、初めてはっきりと発言した。

立ち上がった倉沢は、握りつぶした紙コップを部屋の隅に置かれたくず入れめがけて投げた。コップの残骸《ざんがい》は五メートル以上離れた二十センチほどの穴に、吸い込まれるようにすとんと落ちた。

「違反したらどうなります？　トレードにでも出しますか？」

椅子を乱暴にしまい、呼び止める林の声を無視して部屋を出た。

6

目覚めたときには試合が終わっていた。

自分で乱暴に閉めたドアの音に驚いて起きたのかもしれない。見たくもない夢ばかり見る。この寒空にうっすら寝汗をかいていた。左手を見る。震えている。

少年が半分身体をねじって倉沢を見ていた。彼が遠慮がちに揺り動かしたせいで目覚めたらしい。ひとりの人間の大声は耳障りだが、数万人の地鳴りのような歓声はどことなく心地よかった。不愉快な夢だったが、背もたれなどなくても眠れることがわかったのは収穫だった。

人の波が多少退《ひ》けるまで、ふたりは待つことにした。サッカーの話題は少しも出ない。

「勉強はだいぶ進んだか」

「うん」

「お、だいぶ『うん』がイキイキしてきたな。秀才殿」

「うん」

「ちょっと誉めたからって、調子に乗って何度も言うことはないぜ」

「うん」

少年は倉沢の顔とピッチを交互に見ている。見ているというよりはただ、視線を往復させている。何かを言いかけてはためらっていることに倉沢は気づいていた。

ようやく少年が切り出した。

「おじ……、倉沢さん。お母さんに、何か聞いてくれって、頼まれた？」

倉沢がにやっと笑った。

「さあね」

肩をすくめてみせる。

「何も頼まれてない。本当だ。隣に座ってるだけの料金しかもらってないしな。君が学校に行くふりをしてゲームセンターに入り浸っていたって俺には関係ない」

「そんなことしてないよ」

むきになって倉沢を睨《にら》む。

「ならいいじゃないか」

「うん」

「サッカー見るフリして勉強してたことは黙ってたほうがいいんだろう？　俺には理解できないけどな」

優介はしばらくおなじ表情のまま倉沢を見つめていたが、やがて顔を赤くしてうつむいた。

「うん」

そのしぐさが面白くて、倉沢は声をたてて笑った。キャップのつばをつまんで「くい」

と横にひねる。少年は黙って直した。

「そんなことより、帰りにラーメンでも食っていかないか？　特別に奢《おご》るぜ」

少年は迷っていた。倉沢はあわてて付け加えた。

「悪い悪い。食うっていう意味、わからないよな。庶民の言葉で、食べるとか召し上がるとかいう意味だよ。聞いたことないか？」

少し迷って少年がうなずいた。

「うん、行く」

「お母様に聞かれたら、どこかのホテルの高級ラーメンだったたって言ってくれよ。チャーシューの代わりに金箔《きんぱく》のかたまりが浮いてて食いづらかったとかさ」

「うん」

あらかじめ番号を聞いてあった碧の携帯に連絡を入れた。伝言サービスに切り替わったので、一緒に晩飯を食べるので少し遅くなると吹き込んだ。

狭い椅子から立ち上がると、身体のあちこちがきしんだ。自分の手足であることを確かめてから、薄いジャケットの前をかきあわせるようにして、倉沢は歩き出した。

荻窪《おぎくぼ》で途中下車した。

改札を抜けるときに碧から連絡が入った。留守電を聞いたのだろう。「何時頃の帰宅になるか」だけを例ののんびりとしたしかし事務的な口調で尋ねた。「怪しいものは食べさせないで」とは言われなかった。

並ぶほどではなかったが、思ったより混んでいた。サッカーの観戦帰りらしい連中もいる。ざわめく店内で、なんとなく話題につまりなんとなく切り出してしまった。

「俺が野球をやめるきっかけになったと世間で言われてる事故、知ってるかい？」

少年は首を振った。

「聞きたいか？」

話の流れで聞いてみた。特別秘密にしている話でもない。場のつなぎに話したところでどうということもない。

気軽に出した話題のつもりだったのだが、得意の「うん」が返ってこない。優介はテーブルに視線を落としたままだ。倉沢はしばらく少年を観察した。やがて彼が困っている理由がわかった。

「気にするなよ。こっちが思い出話をしたからって、引き換えに君から何か聞き出そうなんて考えちゃいない」

「うん」

「ませた小学生だ」

優介は視線をあげた。倉沢はグラスの水で喉《のど》を湿してから話し始めた。

「俺の仕事はピッチャーだった」

「うん」

「エースとまではいわないが、まあ先発のローテーション入りする柱のひとりだった。先発投手ってわかるか？　試合の初めから投げるピッチャーのことだ。その試合を任されるってことなんだ。サッカーでいえばクォーターバックだな」

「サッカーにそんなのいないよ」

「まあ細かいことは、どうでもいい」

「うん」

水滴の浮いたグラスの水を含みながら、少年はうなずいた。

「あるとき。完投まで、つまり試合終了まで残りひとりになった。その日の俺は調子がよかった。試合の勝ちはほとんど決まりだった。その上、たまたま最後のバッターボックスにいるのは、学生野球時代から知ってる奴だった。弱点もわかっている。もう勝ちはもらったようなもんだった。それで、ふっと気がゆるんだのかもしれないな。そういうのないか？　テストのヤマが当たったたんで安心して、全部一個ずつズレて答えを書いちまった、みたいなこと」

「僕はないけど」

「ノリの悪い奴だな。そういうときこそ『うん』て言うんだ。嘘でもいいから適当に調子を合わせるもんだぜ。特に奢ってもらうときはな。……まあ、いい。それでだ、俺なりにめいっぱいに放ったストレートの手もとが狂った。これでも一応は速球派と言われていたから、そのときも百五十キロ近いスピードは出ていたと思う。世間の素人さんたちはプロ野球の選手ならうまくよけてあたりまえだと思ってるらしいが、そう簡単なものじゃない。プロといったって生身の人間だからな。しかも、そのバッターっていうのがさ、出塁率を稼ぎたいばっかりに危険球にも向かって行くとかいう変わり者ときてる。つまり、ヒットなら儲《もう》けもの、悪くてもデッドボールで出塁できるってわけだ。世間じゃファイトプレーとかおだててるが、ピッチャーにとっちゃ迷惑な話さ。さすがに奴も最後にはよけようとしたが、もう遅い。知ってるか？　時速百五十キロで投げたボールは、〇・五秒もかからずにホームベースまで届くんだ。俺が投げたボールは、見事にその男のこめかみに命中した」

「ここだ」

自分のこめかみを指で示した。

少年が指先を見つめて目をむいている。その時、注文の品が届いて一時中断した。

「それでどうなったの？」

「続きはまた来週」

「そんなのないよ」

優介が口を尖《とが》らせている。倉沢は再び声をたてて笑った。

「ほんとに冗談の通じない奴だな。そうあわてなくても全部話すさ」

倉沢は割り箸《ばし》をしごいて、麺《めん》をすすった。せっかく盛り上がってきたので、麺をすすりながら続けることにした。

「普通はヘルメットである程度の衝撃は吸収されるんだ。だけどそのときは、運悪くのけぞった弾みでずれたんだな。ついてないときは続くもんさ。直接奴のこめかみに当たっちまった。奴は救急車で病院行きさ」

少年の箸を動かす手が止まった。なぜか周囲を見回している。

「ここのラーメン、聞いてたほど美味《うま》くはないな。どう思う？」

「美味《おい》しいよ。それよりどうなったの？　その選手」

「その晩は集中治療室ってやつだ。奴も災難だったかもしれないが、当てた俺もさんざんだった。『危険球』といって、頭に当てたら即退場させられることが多い。わざとやったんじゃなくてもだぜ。まあ、救急車騒ぎになったらしかたがないな。試合はそれまで二点差で勝ってたのに、急にピッチャー交代になったんでボロボロだ。一気に五点とられて負けた。十三勝目は泡みたいに消えちまった。俺のシーズンもそれで終わった」

「その選手は？　死んだ？」

いつしか麺をすすることを忘れて優介が身を乗り出している。倉沢はふふ、と芝居気をみせて笑った。

「その先を聞くと、夜眠れなくなるぞ」

「え？」

「はは、冗談だよ。……これがしぶとい奴だった。命に別状はなかった。ただ、後遺症が残った。ボールが当たった左側の視力がほとんどなくなった。それと、ときどき酷《ひど》いめまいがするらしい。もちろん野球は続けられなくなって引退した」

「おじさんは？　警察に捕まった？」

　声をひそめて聞く。

「さっきも言ったけどさ、そのおじさんていうの、ちょっと何とかならないか。これでもバレンタインデーには十個くらいはチョコが届いたんだぜ。そんなにもらったことあるか？　それでだ、試合中の事故は、よっぽどわざとやったのでなければ、罪にはならないんだ。でも、かえって気持ちの整理がつかないこともある」

「それで野球選手やめたの？」

　初対面の子供に、それ以上の細かい理由まで話すつもりはなかった。だが、母親に似た形のいい瞳《ひとみ》に見つめられて、つい話す気になった。

「いや……、すぐには辞めなかった。俺には野球しかなかったし。翌年も投げた。だけど勝てなくなったんだ。前の年はまがりなりにも十二勝していたのにさ。それが何度投げてもひとつも勝てない。なぜだかわかるかい」

　麺をすすりかけたまま、少年が首を横に振った。麺が揺れた。

　倉沢はゆっくり、とっておきの秘密を明かすように言った。

「内角攻めができなくなったんだ」

　少年は理解できないような表情を浮かべている。

「わかりやすいように説明してやろう。サッカー選手がシュートする瞬間、『ゴールキーパーの顔に当てたら可哀想《かわいそう》だな』とか思いながら蹴《け》ってて、点を入れられると思うかい？」

　少年はあわてて残りの麵をすすり上げてから首を振った。

「俺はそういう病気になっちまったんだよ。どうしても少しだけ甘くなるんだ。そして、甘いコースに入る速球は絶好のホームランボールなんだ。俺はとうとう一度も勝てないばかりか、五月には月間被本塁打の新記録まで作っちまった。これがまたすごいんだぜ。一ヵ月間に一番いっぱいホームランを打たれたピッチャーってことだ。なかなか狙ってとれる記録じゃない」

　首をかしげている。

「そんなすごいの？」

「坊ちゃん。やっぱり算数よりジョークの勉強でもしたほうがいいと思うぜ……まあそれで、結局俺はトレード期限ぎりぎりに放り出された。トレード、知ってるよな。何かと交換で他の球団に移ることだ。普通は選手どうしだけど、金のときもある。俺の相手はとんでもないポンコツだった。つまり、俺もその程度に見られたってことだ。もちろん、スター選手が望まれて行くケースもある。だけど、俺の場合はあきらかな厄介払いだった。シーズン途中だからな。学校だってさ、新学期が始まってるってのに、突然『お前はいらないからよそのクラスに行け』って言われたらイヤだろ？」

「うん」

「俺の場合はオーナーに嫌われたんだ。死球事件と被本塁打事件でな。十年もいたのに冷たいもんさ。そんな事情があったから、俺は移った先でふて腐れた。弱点を抱えている上に真面目に練習もしないんだから、ますます勝てるわけがない。シーズン末にはとうとう戦力外通告を受けた。サラリーマンでいえばクビ宣言だな。俺は、ただ背が高くてカッコいいだけの普通の男になっちまった」

本当は違うんだ——。

少年相手とはいえ、真剣に聞いている人間に嘘をつくことにはうしろめたさを感じていた。

実際は、トレード先の球団で死にものぐるいで練習した。それでも、どうしても勝てなかった。なぜ勝てないのか、監督やコーチが首をかしげるほどにさっぱり勝てなくなっていた。結局、前のオーナーに一番眼力があったということだ。当然のようにシーズンオフには再びトレード要員に名を連ねた。そこそこ年俸の高くなった倉沢を、リスクを承知で引き取るところはなさそうだった。大幅に値を下げる気にも、これ以上のさらし者になることにも耐えられなかった。

倉沢は、退団の道を選択した。

その時から、ただ一度もおよそボールと名のつくものを投げたことはない。

「ぶつけられた選手はどうしたの？」

考えごとをして、黙っている倉沢に優介が聞いた。

「あいつか……。ちょっとばかり見た目がいい男で、これ見よがしのファイトプレーをするから、そこそこ人気があった。俺が引退に追い込んだっていうんで若い女のファンにはずいぶん恨まれた」

あの、怠け者の顔が浮かんだ。

「引退するまで、五年連続で三割以上打ってた。もう少し勤勉な性格だったら、首位打者に手が届きそうな年だってあった。ムシは好かないが、それなりに一流の選手だった。それが今じゃ、給料泥棒同然の、つまらない男になっちまった。君はたぶん知らないと思うが、西野真佐夫っていうけちな野郎さ」

7

倉沢が戸部と出会ったのは、短いサラリーマン生活に見切りをつけ、あてもなくぶらぶらしているときだった。

フロントにいた関川という世話好きの男に紹介してもらったスポーツ用品メーカーの営業職は、それでも半年間は我慢したのだが、どうしても水が合わなかった。

辞めてすぐに次の仕事を探す努力はしなかった。会社勤めなどどこでもおなじだろう。あせることもない。

生活のほとんどすべてだった野球を突然失った今、すぐに別な人生設計を考える気にはなれない。少しばかり蓄えがあったので、贅沢《ぜいたく》をしなければ二年や三年は遊んで暮らせる。株でも勉強しながら、ゆっくり自分に合った商売でも探そう、そう思っていた。

あとになって気づいた。

呑気《のんき》に構えたようなふりをしていただけだった。本当は、ユニフォームを脱いで半年経っても現実を受け入れることができずにいたのだ。漠然と、ある朝目覚めたら元の生活に戻っているような気がしていたのだった。

首筋を常に小さな炎であぶられているような焦燥感をごまかすために、酒を飲んだ。現役時代も酒はいける口だったが、『明日の試合』が歯止めとなって一定の線を越えることは少なかった。

歯止めを失った倉沢に、素面《しらふ》でいる理由が見当たらなかった。

戸部との出会いも飲んでいる席だったが、どういう状況の下に邂逅《かいこう》したのか確かな記憶はない。知り合いの紹介だったか、さらにその知り合いだったのか、偶然隣に座っただけだったのか、それも覚えていない。

素面でなかったことだけは確かだった。

とにかくその戸部と名乗る男と「今、失業状態にある」という話になった。

「では、お仕事をお探しなんですか？」

戸部が穏やかな口調で聞いた。

高価そうな生地で仕立てたスーツを自然な雰囲気で着こなしている。髪の毛から爪の先まで身だしなみに気が配ってある。『紳士』という言葉にふさわしく思える人物だった。

「探しているといえば、まあ、探してるみたいなもんですけどね」

「特技はなんですか？」と聞かれた。倉沢の前職を知らないようだった。彼はなんとなくそれが愉快で、しばらくとぼけてみることにした。

「特技といえば、踏み台がなくても、高い場所の品物がとれます。これはね、金じゃ買えない特技ですよ」

「それはいい。そういう人を探してました」

なんだ？　ずいぶん調子のいい男だな——。

酒の席の冗談だと思って適当な相づちを打っているうちに、戸部の誘い口調が本気になってきた。

「どうですか、よかったら私の仕事を手伝っていただけませんか？」

「こんな所で酔っぱらいを口説いてるってことは、よっぽど人が集まらない会社なんだな。それとも、おたく酔ってる？　酔ってるなら、許してやってもいいよ」

倉沢は普段から、酔ってもあまり見た目が変わらない、とよく言われたが、ろれつは怪しくなる。

「多少酔ってますが、大真面目です」

「ほら見ろ！　自分でマジメっていう奴でロクな奴に会ったことはない。おたく、紳士面してるけど、そうとうクセモノだね」

「紳士面とは嬉《うれ》しい」

「けなされて喜んでるのはさ、よっぽどオメデタイか、やっぱり腹黒いかどっちかなんだよ」

何を言っても静かに微笑んでいる。倉沢は話の流れでつい聞き返してしまった。

「で、何すんのさ？　ナニやる会社？」

後から思えば、そのときにはすでに足首まで浸《つ》かっていたのかもしれない。

「なんでもやります」

「ナンでも？」

「人助けになることはなんでも」

「ほらほら来たよ。やっぱり怪しいじゃないか。ぷんぷん臭うぞ。人助けなんていう商売、聞いたことがない」

まあまあ、と肩をさすってまだ微笑んでいる。

「とにかく、一度社《うち》に見学に来ませんか？」

渡された名刺の社名は『ＡＲＩＥＳ―アリエス―』、その上に『便利屋』と書かれていた。

「『アリエス』というのは、牡羊座《おひつじ》のことです。私の星座だからということもありますが、人助けをする牡羊の伝説からとってます」

「腹黒さを星座でごまかしてる、と」

名刺の裏に落書きをする倉沢を、戸部は笑って見ていた。

「親しみやすく『便利屋』という呼称を使っていますが、生活に密着した総合サービス業と思ってください」

「総合サービス？」

「まず、我が社は本部だけで約四十人の従業員がいます。それ以外に東京、神奈川、埼玉、千葉、一都三県に十二の支店と十一のフランチャイズがあり、個人企業のような下請けと何社も契約しています。弁護士事務所や会計事務所とも提携していますし、池袋《いけぶくろ》にある大手の調査会社は今はまだ相互提携ですが、いずれ傘下に収めます。五年後には上場を目指しています」

「ダメだ、書ききれない」

名刺の裏に〈大ブロシキ〉とだけ大きく書いたのを覗《のぞ》き込んで、戸部はその日一番大きな笑い声をあげた。

数日後、誘われるまま会社を見学に行った。もちろん、酔ってはいなかった。

案内を受けるうちに、彼はつい「これはまあいけるかもしれない」と思わずつぶやいた。

自分は手配して、実際の作業は従業員にやらせればいい。在庫を抱える心配もない。一夜にして財産が紙くずになる心配もない。少子高齢化が進めばニーズはあるだろう。とりあえず、食いっぱぐれはなさそうだ。

本音をいってしまえば、西野真佐夫のために決心した仕事だった。誰にも言ったことはない。西野が倉沢以上に働き口に困っていることは知っていた。奴の働く場所を作ってやらなければ寝覚めが悪い。自分がオーナーになって、西野の働き場所を作ってやろうか。

倉沢が多少なりとも乗り気を見せると、話はとんとんと進んだ。

いずれ独立して看板をあげるにしても、しばらくはノウハウを身につけるまで下請けと称して仕事を回しましょうということになった。

話が具体的になってくると急に面倒になり、戸部が話を進めるままにまかせておいた。気づいたときには事務所開設にこぎつけていた。

新宿の百人町《ひゃくにんちょう》に本部があるこの会社からの下請けが、今も倉沢たちの収入の八割を超える。


倉沢は仕事を始めてみて、すぐに自分の読みの甘さに気づいた。

「やっぱりだまされた」

なにはともあれ肉体勝負のきつい仕事だった。社員はわずかに三人。現場に出るのは、いつのまにか事務所に居ついた真佐夫の妹晴香がいるだけ。彼女はそれまで勤めていたスポーツジムのインストラクターをあっさり辞めて手伝いに来た。

その上、開業まもない頃から西野真佐夫は身体を動かす仕事をしなくなった。

「なあ西野、タンスを担ぐくらいのことは運動センスゼロの三振王にだってできるだろう？　たまには働けよ」

ときどき思い出したように説得してみる。

「俺は頭脳労働に忙しいんだよ。気に入らなければトレードに出してもらっても結構」

何が頭脳労働だ。経理の仕訳を少しばかりやっては、窓の外を眺めているだけじゃないか。

そうは思うが、言い合いをするたびにそれ以上の強制が面倒になり、うやむやになる。いつしか事実上の戦力はふたりになってしまった。

引っ越しやゴミ捨ての助っ人で呼ばれることが多い。特に最近、家中を占拠したゴミを捨ててくれという依頼が急上昇している。それ以外にも、雨樋《あまどい》の掃除だとか、ぎっくり腰になった飼い主に代わって犬の散歩、免許が失効したのに車を手放さない老夫婦の運転手をしてホームセンターまで買い出しに行く、そんな仕事ばかりだった。

自力で二階へ上がれない老人のために衣替えの荷物を降ろすだけ、という仕事もあった。それでも皆、万単位の金を払う。

どこか間違っていると思うが、仕事なので金は受け取る。断ればよそに回るだけだ。正義感など意識したこともないが、領収証を渡しながらも割り切れない思いが残る。

そして……。

ほんの数年前まで、時には数万人が注目する中カクテル光線を浴びたこともあった。ネットの近くを歩けば、タッチを求める手が何十本も突き出された。投げた試合数で割った報酬がサラリーマンの平均年収に相当した年もあった。

仕事のたびにあの頃を引き合いに出すつもりはない。それでも、いつのまにかバスを乗り間違えたような居心地の悪さが、湿った煙のように身体にまとわりついて離れない。

真佐夫が働こうが働くまいが、本音をいえばもはやどうでもよかった。

いずれそう遠くない将来、事務所は閉鎖する。貯金もほとんど使い果たした。次のあてもない。そうなれば、もうかばってやれることもない。

そろそろ本気でふたりに廃業を切り出そうと思っていた矢先、晴香が戸部社長と新しい話を進めてきた。最近仕事に気が乗らないようすから、考えを読まれたらしい。

「あなたの律儀な仕事ぶりを拝見して、いつも感心しています」

戸部社長の聞き慣れた静かな声が、電話口から響く。

「戸部さんの口車に乗って、いつも後悔しています」

「そう虐《いじ》めないでくださいよ。以前にも言いましたが、倉沢さんはお客様の事後アンケートでも非常に好印象です」

「お年寄りには親切を心懸けていますから」

「そんなあなたに向いてる仕事があります」

「なんだか何度断ってもかかってくる、投資を勧誘する電話に似てるような気がしますよ」

「まあ、聞くだけ聞いてください」

「戸部さん」

「はい？」

「僕の前の仕事を知らないふりしてましたね。そのほうが僕が興味を示すだろうっていう計算だったんですね」

「まあ、今さら過去のことを話しても生産的ではありません。今後のことを話し合いましょう」

倉沢はわざと聞こえるようなため息をついてから、言った。

「その仕事は、金庫を担いでぎっくり腰になったり、散歩させてる犬に電柱代わりに小便かけられたりしない仕事ですか」

「まさに。ただ、そばにいるだけなんです」

「そばにいるだけ？」

さらに大きなため息をついた。

「社長。いままで聞いた中でもとびきり胡散《うさん》臭い話ですよ」

ははは。静かな笑いが返る。

「で、どんな仕事です？」

聞いてしまってから、心の中で舌打ちした。

「まあ、言ってみれば『付き添い屋』です」

沼地に足を踏み入れたと気づいたときにはすぐに引き返すのが最良の選択だったと、この日のことを思い出すたびに何度舌打ちをしただろうか。

チャーシュー麺《めん》に秘蔵の昔話までふるまって、少年を無事自宅に送り届けることができた。

8

倉沢が『胡散臭い新事業』と名付けた付き添いの初仕事だったが、どうにか無事に終了することができた。

その風変わりなサッカー観戦を終えた翌日からは、いつもの便利屋下請け稼業が待っていた。

粗大ゴミ処理の手伝い、犬の一日預かり、蟻の巣退治。蜂ではない、普通の蟻の巣を始末するのに金を払う人がいる。それ専用の薬品とマニュアルまである。

その日も、洋室と和室の中身を総入れ替えする作業の手伝いがあった。事務所に戻っても止まる気配のない汗をタオルで拭《ぬぐ》いながら、ミネラルウォーターをボトルごと呷《あお》っていた。

「また、ご指名の仕事がきたわよ」

突然聞こえた晴香の声に、あやうく飲みかけの液体を噴き出すところだった。

「君にまかせた」

「だめよ。ご指名なんだから」

「冗談言ってるつもりなら、明日にしてくれ。俺は今日、機嫌が悪いし、だいたいそんな余力は残ってない。犬ぞりの補欠犬だってもう少しましな扱いをうけてる。へっぽこバッター西野、そう思わないか？」

「いや、額に汗して働くっていうことは美しいと思うぜ。最近のお前は輝いてる。男の俺が見ても惚《ほ》れ惚《ぼ》れするよ」

真佐夫は開いたファイルに目を落としたまま、抑揚のない口調で答えた。

「だったらお前も輝いてみないか。遠慮することはない」

「発作を起こして、高価な皿でも割ったら取り返しがつかないだろ」

「俺としちゃ、お前とかかわりを持ったことのほうが、よっぽど取り返しがつかない」

倉沢が憮然《ぶぜん》とした表情でボトルを呷ると、晴香が割って入った。

「はいはい、ぐずぐず言わない。でも、仕事は明後日《あさって》の水曜日だから」

「水曜日？」

「そう。サッカー観戦、第二弾」

「サッカーって、まさか……」

修介の口が半開きになったままだった。まさかと言ってみても、答えはひとつしかあり得ない。

「またあの勉学少年か？　なあ、金の払いは大丈夫なんだろうな」

「この前の分はちゃんと振り込まれたよ。また何かケチをつけたいの？」

「だって、金を払ってサッカー観戦に行って、通路のベンチで算数のドリルやってるんだぜ。ヘンだろ？」

「よっぽどママさんに気に入られたんじゃない。パパ」

「パパあ？」

思わず、甲高い声で繰り返した。

それにしても――。

どちらのリクエストなんだろう。少年か。母親か。たとえ少年の願いでも、金を払うのは母親だ。野球選手が好みか。あれはお洒落《しゃれ》して俺に会いにきたのか。戸部が言っていた「そばにいるだけ」というのはそういう意味なのか？

「結婚式には招待してくれるんでしょう？　ドレス、買ってね。今までの償いに」

何が償いだ。晴香に冷やかされて我に返った倉沢は、反論を試みた。

「ちょっと待て」

「ネックレスも欲しいな」

「いいから聞けよ。いくら何でも、二週続けて四万も払って子供をサッカーの観戦に連れていかせるというのは、何か間違ってないか？」

「それだけ気に入られたってことでしょ」

「君がやきもちを焼くのはよくわかる。無理もない。だけど考えてもみろ……」

突然、修介めがけて読みかけの週刊誌が飛んできた。あぶないところでよけた。見たか西野。こうやってよけるんだ。

「ポイントひとつ追加ね。このあいだの鯖《さば》事件の分もついでにつけとく」

晴香が、ホワイトボードの脇に貼ったマス目の模造紙に棒を二本足した。何十個目かの『正』の字が完成した。不適切な発言のたびにポイントを数えて、「紙がいっぱいになった暁には私にも考えがある」らしい。

「マイレージみたいな脅迫だな」と笑う。だいぶポイントも溜《た》まってきた。

「とにかく、もう引き受けちゃったから」

晴香が片方の眉《まゆ》をあげて口もとで笑った。よろしくね、と手を振って出て行った。

『正』の字で模造紙がいっぱいにならなくとも、そろそろ見切りをつける頃合いかもしれない。

「なあ西野。晴香先生は転職先を探したりしてるか」

「さあな」

他人《ひと》ごとのように話す真佐夫の座る椅子を、軽く蹴《け》った。

「まあいい。ところでさっきの話、お前はおかしいと思わないか」

「子供のサッカー観戦に金を出すことか？」

「あたりまえだ。もし仮に俺が現役を続けていて、年俸が三億ぐらいに跳《は》ね上がっていて、俺に似た可愛い子供がいたとしてもだ。金を払ってそんなお守りは頼まないぞ。仕事になるのはいいし、あの小僧もなんとなく気に入ったが、何か引っかかる」

「晴香が言うみたいにお前に会うのが目的なのかもな。俺には信じられないが」

「それならお前が行くか？　女でしくじったことがないのが自慢なんだろう？　打席じゃしくじりっぱなしだったけどな」

「よけいなお世話だ」

「それに、もしかすると元プロ野球選手なら誰でもいいのかもしれない。最高打率が二割五分のバッターでもな」

「馬鹿言え、三割三分七厘だ。首位打者とは一分も離れてなかったんだ」

珍しく感情を表した真佐夫に、思わず笑った。

「へえ、そいつはすごい。名刺にでも刷り込んだらどうだ？　少しは配りたくなるだろう」

真佐夫は聞こえなかったかのように、窓の外に目をやった。

まあ、なるようになるさ。

言葉が通じるだけ、犬の散歩よりましだと思うことにした。

倉沢は陽が沈みかけた頃、外の空気を吸いに出た。

車止めの間を抜けて、夜道を井の頭公園に降りる。この公園は池の周りが低くなっていて、鬱蒼《うっそう》とした木々に囲まれた別世界に来たような雰囲気がある。ひとりで考えごとをするには最高の場所だ。今のこの時季以外は。

普段なら、陽が沈めば観光客やフリーマーケットの連中も引き上げ、ベンチに座ったアベックかジョギングで汗だくの人間くらいしか見かけないが、今日は散りかけた桜の下にうっとうしいほどの花見の連中がいた。

　平日だというのに人でごった返している。池にせり出した桜の木によじ登っている奴までいて、散歩という雰囲気ではない。池の亀より人の頭の数が多そうだった。

　倉沢が馬鹿騒ぎにうんざりして道を戻りかけたとき、声をかけられた。

「あ、兄貴！」

　声のしたあたりに顔を向けると、ブルーシートの上で真っ赤な顔に鉢巻きをしめた男が手をあげていた。近所の花屋の道楽二代目で田中という男だ。その他にも見たことのある顔ぶれが宴会の真っ最中だった。倉沢は巻き込まれるのが嫌で、気づかないふりをして去ろうとした。

「待ってくださいよ、兄貴。一杯やってくださいよ」

　その呼び名はやめてくれと何度言ったかわからない。優介に「おじさん」と呼ばれるより情けない。

　田中が立ち上がって倉沢の立つ場所へ近づいてくる。

「遠慮しとくよ」

　先に断った。

「あ、そうだった。やらないんでしたね。コレ」

　と言って、杯を傾けるしぐさをする。

倉沢はうなずく代わりに睨《にら》んだ。いいかげんに覚えてくれないか。いちいち断るのは面倒だ。

ほろ酔いの田中は倉沢の不機嫌に気づかないようだった。

「顔の傷、だいぶよくなったすね」

「おかげさんでな」

まだ多少残るかさぶたを、指先で軽く掻《か》いた。

「来週、交流戦あるんすけど、お願いしますよ」

「それも何度も断ったぜ」

「三イニング、いや一イニングでもいいから、投げてくださいよ。見たいなあ、投げるところ」

「悪いけど、たとえ仕事の依頼でも野球はやらないって決めてるんだ」

「こっそり寸志出しますから、部会費から」

「金なんか出すならよけいに断る」

「へんなとこカタいんだよなあ」

田中はそう言って池に向かってシャドウピッチングの真似ごとをしている。

固いから断るんじゃない——。

金額をつり上げようとゴネているわけでも、もったいつけているわけでも、自信がなくてためらっているわけでもない。本当の理由を何度か口に出しかけたことがある。だが、いつも思いとどまった。

「用がないなら行くぜ。俺は忙しいんだ」

返事を待たずに、すたすた歩き始めた。

「一度キャッチボールだけでもお願いしますよ」

倉沢は聞こえないふりをして人の気配が少ないほうへ向かう。左手の指がわずかに震えているのに気づいた。

田中が悪いわけではなかった。それどころか、世界でたったひとり残った理解者かもしれない。わかってはいても腹立ちは消えなかった。

「畜生」

指先に向かって言った。

9

二度目の水曜日がやってきた。

「よう、元気か」

先週とまったくおなじ上下の服に身を包んだ優介少年に挨拶《あいさつ》する。倉沢が優介のかぶったキャップをつまんで挨拶代わりにひねったが、少年は笑わずに戻した。

連れの母親は胸もとが開き気味のカットソーの上に明るいグレーのスーツ姿だ。大粒のパールをあしらったアクセサリが、ほとんど皺《しわ》の見えない首のラインを引き立てている。

倉沢は、息子を預けようとする母親に視線を据えた。

広瀬碧も視線を返した。目もとに穏やかな笑みが浮いている。しかしそれだけだった。

倉沢にそれ以上の何かを求めている瞳《ひとみ》でないことはすぐにわかった。逆玉《たま》の輿《こし》だの、パパだの、昨日までさんざん浴びせかけられた言葉が一瞬で淡雪のように消えた。もっとも、そんなことを期待していたわけではなかったが。

しかし、「それならなぜ？」と聞いてみたかった。

なぜ二週も続けてサッカー観戦のお守りを？　自分の息子が本当はサッカー観戦より勉強が好きなことを知っていますか？

母親の笑顔を見ているうちに聞きそびれた。

「今日も、もしよろしかったらお食事までお願いしてもいいかしら？」

碧が微笑む。

「私のほうはかまいませんが」

「では、お願いします。追加料金はあとで請求してください。帰る前に念のために電話してね」

最後は自分の息子に向かって言った。

会話の間、碧の顔をさりげなく観察してみる。初対面でののんびりした印象は変わらないが、きちんと施した化粧の下からわずかに疲労と湿気のようなものが浮き出ていた。男を引きつける揮発性の物質が滲《にじ》み出している。しかし、そのやや潤んだ視線は倉沢をただの依頼相手としか見ていないことはよくわかった。

意識してしまえば、広瀬碧という名を持ったひとりの女としての生々しさを感じて、倉沢は挨拶もそこそこに改札を入った。

「どうする？」

中央線のシートに座るなり倉沢が言った。

「え？」

優介が倉沢の顔を見る。

「今日は勉強しないのか？」

優介の足もとのバッグを見る。相変わらず重そうだった。

「サッカー見る気がないなら、そんな荷物を持ってえっちらおっちら競技場まで行かなくていいだろう。ファミレスのテーブルで勉強して適当に飯でも食って帰るか？」

「いいの？」

「いや。やっぱりやめだ」

「ええっ？」

優介が、先週倉沢がやっていたのを真似て、シートからずり落ちるふりをした。

「だんだん、ジョークが理解できるようになったな。それじゃ……」

笑みの浮かんだ目を優介に向けた。

「ちょっと足を延ばして、後楽園でジェットコースターに乗るか？」

少年の眉間《みけん》に可愛い皺が寄った。

迷っている。少し慣れたつもりだったが、倉沢はあらためて驚いた。勉強と遊園地の選択で小学生が迷っている。

「そんなことで悩むなよ。この先、ゲップが出るくらい悩みが待ってる。たまには気晴らしに遊園地でスカッといこうぜ」

優介はバッグの重さをはかるように持ち上げたり降ろしたりしていた。ようやく決心がついたようだった。

「それって、ドームシティっていうんだよ。おじさんが言ってるジェットコースターは、たぶんラクーアのサンダードルフィンだね」

「呼び名なんてなんでもいい。行くか？」

「うん。身長制限越えてるし」

「それなら今日は、おじさんはやめてくれ」

ハンバーグセットを奢《おご》ることになった。

「やっぱり一番はあのコースターだな。前から一度乗ってみたかったんだ。ビルに開いた穴を抜けるし、ほとんど道路に飛び出しそうだもんな？」

「うん」

少年の目がいまだにきらきらと光を放っている。

「やっぱり実際に乗ると、下から見るのの十倍は怖いな」

「うん」

「俺も、もう少しで声が出そうになった」

「しっかり叫んでたよ」

優介の笑いが響く。

「叫んだのは俺のうしろの奴だ」

「僕たち一番うしろの席だったよ。そこが一番怖いとか言って」

「じゃ君だ」

「『うおー』とか低い声だったよ」

「いいか……」

倉沢は優介に何かを言って聞かせるときの癖で、ゆっくりと含めるように言った。

「男だったら素直に負けを認めろ」

「よくわかんないよ」

大笑いしているところに注文の品が届いた。

左手の震えは止まっていた。フォークの先もまったくぶれていない。

「お母さんは、いつもきちんとした身なりをしているな。仕事は何をしてる？」

あまり味のないハンバーグを噛《か》みながら聞いた。アイスティーで喉《のど》を湿さないと落ちて行かない。

「新宿のデパートで働いてる」

少年が答えた。口から添えもののポテトがはみ出ている。口の脇にソースをつけた普通の十一歳の少年がそこにいた。

「デパートで？」

売り場責任者かバイヤーでもしているのだろうか。

「うん。地下の食品街で和菓子売ってる」

広瀬碧とイメージが重ならなかった。倉沢はもう少し聞いてみたくなった。

「和菓子か。デパチカってやつだな。売り場の責任者でもやってるのかい？」

首を振った。

「ただ売るだけだよ」

「そうか」

「派遣社員ていうんだって」

倉沢は小さな相棒の顔を見た。コーラのストローをずるずる音をたてて吸っている。この少年にいろいろな質問をぶつけることは、危険なびっくり箱に石をぶつけるようなものかもしれない。弾みで蓋《ふた》があいて、中から何かが飛び出すかもしれない。

「お母さん、俺のことを何て言ってる？」

「元プロ野球のピッチャーだって」

「それはこの前話した。ほかには？」

「昔は有名だったって」

「それももういい」

「そうだ。この次のこともお願いしてみて、って言ってた」

「この次？　来週もっていうことか？」

「うん」

優介はあまり関心がないようにコーラを吸っている。

「お父さんのこと聞いてもいいか？　話したくなければいいけど」

少年は軽くうなずいた。

「亡くなったのはどのくらい前だい？」

「僕が一年生のとき」

「事故だって？」

「うん。中国で。出張で行ってたんだけど、向こうで乗った車が事故に遭ったんだって。車は保険に入っていなかったし、プライベートとみなされて労災もおりないんだ、ってよくお祖父《じい》ちゃんたちが怒ってる」

父親の死について淡々と説明した。

「ずいぶん難しい言葉を知ってるな」

「五百回くらい聞かされたから」

「そのお祖父ちゃんたちっていうのはお父さんの親かい？」

「うん」

「君の家では水曜日には何がある？」

ハンバーグの最後のひと切れを頬張ったまま、少年は静かな瞳で倉沢を見返した。

「他の日と、つまり月曜や火曜と水曜日が何か違うことはないか？」

少年は考えていた。しばらく考えて何かを思いついた。

「お母さんの仕事がお休みだよ」

「休み？　家にいるのか？」

「たぶん」

「たぶん？　じゃあ、もうひとつ聞いていいか。先々週までの水曜日には、君は何をしていた？」

「塾の日だった」

「塾？」

「うん。行ってた塾の日だった」

「そういえば勝手にやめたってお母さんがこぼしてたそうだ。怖いお姉さんが言ってたよ。それは夜か？」

「ええと算数と初級英会話とミニテストの日で、五時から始まってだいたい九時頃までだった。途中でサンドイッチが出るんだ」

「どうして塾をやめたんだ？　そんなに勉強が好きなのに」

「行きたくなかったから」

「よくお母さんが許したな」

「退会届にハンコ押して出した」

「お母さん怒っただろう」

「塾から確認がきてすぐバレちゃった。でも、あんまり怒らなかった。『もう一回申し込みに行く』って言うから、『でもどうせ行かないよ』って言ったらあきらめた」

「お母さん、何か言ったか？」

「何も言わないけど、困ったみたいな顔してた」

少年のコーラがなくなって、ストローがずずっと音をたてた。

「どうしてそんなこと聞くの？」

「いや、何でもない。さあ、食い終わったら帰ろうか。せっかくだ、家まで送ろう」

少年のキャップのつばをつまんで、くい、と横に向けた。優介は少し笑って、かぶり直した。

「おじ……、倉沢さん、どうしていつもそうやるの？」

「いたずらに理由なんてないさ」

帰りの中央線快速電車。ジェットコースターに乗った緊張感の反動から来るけだるさに負けて、倉沢はシートに身を沈めるように座っていた。隣の優介は相変わらず躾《しつけ》のいきとどいた柴犬《しばいぬ》のようにちょこんと座っている。膝《ひざ》の上には参考書が載っている。

「ひとつ大切なことを聞き忘れてた」

少年が無言のまま倉沢の横顔に視線を向ける。

「君のお母さんはどうして君がサッカー好きだなんて勘違いしたんだ？」

「前に、友達とゲームショー見に行くときに、『サッカーのチケットもらった』って嘘ついたから」

「楽しそうに帰って来たからだな」

「うん」

向かいの席の酔っぱらったサラリーマンが、舟を漕《こ》いでは隣に座った中年の女性にぶつかる。そのたび肘鉄《ひじてつ》をくらって「しゅみましぇん」と謝るのだが、十秒もすればまたおなじことの繰り返しだった。倉沢と優介は顔を見合わせてくすくすと笑った。

「ところで、今日はどこのチームの試合だったんだ？　話を合わせておかないとな」

「たしかJリーグの試合じゃなかったと思う。代表チームの親善試合だった気がする。よくわからない」

「お母さん、サッカー詳しいか？」

「ゼンゼン。ラグビーと区別つかないよ、きっと」

「最高のお母さんだ」

再び顔を見合わせて、今度は大きく笑った。

「なあ、どうせなら、この次はサッカーじゃなくてキャバクラに行きたいってことにしてくれ」

「なんで？」

「付き添いが必要だろう？」

「うん。わかった」

倉沢は向かいの窓に目をやった。流れ去る夜景のこちら側に、珍しく真面目な顔の自分と遊園地の余韻をわずかに表情に覗《のぞ》かせる十一歳の少年が映っていた。

吉祥寺駅から井の頭線で三つ目、久我山《くがやま》駅から子供の足でも十分はかからない静かな住宅街に、広瀬母子の住むマンションはあった。

オートロック式のエントランス。自分で暗証番号を押そうとする少年を止めて、倉沢はインターフォンを押した。監視カメラの死角になる位置に立つ。「はい」広瀬碧の声が流れた。倉沢が軽く顔を振って促す。

「ただいま」

「おかえりなさい。ひとり？」

「ううん。入口まで送ってもらった。倉沢さんはもう帰った」

優介は倉沢に教えられたとおりに答えた。ロックのはずれる音がした。

倉沢は少年がエレベーターに乗り込むところまで確認して、それ以上は送らずに帰った。

川沿いの道をぶらぶらと歩く。遊園地と勉強を秤《はかり》にかける少年が、なぜ塾をやめたのか。少しばかり考えてみても答えは出そうになかった。

10

「私は絶対に嫌だから」

晴香が珍しく本気で怒っている。物を投げたり腕力に訴えたりしないときは心底怒っているのだと経験で知っていた。

発端は広瀬碧が正式に三度目の依頼をしてきたことだ。しかも今度はプロ野球。神宮《じんぐう》球場でスワローズ対カープ戦を観戦希望。もちろん優介少年の付き添いで。

倉沢には、今まで少年の口から野球の話題が出た記憶などなかった。プロ野球の球団名をいくつ正確に言えるのかも怪しい気がする。

「これはどう考えたって試合観戦そのものが目的じゃない。そうそうサッカーの試合が続かないもんだから、野球にしたんだろう。二日酔いのダチョウだって首をかしげるぞ」

――広瀬碧の真意がどこにあるのか調べるために、あとをつけてみてくれないだろうか。

そう倉沢が頼んだとたん、いきなり晴香が怒り出した。なぜそれほど嫌がるのか倉沢には理解できなかった。

「あなたがダチョウより賢いのはわかったけど、とにかく私は嫌だから」

「なんなら、時間外手当払うけどね」

「ふざけないでよ。先月の残業代払ってから言ってよ。この前、ブロック塀に頭ぶつけてネジでも落ちたんじゃないの？」

それなら君のせいじゃないか、と言いかけてやめた。論点がずれていく。

「俺もよけいなことにはかかわらないほうがいいと思うがな」

真佐夫が口を挟んだ。

「おいおい、兄妹《きょうだい》でタッグか？　まあいい。じゃあ聞くけどな、ちょっとあとをつけるだけで何がそんなに問題なんだ？」

「せっかくのクライアントでしょ。初めてついた『付き添い屋』のリピーターじゃない」

「何が付き添い屋だ。陰で勝手に話を決めたくせに」

「有名な童話を知らないか？　どうして金の卵が生まれるか知りたくてガチョウの腹を割いたら死んじまったって話だ。よけいなことには首をつっこまないほうがいい」

いつになく真佐夫が饒舌《じょうぜつ》だった。

「頼まれもしないのにあとなんかつけて、ばれたらどう言い訳するつもり？」

「ばれなければいい。何もトイレの中までつけろとは言わない。子供を預けたあとで、どこで誰と会ってるのか、それだけでいい。それとも何か？　そんなに尾行に自信がないか」

「そりゃ尾行なんてやったことないけど、あんなぼうっとした人のあとつけるくらいできるわよ。信義の問題を言ってるの」

「何、難しいこと言ってるんだ。ああ、そうか。僕が本当にママさんと結婚でもすると思って心配なのか？　そのことなら……」

修介がすべて言い終える前に、模造紙に特大の正の字を書いて晴香は出ていった。

しかたなく、西野真佐夫に続きを話すことにした。

「お前はおかしいと思わないか？」

「確かにちょっと変だとは思う。三週連続で、しかも今度は野球のナイターだからな。しかし、その理由はこちらには関係ないだろう」

「あの坊主と友達になったんだ」

「友情は金にならない。まして小学生は金が払えない」

「お前がそんなことを言うなんて、残念だ」

修介は、それ以上続けるのをやめた。風に揺れる木々の葉をしばらく眺めていた。

西野がちらりと修介を見たようだった。

「話を聞く限り、母親の都合で水曜の夜は家に子供がいては困るんだろう。困ることを探られるのは、誰でも気持ちのいいものじゃない」

いきなり口論になったために、優介の気持ちを話すきっかけを失った。

昨日のことだ。

三度目の依頼があったと聞いて、もう一度少年に会って話がしたくなった。

「おす」

マンション脇の物陰から突然現れた倉沢に、今まさに小学校から帰宅した優介は目をむいて驚いた。急には声も出ないようだ。

「ああ、びっくりした」

「五時間も待ったぜ」

顔をしかめてみせる。

「えっ、五時間！」

驚いたときに大げさなくらい目を見開く癖は母親ゆずりだと思った。すぐに人の話を信じるところも似たのだとしたら、碧はずいぶんあぶなっかしい大人なのかもしれない。

帽子のつばをつまんで横にひねる。

「相変わらず冗談が通じないな。ちょうど今来たところだ」

「なんだ。お母さんはまだ帰ってこないよ」

少年がキャップをかぶり直した。

「わかってる。お母さんに君の帰る時刻を聞いたんだ。一緒に飯でも食おうかと思ってね。了解ももらっている」

倉沢は寿司《すし》でもしゃぶしゃぶでもいい、と言ったのだが、優介のオムライスという意見が通った。

優介をメルセデスのバンに乗せしばらく探すうち、こぢんまりした洋食屋が見つかった。

「ここでいいか？」

「うん」

優介が店も見ずに返事をした。手狭な駐車スペースに、倉沢は手際よく車を停めた。

「それにしても君のお母さんは綺麗《きれい》だな。友達にうらやましがられるだろう？」

倉沢は、さっき自分が声をかけるまで、優介がうなだれて歩いているのを見ていた。

店に入っても元気のない少年に、注文の品が来るまでのなにげない話題だった。優介はうつむいたまま、顔をあげなくなった。

「どうかしたか？　なにかまずいことを言ったか？」

あえて、呑気《のんき》な調子で聞く。

無言のまま首を振る少年の鼻先から水滴が落ちた。元気がなさそうに見えたのは気のせいではなかったらしい。しばらく黙って見ていた倉沢は、ゆっくりと言った。

「何だ？　お母さんが綺麗だと悲しいのか？」

首を振る。雫《しずく》がぽたぽたと落ちた。

「泣きたいときは泣いたほうがいい、と言いたいところだが、人前ではあまり泣くな。言いたいことがあれば口に出しちまえよ。そうすれば気が晴れる」

それでも少年は顔をあげない。倉沢はテーブルに肘《ひじ》をついて少年を覗《のぞ》き込むようにした。

「まさかとは思うけど……、毎回何かひとつ、俺の秘密の話を聞き出そうと思って、そうやって駄々をこねてるんじゃないだろうな？」

優介が首を振る。

「わかったよ。しょうがない。そんなに聞きたいなら話してやる。……俺が子供の頃、近所に高木さんていうお金持ちの家があった。知ってるか？」

しかたなくうなずく優介の視線は、まだ自分のグラスのあたりだった。

「そうか、知ってれば話が早い。俺はほとんどの日は学校帰りに野球をやってた。でもな、メンバーが集まらなかったり、場所がとれなかった日は、ひとりでそこの家の塀に上って遊んだ。その頃の俺の背よりも高い立派な塀だった。俺はよく塀の上にまたがったまま、もいだイチジクを食ったりしていた。母屋から庭が全部見渡せないくらい広いんだ。だけどな、本当はそんな物が食いたかったんじゃないんだ。ひとりで行く理由もあった」

ようやく、優介が顔をあげてちらちらと倉沢に視線を向ける。鼻をすすっているが、興味はありそうだった。

「高木しおりちゃん。知ってるか？」

「知らない」

「そうだろうな。その家の女の子だ」

優介が鼻をすするのをやめた。

「俺よりふたつ年下の女の子だった。実はその子が目当てに通ったんだ。向こうは私立の小学校に通ってたし、めったに外を歩いていないから、話したこともなかった。『しおり』っていう字もどうやって書くのか忘れたな。ある日、俺が塀の上で収穫物を狙ってたら、後ろから声をかけられた。『ボールが入ったの？』って。あわてて振り向くとそのしおりちゃんだった。ビックリして俺は塀から落っこちた。しおりちゃんは驚いて『大丈夫？』って近寄ってくるんだけど、俺は口もきかずに全力疾走で逃げた。カール・ルイスより速かった。カール・ルイス、知ってるか？　そうか、まあ、気にするなよ、試験にはたぶん出ない……。さあ、ここで問題だ。次の日、修介少年はどうしたと思う？」

「……また、行った」

優介がぼそっと答えた。

「正解だ！　次の日は野球の誘いも断ってすっ飛んでいった。なぜか？　また見つけてもらうためさ。俺はさ、本当はビワだのイチジクなんか食いたくなかった。本当はその子が見たかったんだ。もしかしたら庭で遊んでるところが見えるんじゃないかと思って、毎日気になっていたんだ。そんなことを友達に絶対言えないから、木の実を盗みに行くふりをしてたんだ」

そこまで興奮気味に話した倉沢の声が、やや低くなった。

「……だけど。まもなく、高木さんは引っ越して行った。どっか遠いところに」

言い終えた倉沢は、急に我に返ったように少年を見返した。

「まあ、子供の悩みなんて、本当はそんなことのはずだ。君の悩みが抱えきれないほどなら俺に話したら少しは楽になるんじゃないか。……その前に、オムライスをやっつけよう、冷めた卵は美味《うま》くないからな」

「お母さんは僕をお祖父《じい》ちゃんたちに預けるつもりなんだ」

オムライスが三分の一ほど残ったところで、優介はスプーンを置いた。

「どうしてそう思う？」

「最近、よく『お祖父ちゃんお祖母《ばあ》ちゃんと一緒に住んでみない？』とか言うから」

「それだけ？」

「取り寄せた私立中学の資料って、向こうの家の近くの学校ばっかり」

「それだけ？」

「僕の着替えが整理してあった。冬物も」

「それで全部かい？」

「あるけど、うまく言えない」

「お祖父ちゃんたちは何て言ってる？」

「いつでもおいでって」

「君はどうなんだ？」

優介はぶるぶるっと顔を振った。また、水滴が落ちた。

「泣くな。お母さんに直接言えばいいじゃないか」

「きっと、もう邪魔なんだ。だから毎週水曜日に僕を家から出すんだよ」

「金が余って困ってるんじゃないか？」

「それに、もしかするとお母さんもどこかに引っ越すかもしれない」

「なぜ、そう思う？」

「いろいろ整理し始めた。この前、いらないタンスとか捨てるの頼んでた」

戸部とのつながりはタンスの廃棄あたりからなのだろうか。

ひとつため息をついて優介が普段よりもうわずった声で喋《しゃべ》り始めた。出会って以来、もっとも長くもっとも感情的な言葉だった。

「お母さんは僕が家にいない時間、男の人と会ってるんだ。この前、塾の授業が短縮だったときに見たんだ。男の人に車で送ってもらってた。そのあと、家の中まで一緒に入ったんだ。僕、そいつが出てくるまで公園で待ってた。次の週、早退して見てたらまたおなじだった。お母さんはあの人と結婚したいから僕が邪魔なんだ」

途中で車を停め、川沿いのベンチに並んで腰を降ろした。

「それで、君はどうしたい？」

「今のままがいい」

「もし、お母さんがその男と結婚すると言ったら？」

「……それでもいい」

ぼそっとつぶやく。

「一緒に住んでもいいんだな」

「それをお母さんに言ったらどうだ?」

「うん」

優介は強く顔を左右に振った。また泣かれては困るので、それ以上強要するのはやめた。

「よし、決めた」

力任せに倉沢は腿《もも》を叩《たた》いた。ぱん、と乾いた音がした。

「痛い!」

優介が叫ぶ。

「あ、悪かった。つい自分の足と間違えた」

「絶対ウソだよ」

「めそめそしてるからバチがあたったんだ」

少年はうつむいたまま、腿をさすっている。

「よし、引き受けよう」

「え?」

「仕事さ。俺は言ってみれば何でも屋だ。その相手の男がどこの誰なのか調べてやる。そしてお母さんが再婚する気があるのかどうか。そして、もしする気があっても君と一緒に住むよう頼んでみる」

「ホントに?」

「約束はできないが、努力はしてみる」

「でも、お金がないよ。二万円くらいしか」

「何だって？　二万も持ってるのか？　国家が破綻《はたん》してるってのに、小学生がそんなに持ってってどうする」

「二万円で足りる？」

「そんなあぶく銭がもらえるか。どうせ自分で稼いだ金じゃないだろうが」

「でも、さっき仕事だって」

倉沢は、つばをつまんでさっと少年のキャップを取り上げた。押さえようとした少年の手の間をすり抜けた。

「お前さんが……」

丁寧に帽子全体を裏返して、またかぶせた。

「はは、ちょっと間抜けだな」

「どうしてそんなことするの？」

「俺のことを忘れないようにするおまじないだ」

帽子の上から軽く二度ほど押さえた。

「お前さんがあと十年後くらいに、ガリ勉の甲斐《かい》あって、とても嫌みな高級官僚にでもなったら、自分の給料の一部から払ってくれよ。その頃の俺は、たぶんその日暮らしをしてるから」

「そのお金だったら受け取るの？」

優介が覗《のぞ》き込む。見返した倉沢は顔を崩した。

「なるほど……、楽しみだな。君は官僚どころじゃないかもしれない。俺の名前をずっと忘れずにいてくれ。借りがあることもな」

西野兄妹《きょうだい》に、昨日の少年とのやりとりは結局話さなかった。

それでも結局、晴香が折れた。条件付きで倉沢の頼みを受け入れることになった。

次の水曜の夜、倉沢が少年とナイター観戦に向かったあと、晴香があとをつけ、彼の母親がどんな行動をとるのか、つまり誰と会っているのかを確かめる。

晴香が出した条件とは、広瀬碧が何をしようと、見逃せない犯罪行為でなければかかわらない、というものだった。

倉沢はすんなり了解した。

「俺はやっぱり反対だな。イヤな予感がする」

真佐夫が言う。修介は、捨てかけていた紙くずを丸めて投げた。真佐夫がすっとかわして、紙くずは窓に当たり、床に落ちた。

「臨時休業日を決めたとき以外に、お前が何か賛成したことがあるか?」

修介の言葉に真佐夫は答えず、窓の外を見ていた。

夕方、手が空《す》いたので、事務所のあと始末を西野兄妹にまかせて、倉沢は外に出た。東より二分ほど歩くと、目指す花屋がある。

『フローラ　TANAKA』

この時間帯には、例の二代目が店にいることが多いのを知っていた。道路まではみ出して並べたてた鉢植えなどをしまい込むためだ。そして閉店時刻も待たず、中途の片付けは姉にまかせて、飲みにいくためだ。よく、商売になっていると感心する。

「おす」

「あ、兄貴。珍しいすね。何か花でも？」

「そうじゃないんだ」

切り出すきっかけが摑《つか》めず、ディスプレイ用の大きなサボテンをいじっていてとげを刺した。

「痛」

指先を見る。ぽつりと血が滲《にじ》み出ている。

「おい、こんな危険なもの売っていていいのか？　大切な指先を痛めたぜ」

「兄貴、因縁つけにきたんすか？」

「いや、そうじゃないんだ。ちょっと頼みがあって……」

「なんです？」

いきなり『尾行の手伝い』とは言い出しづらい。

「……そうだ、この前から頼まれてたキャッチボール、来週あたり時間が合えばどうかな？」

「え、ほんとすか！　やったね」

倉沢の突然の猫なで声を疑うことなく、田中が小さくガッツポーズを作った。倉沢はもうひと押ししておくことにした。

「それから、あれも頼まれてたよな……。ほら、カーブの放り方」

「え、まさか」

「練習してみるか？」

「まじっすか！」

今度は大きなガッツポーズだ。

「俺、ピッチャーに転向しようかなあ」

つくづく呑気《のんき》なやつだ。これだけ餌に食らいついたら、もう離れないだろう。

「それで頼みのことなんだけどな……」

説明を終えるなり、田中は馴《な》れ馴れしく倉沢の肩を叩いた。

「なんだ兄貴、初めからそう言ってくれればいいのに。それってつまり晴香ちゃんとデートじゃないすか。ラッキーだな。ひとつ年上だけど、ゼンゼン守備範囲っすから。仕事終わったら、メシ誘っていいすか？」

「いいけどな、あんまり『すかすか』言って機嫌を損ねると、池に放り込まれてさびしく亀と添い寝することになるぞ。俺も三回くらい放り込まれた」

「大丈夫ですって。兄貴と違って、女心はわかってますから」

「なんだか泥棒に追銭って感じだな。気が変わった。カーブの件は次に回すことにした」

「そりゃ、ないっすよ」

情けない声をあげた。倉沢は今年になって初めて花屋に笑わせてもらった。

11

三度目の水曜日。

今日の碧は、ニットのツーピースを着ていた。服の上から身体の線がわかるが、年齢のわりに崩れていないことが確認できただけだった。柔らかに盛り上がる胸もとで光るのは、やはりガラス玉ではないのだろうか。

「どうする？　今日もさぼるか？」

電車に乗るなり優介に聞いた。

「しかし、遊びをさぼって勉強するっていうのはなんだか聞いたことがないな」

だいぶ慣れてはきた。優介も本音で答えてくれるだろうと思った。しかし、返ってきた言葉は予想外にも小さな声で「野球に行く」だった。

「そうか。……まあ、お好きに」

優介に具体的な話はしてない。しかし、「今日、例のことを確かめる」とだけは告げてある。そのことが気になって、算数のドリルに身が入らないのかもしれない。

球場に着く前から、早くも晴香の報告が携帯のメールで届いていた。

——倉沢たちの一本あとの電車で新宿へ出て、まっすぐ西口のホテル・グランデに入った。ロビーで男と待ち合わせ、そのままふたりでエレベーターに乗った。部屋番号まではわからない。

中身をつなげるとそんなところになる。倉沢は席を外して直接電話をかけた。

「もしもし」晴香の元気な声が響いた。「どうする?」

「男ってのはどんな感じだった?」

「うーん。五十すぎくらいかな。人のよさそうな感じだったけど、あんまりぱっとしないかな。ちょっと意外な相手だったね」

「出てくるまで待てるかい?」

「ええ? マジで? まだやるの。……ちょっと待ってて。……そうね、席次第だけど、ラウンジからちょうど見えるね。ねえ、ホントに待つの?」

「できれば頼みたい」

「『できれば頼みたい』だってさ」

倉沢の口調を真似て晴香が隣の田中に伝えているらしい。

「他人がそんなことしてる間待つなんて、なんか気が乗らないなあ。でもまあ、わかった。ここまで来たんだしなんとかしてみる」

「ありがとう」

「それより、花屋、いらないんだけど」

電話の向こうで「ええっ、ひでえな」という声が聞こえた。

「もう少し我慢してみてくれ。役に立つかもしれない」

「はいはい、了解」

「暴力は、ほどほどにな」

「はいはい」

投げやりな調子の言葉が返って来た。

試合が始まっても、優介の心はどこか違う場所を漂っているように見えた。形ばかりドリルを膝《ひざ》の上に広げているが、さっきから一ページも進んだ気配がない。

試合は七回の裏だった。碧がホテルに入って一時間半ほど経った頃に、晴香からメールが届いた。

〈さっきふたりで降りて来た。男は車で来てた。知らない外車。つけられなかった。ナンバーはメモった〉

続けて表示された数字は、優介に聞いていたものとおなじだった。

〈お疲れさん〉

「なあ、少年」

「え。何？」

「君はそんなに勉強して何になりたいんだ？」

優介はわずかな時間考えた。

「とりあえずは特待生」

「特待生？」

「うん。受験する予定の中学は、定期試験の成績が上位七パーセント以内なら奨学金が出るんだ。四パーセント以内なら学費がタダになるんだよ。その特待生になる」

「四パーセント？　一学年に生徒は何人いるんだ？」

「年によるけど、だいたい二百五十人くらい」

「二百五十人？」

計算するほどのこともない。限定十名様。

倉沢はしばらく優介の顔を見つめ、二度ほど口を開きかけてやめた。結局話題を変えることにした。

「それで、将来の夢は何だ？」

「うーん……海洋学者」

「理由を聞いてもいいか？　まさか、金の鉱脈でも探そうってわけじゃないよな」

「うん。今の人類が——っていうのはホモ・サピエンスのことだけど——存在する間に、肉眼で見える地球外生命体にはたぶん遭遇できないと思う。バクテリアくらいならわからないけど。でもね、海溝の底も宇宙とおなじくらい未知の世界なんだ。そっちは何年後かに底に行き着くことはできると思う。一万メートルクラスは、今はまだ無人探査機レベルなんだけど、有人探査艇が開発されたら僕も行ってみたい。見たこともない生命体が存在するかもしれないんだ」

「そりゃよかった」

現役時代、そりが合わなかったピッチングコーチにさんざん聞かされた投球理論なみにしか共感できなかったが、優介の気晴らしにはなったようだった。

優介をマンションに送り届けての帰り道。月を映した川面《かわも》を眺めながら、倉沢はゆっくり歩いていた。

広瀬碧がその外車の男とホテルの部屋に入ったのは、静かなところで話をしたかったわけではないだろう。まして昼寝をしただけとは思えない。

考えられる選択肢は限られている。

純粋な愛情だという見方もできる。

しかし、優介から聞いた話をいろいろ考え合わせてみると、その男が彼女の生活を金銭的に支えている可能性も強い。

本当なら、これ以上かかわりたくなかった。他人の私生活に首をつっこむのは趣味ではない。

しかし、優介から引き受けた仕事が残っている。

サッカー観戦以上に気乗りのしない仕事だった。

12

迷ったあげく、倉沢は直接戸部に連絡をつけることにした。晴香と真佐夫では相談相手として頼りない。

「戸部さん、夜分すみません」

「気にしないでください。どうせまだ仕事中ですから……それより、何か？」

「確か、戸部さんはいろいろなところに顔がききましたね。どんな注文を受けてもほとんどそつなくこなしていますから。それでちょっと相談しようかと……、車のナンバーから持ち主がわかりますか？」

「唐突ですね。……まあ、調べられると思います。でも、その気になればご自分でも調べられるのでは？」

「急ぐんです。規定の料金を支払いますから、できる限り早くお願いできませんか」

そう言って倉沢は晴香に聞いたナンバーを伝えた。

「わかりました。明日中にも連絡できると思います」

「携帯電話にお願いします」

受話器を置いた倉沢は、自分ひとりきりの事務所でため息をついた。

相手の男がどこの誰なのかを調べる。そして、嫌な役目ではあるが、碧に優介の気持ち――再婚してもいいから、一緒に暮らしたい――を伝えて役目を終えるつもりだった。優介には申し訳ないが、金銭的な援助があろうと、大人の恋愛だ。それ以上ふたりの関係に口出しをするわけにもいかない。母親に愛情が残っているなら、耳を傾けるだろう。

ところが今日、三度目の観戦を終えて少年を送り届けた後、まだ倉沢が事務所に帰り着く前に、早くも広瀬碧から次回の予約が入った。

――今度の土曜日に。東京ドームで野球を観戦して、そのまま近くのホテルに泊まって欲しい。

「今度は泊まりだって。だんだん、大胆になってきたね。考えてみれば、『子供が邪魔』っていうのには一番ありそうな理由だったよね。これで色男もあきらめがついたでしょ」

半日つぶされた晴香は、露骨な嫌みを言った。

晴香の言い分とは逆に、倉沢の消えかけた疑問がまた頭をもたげた。ホテルで男と会うのに、わざわざ子供に付き添いをつけてスポーツ観戦に行かせる必要があるのだろうか。もう六年生だ。なぜひとりで留守番させてはいけないのか。

「明日は午前中の仕事はないよな？」

確認する修介に、眉間《みけん》が険しくなった晴香が腕組みをしたまま答える。

「だから、いつもの藤田さんたちお祖母《ばあ》ちゃん三人をリハビリに送り届ける仕事があるって言ってるでしょ。あなた五分前のことも覚えていられないの？」

「だから、その件はまかせたって、こっちも五分前に言ったぜ」

倉沢が口真似で返した。

「車は貸すから」

「あなたはどうするの」

「戸部さんのところに急用ができた」

「あの親子絡みのことならもう放っておけば？　理由がわかったんだからいいじゃない。これ以上何を調べるのよ。あの人がそんなに気になるの？」

「気になるけど、君が想像するような意味じゃない。うまく口では言えないんだけどね」

真佐夫をちらと見た。真佐夫のほうから声をかけて来た。

「お前と初めて会ったのは十八歳のときで、地肌の色もわからないくらい泥で汚れてた。馬鹿さかげんはあの頃からちっとも変わってない」

「珍しく誉めてくれてありがとう」


晴香には嘘をついた。真佐夫は感づいていたようだ。

翌朝、事務所を出てすぐに花屋を訪ね、渋る田中から強引に五十ccのスクーターを借りた。借りるにあたっては、どうせ田中には覚えられないのを承知でまた変化球のエサをちらつかせた。この調子で頼みごとをしていると、そのうちバッターの手もとでボールが鳩に化ける魔球でも教えることになりそうだった。

八時半には、広瀬親子の住むマンションに到着した。

確信があって何かを調べようというのではなかった。ただ、自分でもまだよくわからない何かが引っかかる。

優介の言葉を信じるなら、碧は食品売り場の派遣販売員をしながらブランド服に身を包み、宝石をぶら下げ、毎回四万円も金をかけて子守りをつけていることになる。相手の男はそれほどの金持ちなのか。

左手はかすかに震えている。気にするほどのことはない。スクーターの運転に支障はない。

碧が出てきたらあとをつけてみようと決めていた。そのまま勤務先に向かうのか、子供に教えたのとは違う仕事に向かうのか。電車ならスクーターを置いて行く。

一緒に借りたヘルメットを脇に抱え、腰を落ち着けて見張れる場所を探した。三十メートルほど離れたところに古ぼけた喫茶店がある。そこで粘ることにした。窓際の席で一番マンションの出入りが見えやすい場所に座る。たちまち手持ち無沙汰《ぶさた》に陥った。

知らずのうちに左手の二本の指をテーブルにこすりつけていた。ときおり、摩擦できゅっと音をたてる。震えはいつのまにか止まっている。

一時間ほど過ぎたところでアイスティーのお代わりを頼んだ。ひりひりと痛んできたので、指先をこすりつけるのはやめた。まったく口をつけていないグラスに水滴が浮かんで流れた。

自分はいったいここで何をしようとしているのか——。

もう九時半だ。デパートの売り場に出勤するのではなさそうだ。

手も触れない二杯目のアイスティーに浮かぶ氷がほとんど溶けかかった頃、迎車らしきタクシーがマンションの前に停まった。エントランスから見覚えのある女が現れた。倉沢はすぐに席を立った。注文した時点で支払いは済ませてある。

タクシーはあっというまに去った。

倉沢はあわててヘルメットをかぶり、スクーターのエンジンをかけた。最初は右折。追う。曲がるのももどかしく身をよじって覗《のぞ》く。見えた。今度は左折だ。

子供が飛び出さないことを祈って直線でスピードをあげる。やけに風が当たるなと感じてシールドが上がったままなのに気づき、降ろした。おなじ角を左に折れる。どうか。いた。信号待ちしている。これで追いつけるだろう。

接近しすぎないよう、一台うしろの車の脇に停めた。

東へ向かっている。時折引き離されそうになるが、信号が多いのでどうにか追いつくことができた。タクシーはほとんど道なりに新宿方面へ向かう。倉沢はもはやタクシーの真後《まうし》ろにぴたりとついていた。広瀬碧を乗せた車は迷うことなくホテル・グランデに乗り付けた。

碧が降りるのを確認する前に、倉沢は向かいの遊歩道にスクーターを停めた。

今日も会うのだろうか——？

小走りで道路を横断し、ロビーに入った。制服の若い男が品定めをするように倉沢を見たが、気にしている暇はない。

どこだ？ いた。

広瀬碧はまっすぐエレベーターホールに向かっている。今日のお相手は部屋で待っているらしい。振り返る気配がないので三メートルほどまで近づいた。彼女は上り待ちのドアの前で立ち止まった。五、六人の人間がいる。ここで振り返られたらおしまいだ。これ以上の追跡はむずかしいかもしれない。

碧がエレベーターに消えたあと、倉沢は喉《のど》が渇いていることに気づき、ラウンジに入ろうとした。携帯が震えた。戸部本人からの連絡だった。

「まず、車の持ち主です。電話でいいですか？ それともファクシミリで？」

いきなり用件を切り出す。

「今は出先なので電話でお願いします」

「メモの用意は？……まず、持ち主の名は那賀川信一郎《なかがわしんいちろう》」

戸部が簡潔に漢字の説明をした。

「住所及び車の保管場所は、狛江市《こまえ》……」

メモを終えた倉沢が小声で復唱すると、戸部が先を続けた。

「那賀川氏は五十五歳、独身。不動産は、そうですね、かなり広い屋敷に住んでいますが、借金まみれです」

「借金？ そんなことまでわかるんですか？」

受話器を持つ左手が震えてきたので、右手に持ち替えた。「はは、これは失礼しました」と珍しく笑った戸部が、事務的に続けた。

「実はついでに登記簿も調べてもらいました。あなたが知りたいことの足しになればと思いまして。不動産には四番抵当までついています。四番目はノンバンクです。言ってみれば屋根の瓦《かわら》一枚まで借金の形《かた》に押さえられています」

「そうですか」

間の抜けた返事をするのがやっとだった。

「倉沢さん」

「え？」

「いや……、外にいらっしゃるようなので今はやめておきます。あとでどこか静かなところに落ち着いたらもう一度連絡いただけませんか」

了解と告げた。

倉沢は自分の気持ちに戸惑っていた。なぜ、みずからもあとをつけるようなことをしたのか、自分でもはっきりと説明できない。

少年との約束か――。

母親を説得するだけなら、こんなところまでついてくる必要はない。

晴香の言うとおり、嫉妬《しっと》があるのだろうか――。

確かに、幾度か会ううちに広瀬碧の発する不思議な魅力が気になっていた。初めは鼻についたのんびりした雰囲気が一緒にいるうちにやすらぎに変わるのを感じた。時折見せる原色の花のような艶《つや》やかさは、記憶に尾を引く。だが、それが理由とは思えない。男と会う間のベビーシッター扱いされたことか——。他人の犬を散歩させながら、道ばたに落ちた糞《ふん》のあと始末をするのとどう違うのか。真佐夫に聞けば、倉沢の気持ちを言い当てるかもしれない。だが、今は聞きたくない。

ホテルの地下にある駐車場に降りた。

予想外な相手の正体に戸惑い、戸部に車種を聞きそびれた。晴香はわからないと言っていた。あまりポピュラーなメーカーではないということか。あてもなく探した結果、二十台以上の外車があったが、例のナンバーではなかった。相手も電車かタクシーを使ったのかもしれない。

ここまで来たのだ、男の顔を見ておこうと思った。倉沢はロビーの椅子に腰を降ろし、売店で買った週刊誌を開いた。煽情《せんじょう》的な記事が並んでいるがあまり興味は湧かない。ときどき、ホテルの外へ出て身体をほぐしまた戻る。それをくり返して一時間三十分以上がすぎた。さすがに警備員に不審な目を向けられ始めた頃、エレベーターホールからようやく碧が現れた。

男と腕を組んでいる。一瞬、この相手が那賀川だと思った。しかし、別人のようだ。戸部の情報では五十五歳らしい。晴香も『冴《さ》えないオヤジ』と呼んでいた。碧は男がチェックアウトするのを離れた場所で待っている。

その男は、シャンデリアの柔らかい光を浴び優雅な光沢を見せるジャケットに身を包んだ青年で、せいぜい倉沢と同世代にしか見えなかった。いくら晴香の目が肥えていたとしても、この男が冴えないのなら、日本中の男のほとんどが冴えないことになるだろう。

死角からしばらく観察していると、正面に回された赤いBMWに乗って去って行った。

つまり相手はひとりではないということか――。

ふたりの男と同時に付き合うことも自由だ。しかし、双方から金銭を受け取っていたら？　それが三人だったら、四人、いやもっと……何人というより日替わりだったら？

それも恋愛と呼ぶのだろうか。


午前中さぼったため、午後からの仕事は断れない。これ以上収入を減らすと、本当に立ち行かなくなる。

バイクを花屋に戻し、事務所を開けた。誰もいない。支度をして出ようとして先ほどの戸部の言葉を思い出し、電話をかけた。

「那賀川氏の件で少し気になったことがありまして」

戸部が切り出した。

「どんなことですか」

「実は那賀川氏のナンバーは、調べるというほどのこともなくあっけないくらい簡単にわかりました。我が社のデータベースでヒットしたからです。それで、あなたが興味を持たれた理由もわかったからです」

「理由とは？」

「広瀬碧」

背中が強張《こわば》った。倉沢は返事をしなかった。

「旧姓永井碧。商社員だった夫は四年前の中国出張の際、接待の帰りに交通事故に遭った。相手が中国側の役人だったので、問題が表沙汰になるのを恐れた会社は個人的な会合だったと押し通した。労災は適用されず。生命保険はマンションの残りのローンに充《あ》て、ひとり息子を育てるため百貨店の食品売り場で店員をして生計を立てていた」

「どうして、そんなことまで……。それに、『いた』というのは？」

「店員の仕事はしばらく前に副業が忙しくなって辞めています。実は、その副業の顧客が私の顧客でもあるということです。つまり、ある人物の希望で彼女の身元を徹底的に洗ったことがあります」

「副業とは？」

大声を出したわけでもないのに、声がかすれていた。

「電話ですので、直截《ちょくせつ》的な表現はやめておきます。調査の依頼をした人物も、名を出せばご存知かもしれません。副業の内容は……、倉沢さんのことですから、想像はついていらっしゃると思います。ひとつだけ申し上げれば、お相手は中流以上の資産を持った方がほとんどです。関係を持つ前に相手の身上調査が必要な程度の地位なり立場がある方。三年ほど前から回数が増え、十ヵ月前には専業になっています。ちなみに那賀川氏は最初の頃からの客です。具体的な金品の受け渡しまでは把握できませんが、会った回数は群を抜いています」

金持ちの男相手に、高級ホテルで行う商売――。

考えられる選択肢は限られている。

覚醒剤《かくせいざい》や銃の売人には思えなかった。もっと手っ取り早く売れる商品。売り切れることがない商品。彼女がいつも手入れを怠らない商品。

それが売り物に違いなかった。

13

明けて金曜日。

広瀬碧が泊まりがけの依頼をしてきた夜まであと一日となった。

午前中の作業を終えて、倉沢は狛江市を目指していた。晴香に内緒で午後の仕事はキャンセルしてある。

どうしても一度、那賀川に会っておきたかった。

住宅地図であたりはつけてきた。車をゆっくり走らせながら建物を探す。大きな屋敷と言っていたから、すぐにわかるだろう。ほどなく人の背丈の倍ほどもある生け垣に囲まれた邸宅にたどり着いた。表札には確かに「那賀川」の名がある。倉沢は交通量の少なそうな裏通りに車を停めて戻った。

敷地は二百坪近いかもしれない。門から玄関まで続くコンクリートの通路がカーポート代わりのようだ。詰めれば四、五台は停められそうなスペースに、今は濃紺の車が一台だけ停まっている。

その車は確かにあまり見慣れないシルエットだった。垣の隙間から目をこらして見る。エンブレムが見えた。マセラーティだった。

──車道楽が最後に行き着く車、って言われているんだぜ。

現役時代、先輩のチームメイトが自分の愛車を自慢していたことを思い出す。型は古そうだが、趣味とはまた別の問題だ。ナンバーを確かめる。間違いない。水曜日の相手だ。

あまりじろじろ覗《のぞ》いていると怪しまれるので、屋敷の周りを歩いてひと回りすることにした。ときおり生け垣の切れ目から、さりげなく中を観察する。

庭の手入れはずいぶん長い間放ってあるように見えた。元から雑草なのか観賞用に植えた草花が野生化したのか、大人の膝《ひざ》ほどもある緑の絨毯《じゅうたん》で地面がほとんど見えない状態だった。

樹木の剪定《せんてい》もなおざりにされているため、見通しが悪い。

これならビワをかっぱらっても見つからなそうだ――。

屋敷の広さのわりに不用心だ。生活の気配を感じさせない庭は、倉沢にいつか外国映画で見た荒れ放題の古城を連想させた。

ますます那賀川という男に興味が湧いた。

それほどの借金生活を送りながら、イタリア製の高級外車に乗りシティホテルで女と会っている。そして少なくない金も渡しているだろう。それが碧の商売だというなら。

「まともじゃない」

つい、口をついて出た。それ以外に表現が思い当たらない。ただの浪費ではない、確信的な破局への歩みに感じられる。

次に広瀬碧のことを考えた。まだ顔も見たことのない男にのしかかられ抱かれている碧を想像した。空腹に耐えかねて、つい落ちていたものを口に入れたときのような胸の不快感を抱き、空想をやめた。優介に何と言えばいいのだ。

「よかったな。お母さんは再婚するつもりじゃない。男とホテルで時間を過ごす商売が忙しくなったので君が邪魔なんだ」

倉沢は自分の服装を確かめた。幸い、汚れた作業服を着ている。

一度、深呼吸をしてチャイムを鳴らす。万が一留守だったら、夜にもう一度来てみればいい。

「はい」

インターフォンに男の声が応答した。

「庭の樹木のことでお話があるんですが」

「庭の、なんです？」

静かな落ち着いた声が聞き返す。

「庭の樹木がまったく剪定されていないのは景観を損ねるし、害虫が湧くという苦情がご近所から市役所に寄せられました。そして我が社に委託があってうかがいました」

そんなでまかせを信じるだろうか。かといって他に妙案があるわけでもなかった。

しばらく沈黙があった。断られるか、無視か、五分近く立ち尽くしていると、倉沢の年齢よりも歴史を刻んだように見える門が開いた。脂けのない半分ほど白髪の混じった五十がらみの男が立っていた。

那賀川信一郎に違いなかった。

洗いざらしたシャツに、毛玉の浮いたカーディガンを羽織っている。

「うちの庭木のことで苦情があったんですか？」

「ええまあ、苦情というよりは何とか手入れしてもらえないだろうか、とそんな感じですが」

晴香、俺はやっぱり営業には向いていないな――。

これでは門前払いだろうと覚悟を決めかけたとき、那賀川が答えた。

「確かに酷《ひど》いですね」

「え？」

「庭です。そうおっしゃったでしょう？」

「ええ、おっしゃ、じゃない、申し上げました」

門のところに立った那賀川が庭を眺めている。

「心に余裕がなくなると、そういうことに気が回らなくなるんですね」

腕組みをして、ひとり言のように口にする。

「私どもにお任せいただければ、格安で仕上げさせていただきますが」

「あなた、市役所の依頼で？」

「申し訳ありません」

倉沢は深く頭を下げた。

「いきなり庭のお手入れのセールスにうかがっても、ほとんど門前払いなものですから、方便で……」

「まあ、そんなことじゃないかとは思いましたよ。ただ、ご近所の方の目は気になっていましたのでね、つい」

俄《にわか》に営業センスに自信の湧いた倉沢は、その他のサービス項目を並べ立てた。倉沢が一方的に喋《しゃべ》るのを那賀川が遮った。

「あなた、どこかでお会いしませんでしたか？　確か以前に、お見かけしたような……」

「よく言われます。背の高い男はみんなおなじに見えるんです」

那賀川は、納得していないといった表情でうなずいた。

「よい車ですね。マセラーティですか？　私も一度乗ってみたいですよ」

倉沢の言葉に那賀川の顔つきがゆるくなった。

「ほお、そう言っていただけるのは嬉《うれ》しいですね。癖のある車ですが、そこに惚《ほ》れまして……。昔の道楽です。もう買い換える余裕はありません」

気恥ずかしさと嬉しさの混じったような表情を浮かべている。

いよいよ本題に入ろうとして、倉沢が口を開きかけたその時、那賀川が制した。

「申し訳ありませんが、これから出かけなければなりませんので」

「あ、お仕事でしたか。それはお取り込みのところを」

「いえいえ、仕事なんてものじゃありません。病院に行くんです」

「病院、ですか？　どこかお悪いんですか。そういえば、お顔の色があまり良くないですね。あ、失礼しました。すみません、立ち入ったことを聞いてしまって。最近、うちの親《おや》爺《じ》が顔色悪いもんで、つい気になって」

那賀川は目もとに軽い笑みを浮かべている。

「あなた、面白い方だ。営業の成績はいいでしょう？　お父さんの顔色の話が本当なら、一度病院に行かれたほうがいいかもしれませんね。私のことは、別に隠すほどのことでもありません。身体の血をきれいにしてもらいに行くんです」

「血をきれいに？」

「ええ、人工透析です」

「腎臓《じんぞう》がお悪いんですか」

「そんなところです。週に三日通って一回につき四時間かけて機械に血液を濾過《ろか》してもらうんです。もう五年もそんな生活です」

　恨み言には聞こえなかった。ワイシャツのクリーニングを引き取りに行くような、淡々とした口調だった。倉沢はほとんど同情しかけたが、借金までして作った最後の金で碧の身体を買っているかもしれない、という思いが引き止めた。

「大変厚かましいお願いとわかっていますが、通院の予定のない日を教えていただけませんか。もう一度うかがってみたいんですが」

「通院は月水金の午後です。ただ、来ていただいてもご期待には沿えないと思いますがね」

「無駄足も営業のうちです。それじゃ、大変なところにお邪魔しました。また、あらためてうかがいます」

　頭を下げる倉沢に軽く手を振って那賀川は門の中に消えた。倉沢は那賀川の表情を思い出していた。目に落ち着きがあった。借金まみれで家屋敷を取り上げられる寸前の人物には見えなかった。

　そしてひとつはっきりしたことがある。水曜の午後、碧は人工透析を終えた那賀川とホテルで時間を過ごしているのだ。

事務所に戻る途中、戸部の携帯電話に伝言を入れた。着くのとほとんど同時に返事が来た。

「最近、急に逆指名が多いですね」

「また、お尋ねしたいことがあります」

「なんでしょう？」

「名前と住所がわかれば、生命保険に入っているかどうか調べることができますか？　特に高額の保障金の」

数秒間の沈黙があった。

「調べることは可能です。表だって公開されることはありませんが、高額保険の加入者のリストは入手可能です。重複加入を調べるためですが、まあ、存在の目的は想像におまかせします」

倉沢は、リストの存在意義などに興味はなかった。

「那賀川さんですか？」

戸部のほうから聞いてきた。

「ええ」

戸部のため息が聞こえた。

「実は広瀬さんがかかわっていると気づいて、あなたに真実を告げることにためらいがありました」

倉沢は答えない。

「普通なら、『何だ。放っておこう』と思うところですが、倉沢さんはますます首を突っ込まずにいられないだろうと思っていました。ただ、私が黙っていてもあなたならいずれは突き止めるでしょう。その手間を省いてさしあげようと思ったのです」

「お気遣いすみません。納得できればそこでやめます。恋愛沙汰《ざた》に横やりを入れるつもりはありません」

「私が心配しているのはそんなことではないのですが。……まあとにかく保険のことは調べます。少しお待ちください」

「よろしくお願いします」

ちょうど電話を終えたところに、晴香が帰ってきた。

七十代の女性三人に付き添ってきたはずだ。

晴香は、倉沢の顔を見るなり文句を言いかけた。最近仕事に身が入っていないと怒っていた今朝の続きかもしれなかったが、いつになく深刻な表情の倉沢を見て、結局何も言わなかった。

「じゃあ、帰るから」

ほとんど言葉をかわすこともなく事務処理をして帰って行った。

誰もいない事務所で、夜の葉桜を眺めていると電話が鳴った。一瞬迷ってから倉沢は受話器をとった。

「わかりましたよ」

戸部は倉沢本人とわかると、挨拶《あいさつ》抜きで本題に入る。

「助かります。それで？」

「リストに那賀川の名はないということだった。

「そのリストは完璧《かんぺき》でしょうか？」

「検証したことはないのでなんとも言えませんが、正確だと思いますよ。業界自体のニーズで作られたものですから。ただし、災害死亡時五千万円以上の加入者だけです」

「そうですか……、笑わずに聞いてもらえますか。自殺でも保険金は降りるんですか？」

「たいていの生命保険は二年ないし三年の免責期間を過ぎれば支払われるはずです。もちろん、自殺の場合一切支払わないと明記してある保険もありますがね」

「仮に、その免責期間が過ぎていた場合、満額が支払われるんですか」

「事故死の場合には割増になる特約のある保険が多いのです。つまり病死の二倍とか三倍の保険金額が支払われます。でも、自殺は事故死に該当しません。死期を悟ったら、保険に加入している人はみんな自殺してしまいますからね。普通は一番低い保障額である病死と同額です」

借金、享楽と破滅、そういったことから自殺に結びつけて考えた。広瀬碧に払う金をどこからか、あるいは考えがたいが碧本人からツケにしたものを、自殺の保険金で支払おうとしているのではないか。

そんなことを考えていたが、さすがに空想のふくらませすぎだったのかもしれない。礼を言って電話を切りかけたとき、一瞬何かが浮かんで消えた。

「ちょっと待ってください……」

「何か？」

あの家にあった、ひとつだけ場違いなもの、そう、車だ。マセラーティが残っている。

「車輛《しゃりょう》保険はどうです？　調べられますか」

「残念ながら車輛保険のリストは心当たりがありません。二重加入を想定していませんから。でもそれ以前に、車の場合はそもそも明らかな自殺だったら保険金は降りないと思いますが」

確かにうまくいきそうには思えない。今の那賀川が死ねば、かなり難しい判断になるだろうと素人の自分でも思う。

「倉沢さん」

「はい？」

「よけいなお世話かもしれませんが、あまりかかわらないほうがよいと思いますが」

「なぜです？」

「先ほども申しましたが、あなたの人柄を存じていますので」

「実は西野にもうんざりするくらい言われました」

「晴香さん？」

「ええ、兄の真佐夫にも」

「真佐夫さんにも。それならなおさらやめたほうがいい」

倉沢はそれには答えず、礼を言って受話器を置いた。


何日ぶりかで夜の井の頭公園に降りた。

花見の頃の狂乱が嘘のように静かな夜が待っていた。もともと、人通りはそう多くないが、倉沢はさらに小径《こみち》を分け入った。ここなら、誰に見られることもない。木立を透けてくる街灯と月明かりだけがすべての暗がりだ。あそこに見える一本の若い紅葉。距離はちょうどいいだろう。あれが目標だ。

半身に構え、ゆっくりと振りかぶり、左手を振り下ろした。

まずはストレート。数センチの誤差もなく、キャッチャーのさしだすミットに収まった。乾いた小気味いいほどの音が響く。よし、調子は悪くない。左手の震えも消えている。次はカーブだ。ワインドアップから投げる。打者がのけぞるが、ストライクだ。遊びダマはいらない。三球で勝負をつける。次はフォークボール。キャッチ、後逸するなよ。構え、投げる。バッターは見送った。手が出なかったのだ。審判が右手を高々とあげた。

どうだ——。

一瞬の静寂、そして歓声。

倉沢は夜空を仰いだ。そこにはただひとつの黄色い月が浮いているだけで、カクテルライトは幻と消えた。

死後の魂と引き換えに、ひとつだけ夢がかなうという伝説は本当だろうか——。

月も樹木も何も答えなかった。

14

いよいよ泊まりの土曜になった。

「若い男とひと晩泊まるからって、取り乱すなよ」

事務所を出がけに倉沢がからかった。

「一発殴られるのと、私が今キャンセルするのと、どっちがいいか選んで」

それ以上機嫌を損ねられては計画がだめになる。倉沢は、今日機嫌よく出かけてもらうために買っておいたチョコレートの包みを渡した。晴香は頬をふくらませながらも受け取った。

「それじゃよろしく」

倉沢は、JR吉祥寺駅中央口、改札の正面にあるコーヒーショップの物陰に立った。

そう広くはない構内のほとんどがひと目で見渡せる。

広瀬碧にも「今日は晴香が付き添う」と断りを入れてある。そのことについて彼女は何も言わなかった。

倉沢は『足』をどうしようか迷った。

誰かに会うとすれば水曜とおなじように、電車で移動する可能性もある。しかし、今日が特別な日だとすれば車の可能性が高い。とりあえずはどちらにも対応しやすいように、田中に借りたスクーターを駅東側すぐにある高架下歩道に停めておいた。

まもなく親子が現れた。

優介少年はいつもとほとんど変わらない恰好《かっこう》をしている。母親の碧を見て軽い驚きを覚えた。下はジーンズにスニーカー、トップはクリーム色のカットソー。薄茶色のカバーオールを羽織っている。値は張るのかもしれないが、これまでに比べてかなりラフな身支度だった。耳もとのピアスも、今まで見た中でもっとも控えめに見える。

晴香が何度も頭を下げながら改札を入って行った。優介もいつもと変わらずやや浮かない顔をしている。そこに倉沢がいることを知っているかのように一、二度振り返った。

倉沢は少年に気づかれないよう物陰に身を置いた。当然、晴香からも見えない。晴香にしては不安そうな表情だが、今はメールを打つ余裕はない。

果たして碧はどの方向へ歩き出すだろうか？

「あっ」

倉沢は小さく驚きの声を漏らした。くるりと方向を変えた碧は、倉沢の隠れているほうへ向かってくる。

気づかれていた？

身を隠しながらとっさに考えた。いや、車だ！

吉祥寺駅前のロータリーは、昼の間一般車輌の乗り入れが禁止のため、車を停めておいたり誰かをピックアップするのには不便だ。それをするには、ほとんど東口の高架下あたりしかない。碧の目的はおそらくそこだろう。

物陰に身をおいて、どうにか気づかれずにやり過ごした。

碧は高架下の歩道で信号待ちをしながら携帯電話をかけている。倉沢はヘルメットをかぶり、シールドを降ろした。碧はそのまま横断歩道を渡って行く。危険を承知で倉沢も五メートルほどうしろをスクーターを押しながらつけた。渡りきったところで碧の身のこなしを見て、逆方向へ逃げた。

大通りからひとつ折れた道に赤い軽自動車が現れた。碧が駆け寄る。運転席から男が降り立つ。

やはり那賀川だった。

那賀川はぐるっと回って助手席に収まり、碧が運転席に座った。そのままゆっくり走り出した。

倉沢は相手のバックミラーで気づかれない程度の距離を保ってあとを追った。車を観察する。型が古くてすぐには車種がわからない。少年の言っていた、最近購入した彼女自身の車なのだろう。

井ノ頭通りは比較的渋滞していてつけやすかった。その間に倉沢はこのあとのことを考えた。道が混んでいる間はついていけるが、いずれ引き離されるだろう。その前に手を打ちたい。

碧の車はやがて吉祥寺通りに出て南下し始めた。

およその予想はついていた。一度西に折れた車が再び南に向かったとき、倉沢は確信した。この先にあるのは中央自動車道、もしくは多摩川《たまがわ》。おそらくは高速道路だろう。

自分がこれからしようとしていることに後悔はないか。もう一度自分に問う。ない。それならば迷うことはない。

高速のインターに入られたらもうあとを追うことはできない。倉沢はアクセルをふかし、信号待ちをしている軽自動車に一気に追いついた。

ヘルメットのシールドを撥《は》ね上げ、助手席の窓をノックする。中のふたりがはっと倉沢を見て、それが誰であるかわかってさらに目を開いた。倉沢は、身振りでウインドーを下げるよう要求した。助手席の那賀川が口を半分開いたまま、ウインドーを下げた。

「お取り込みのところ申し訳ありませんが、お話があります。この先のファミレスに寄ってもらえませんか」

ふたりは顔を見合わせた。

渋滞が動いた。ふたりの車も動き出す。五十メートルほど進んで倉沢が追いつくと、窓から那賀川が答えた。

「わかりました」

ダッシュボードに富士山周辺のガイドマップが投げ出してあるのが見えた。

夕食時に入って来て、コーヒーとアイスティーしか頼まない三人組に、露骨に「それだけ？」という表情を残してホール係が去った。

「調布《ちょうふ》のインターまで行かれたらどうしようかと思ってました。原付のスクーターじゃその先は入れないですからね。いよいよの場合は進入路の入口で死んだふりでもしようかと思いましたよ」

倉沢の言葉にもふたりは笑いのかけらも浮かべなかった。互いの顔を見合わせていたが、代表して那賀川が口を開いた。

「どういうことか説明していただけませんか？　広瀬さんのお知り合いの方が、私の家に庭木の剪定《せんてい》のセールスに来て、こんなところで顔を合わせた——いや、はっきり申し上げてあとをつけてきた理由を」

どこから、どう説明したらいいのだろう？　まずは目の前のコップの水を口に含んだ。

「剪定の話は苦し紛れの冗談です。那賀川さんがどんな方かお話がしてみたかっただけです」

「話を？」

「他人の恋愛に口を挟むつもりはありません。でも、広瀬さんがこれからしようとしていることで、生涯消えない傷を負う人間が少なくともひとりいる。そのことをお伝えしたくて邪魔をしに来ました」

倉沢は、ふたり交互に向けていた視線を広瀬碧ひとりに据えた。

「もちろん優介君です」

碧は目をほとんど閉じて、顔を伏せている。

「広瀬さん」

倉沢の呼びかけに、碧が視線をあげた。

「どうか、死ぬのはやめてください。優介君のためにも」

ふたりともほとんど表情に変化がない。

「彼は、自分が水曜日に邪魔者であることを知っています。知ってますか？　彼はサッカーや野球観戦が特別好きなわけじゃない。初めて私と競技場に行った日は、通路に出て勉強してましたよ。でも、まだ本当の理由までは気づいていない。今なら取り返しがつきます」

「疲れたんです」

ぽつりと碧が言った。耳に慣れてきた艶《つや》のある声ではなかった。

「きちんと育てなければいけない、っていうプレッシャーで」

「あれ以上、どうきちんと育てるんです？」

うつむいていた碧が顔をあげた。

「死んだ夫の両親が、優介を引き取らせろと毎週のように言ってきます。育てかたや学校のことなどで本当に細かくクレームをつけるんです。最近では、私のせいであの人が死んだようなことさえ言われます。……意地を張るのも疲れました。そんなに欲しいなら優介をあげます。私は夫のところへ行って恨み言を言います」

「あなたらしくない」

倉沢が言った。

那賀川が「何のことかわからない」という表情を浮かべている。倉沢は続けた。

「私にできることなら力になります。弁護士を紹介してもらってもいい」

那賀川が小さく手をあげ口を挟んだ。

「ちょっと待ってください、倉沢さん。お話をうかがっていると、私の知らない事情もご存知のようだ。全部話してもらえませんか。そう……、時間ならうんざりするほどあります」

倉沢はアイスティーで喉《のど》を湿しながら言葉を探した。あのことには触れずに説明しなければならない。

「そもそもの疑問はスポーツ観戦の付き添いです。他の人間はあまり気にしていないようでしたが、私にはずいぶん抵抗がありました。毎週、金を払って子供のスポーツ観戦に付き添いを頼むということに」

那賀川は黙って聞いている。

「うちの親会社には調査会社との取り引きもあります」

まさか、自前の凸凹コンビがあとをつけたとは言えなかった。

「おふたりの関係はすぐにわかりました。そして、ふたりきりの時間を作るために優介君が邪魔なのだろうということも。しかし、また別な疑問が湧きました。どうして付き添いまでつけて家から追い出す必要があるんだろう、と」

那賀川が碧の顔を見た。

「すると、優介君はまだ、あなたと暮らしているんですか？」

「そう、それが答えです」

倉沢が割って入る。

「広瀬さんはお綺麗《きれい》ですが、子供のいることが不都合なお歳ではないですよね。子供を隠して玉《たま》の輿《こし》に乗ろうというのか。それも考えましたが、いずればれることです。あるいはふたりで会うために邪魔なのか。シティホテルをご利用みたいですから、これも当たらない。思いつくのは、もしかすると、すでに優介君は誰かのもとに引き取られたことになっていたのではないか？　ということです。最初は、好きな男性に家に来てもらいやすくするための軽い嘘だったのかもしれませんが。水曜日、広瀬さんのお仕事がお休みの日、那賀川さんが人工透析を終えてあなたとふたりの時間を過ごしたあと、家まで送ってもらうのがいつしか習慣になってしまった。だから水曜の夕方以降優介君が塾で不在なのは好都合だった。ところが、塾を突然やめてしまった。あなたは苦し紛れにサッカー観戦に行かせることにした。終わりの時刻をいつも気にされていましたね。那賀川さんに家まで送ってもらったときに優介君とばったり出会わないように。たまならいいが、毎週いてはごまかしもきかない。多少出費はかさむが、どうせあと数回のこと……」

肯定も否定もなかった。倉沢は先を続けた。

「子供がいることではなく、一緒に暮らしていることを知られたくない理由。それは何か？　ずいぶん考えました。そして、那賀川さんにお会いして人柄を知ったときに思い当たりました。それは、一緒に死ぬことを、断られないためです。自分が子供とふたり暮らしであることを知られては、那賀川さんが一緒に死ぬことをうんといわないと思ったからです。違いますか？」

碧が小さくうなずくのを見て、倉沢は那賀川に説明した。

「優介君は今日もうちの社員と東京ドームで野球観戦です。それも泊まりの予定で。あなたたちおふたりの、自殺というべきか心中と呼ぶべきかわかりませんが、とにかくそれが今夜の間は発覚しないように」

碧の顔に視線を置いて言った。

「もしかしたら、明日にも義理のご両親が引き取りに来る手配にでもなっているのではないですか？」

口を開いたのは那賀川だった。

「そうだったんですか」

ぼそっと口に出したあとで、碧の表情をうかがい、また倉沢に視線を戻した。

「倉沢さんはすでにご存知のようですが、私は事実上破産しています。家屋敷も抵当に入っていて、今では庭の石ひとつ自由にできない身の上です。もう何も残っていません。この方と知り合った頃はまだ、自由になる金がいくらかありました。恥ずかしながら金を渡して愛情をつなぎとめようとしていました。ところが私の借金のことや病気のことを知ったあとは一銭も受け取らないばかりか、最近では病院代や生活費まで立て替えてもらうありさまです。ただ……」

那賀川は碧の横顔に、ちらと視線を向けた。

「ちかごろでは、身体が弱って肉体的な関係はなくなりましたが」

そして、彼女の手に自分の手を重ねた。

「誤解されているかもしれませんが、病気そのものがつらくて死のうと思ったのではありません。わたしなどよりずっと若い人も、あるいはもっと年をとった方も、皆さん頑張っていらっしゃる。自殺の口実にしてしまっては、彼らに申し訳がたたない」

「じゃあ、なぜ」

「わたしという人間の未来に希望が見つからないんです。人はつらくて死ぬのではない、希望を失うから死ぬのだといいますね。わたしも、まさにその光りを見失ってしまったんです。何を目指して頑張ればいいのかわからない。だから、ひとりで富士の樹海にでも入って死のうと思って打ち明けると、この碧さんが『それなら一緒に』と言ってくれたんです」

広瀬碧はほとんどうつむいているため、倉沢からはどんな表情をしているのかわからなかった。彼女がとっくにデパートの勤めを辞め、今では身体を売るのが専業になってしまったことはおそらく那賀川は知らないはずだ。

水曜の夕方にこだわり続けた理由は変わってしまった自分を那賀川に知られたくないためだ。今でも普段の勤めは続けている。那賀川こそが特別の存在である。と思ってもらいたいために。

碧の本業のことを話せば、那賀川の愛情は冷めるだろうか。

「那賀川さん、広瀬さんはたぶん富士の樹海で死ぬつもりじゃありませんよ」

「え？」

「今日の遠出にせっかくのマセラーティじゃなく、わざわざ軽自動車で行こうと言いだしたのは広瀬さんじゃありませんか？」

口には出さないが、那賀川の目つきは肯定していた。

「ご主人の死亡時にろくに保障がなされなかったことは聞きました。子供を義父母に渡すとしても、将来のためにまとまった金を残してやりたかった。しかし、最近思い付いて入ったばかりの生命保険なら、自殺では保険金は降りない……。直前までは、『まさか』という疑いでした。でもさっき、おふたりが広瀬さんの車に乗ったところで確信しました。高速道路のどこかで激突でもするか、もしくは事前に調べておいた崖《がけ》や山の上から転落するとか、とにかく車の事故として死ぬ気だったんじゃありませんか？　あの車は搭乗者死亡保障が高額の保険に入っているんじゃないですか。時間がなかったこともあって、そこまで立ち入って調べてはいませんが」

後半は碧に言葉をかけた。折れるほどに頭《こうべ》を垂れた碧の顔から水滴が落ちた。

「そんな」

那賀川が握る手に力が入ったのが見て取れた。

「急にスケジュールのスタイルが変わった今回は何かあると、そう思いました。今までの観戦は屋外だった。サッカーの試合はそうそう雨では流れませんが、それでも万が一中止ならしかたない。野球を代用にもした。その程度でした。ところが、今度は東京ドーム、しかも泊まりです。絶対に今夜は帰ってきて欲しくない事情があるのだろうと。……むりやりおふたりを止めてただ夜のドライブだったら、そのときは顧客を一件失うだけです。だけどもしも想像が当たっていたら、悲しむ少年をひとり救うことができる。ねえ、広瀬さん。彼は持参金つきで祖父母のもとへ送り込まれるより、母親と暮らしたいと思っていますよ。たとえどんな生活だろうと」

倉沢が話し終える前から、碧のしゃくりあげる声が聞こえていた。

「ずっと……あの事故があってからずっと、死にたいと思っていました。ふらっと、ビルの屋上に上ったこともあります。倉沢さんみたいに成功された方にはわからないかもしれません」

冗談じゃない——。

危うく声に出しかけた。そんな気持ちなら、毎日、食前食後に湧いてきますよ。

「だけど、ひとりではどうしても死ぬ踏ん切りがつかなくて、そんなとき那賀川さんと知り合って、だから、……」

次第に声が細くなって、最後は聞き取れなかった。倉沢があとを継いだ。

「私には広瀬さんの行動を裁く資格なんかないし、そんなつもりもありません。本当なら、どうぞお好きにと言いたいところです」

言い終える前から、左手の指先がうずいていた。

「何度も言ってますが、彼の友達として頼みに来ただけです。僕には、はっきり将来の夢も教えてくれました。ご存知でしたか？　彼は海洋学者になりたいそうです。……優介君が塾をやめたのはあなたの負担になりたくなかったからです。それでもあなたが私立中学に行かせたがっているのを知って、ひとりで勉強しています。私立へ行くのは金がかかるけど、特待生になれば学費の免除があるのを知って、猛勉強しています。ところが、あなたがスポーツ観戦などという手を打ってきたので彼は察したんです。自分は水曜の夜に邪魔者だということを。それで素直に私と一緒に過ごしたんです。そんなに思いやりのある子なら、普通に暮らせればそれで幸せじゃないですか？」

倉沢は、おなじようにうなだれている那賀川に向かって言った。

「もう、那賀川さんが道連れにしないでしょうが、それでも行くと言うなら今すぐ警察に通報します」

「……わかりました」

那賀川が、やはりかすれた声で言った。

「ありがとうございます」

しばらく続いた沈黙に堪えがたくなって、倉沢がヘルメットと伝票を摑《つか》んで立ち上がりかけたとき、那賀川がいま思いついたように聞いた。

「あなたにいただいた名刺には『便利屋　付き添い』とありましたが、探偵業のようなこともされているんですか？」

「とんでもない。週のうち二日はタンスを担いで、残りはゴミ掃除です」

別れ際、倉沢は広瀬碧が礼を言う声を聞いたような気がした。

その礼が自殺を引き止めたことに対してなのか、本業となった売春のことを明かさなかったことに対するものなのか、それともまったく別の理由からなのか、倉沢には判断できなかった。

15

事務所から車で二十分ほどの河川敷グラウンドの側道に、倉沢は通行の邪魔にならないようバンを停めた。

野球独特のかけ声が聞こえてくる。ユニフォームを着て、練習をしている連中が見える。今日からゴールデンウィークだというのに、野球の試合をしているとはよほど好きな連中なのだろう。

離れていても見知った顔がいくつもあることがわかる。マリナーズにそっくりのユニフォームを着ているのは、倉沢の事務所がある地元の連中が作ったクラブチームだ。

倉沢は車に身体を預けて、風を受けながらあたりを眺めた。

「もしもし、倉沢さん」

昨日、優介からかかってきた電話の声が風に乗って蘇《よみがえ》る。

聞き覚えのある遠慮がちな声だった。あの土曜日から一週間が経つ。

「なんだ、ガリ勉少年か。相変わらず勉強してるか？」

「うん」

その先がない。しばらくの沈黙が続いた。

「なんだよ。そっちから電話してきたんだから、早く用件を言ってくれ」

「うん……」

「まさか『うん』の練習をしようと思って電話してきたわけじゃないだろうな」

「違うけど……」

「なんだよ、じれったいな」

再び数秒の間があいて、また優介の声が聞こえた。

「倉沢さん」

「だからなんだ？」

「ありがと」

「どうもありがとう。僕、あの帽子ゼッタイ捨てないから」

「え？」

「なんだって？」

「帽子。……裏返したまま、一生大切にする」

ようやく、少年の言いたいことがわかった。そんなことでわざわざ電話なんかしてくるな。

「そうか」

それだけ言い返すのがやっとだった。

花屋の田中の姿が見えた。

倉沢は車から降りて隣の空いたグラウンドへ歩いていった。今日、ここで練習試合をやると田中に聞いていた。今回に限らず、試合のある日はいつも必ず声をかけてくれる。

「一度見に来てくださいよ。それと、できたら投げてください。俺、捕ってみたいすから」と何度聞かされたかわからない。それに先日の約束があった。

いや――。

本当は、しかたなく来たのではなかった。だが、田中にはその理由を――左手がうずき始めたからだなどとは――絶対に言えない。

携帯を取り出して記憶させた番号を呼び出す。近くにいる仲間に指摘されて、田中があわててバッグから携帯を取り出すようすが、倉沢のところからも見えた。

「もしもし……」

「あ、兄貴。どうしたんすか？」

「試合開始まであとどのくらいある？」

「ええと、四十分くらいすね。これから交替で練習しますから」

「十分ほど時間つくれないか？」

「時間って、どこにいるんすか」

「お前さんから見て右手に、使ってないグラウンドがあるだろう。そのバックネットのところだ」

「バックネット……。あ、ほんとだ。いた」

思いきり背を伸ばして手を振っている。目立たないところから電話をかけた意味がなくなった。

「グラブとミットと、それにボールをひとつふたつ持ってきてくれないか。なるべく目立たないように」

「いいすけど」

田中が、不審な気持ちをあらわにした返事をしながらも、言われたとおりの物を持って小走りでやってくる。

お人好《ひとよ》しだな――。

あの人なつこさのおかげで商売が持っているのかもしれない。晴香がいつも言っている、愛想も商売のうちだと。

息を切らせて田中が近づいてきた。

「どうしたんすか今日は？　それにしても、いつでも話が急っすよね」

倉沢は照れ隠しにポケットに手を入れたまま答えた。

「この間、キャッチボールするって言っただろう？　晴香のお相手頼んだときに」

「え。じゃあ、今？」

「俺は約束を守るんだ」

「うっほ。やった。一度でいいからプロの球を受けてみたかったんすよ」

興奮し始めた田中に釘《くぎ》を刺した。

「ただし、ずいぶん投げてないからそこらの草野球の投手よりへなちょこだぞ。プロの球なんてものじゃない」

「了解了解」

田中は自分でキャッチャーミットをはめ、倉沢にボール二個と右手用つまり左利き用のグラブを渡して走っていった。

倉沢は、田中が置いていったボールを拾った。慣れない手触り。そう、軟球だ。社会人野球の中でも田中たちがやっている軟式野球——いわゆる草野球では、ゴム製の軟球を使用する。高校以来、倉沢は硬球にしか触れたことがない。下手に軟球を投げればフォームを崩すこともあるし、肩を壊すことさえあるかもしれない。それに……。

いや、今の自分にとってそんなことは理由にならない。

「この辺でいいすね。最初は立ちますか？」

ふり返った田中に倉沢は手をあげて了解の合図をし、グラブははめずに足もとに置いた。倉沢は右手の中で二、三回ボールを回転させ、グリップを決めた。

そのまま振りかぶって投げる。

ほぼ狙ったところへは飛んでいった。ただし、とんでもない放物線を描いて。

田中は露骨に不機嫌な表情を浮かべた。気のないしぐさでボールを摑《つか》み、不満の表情を浮かべている。田中が緩く返すボールを倉沢は素手で受け取る。グラブは置いたままだ。

もう一度投球動作に入ろうとしたとき、田中が声をあげた。

「からかうのはやめてくださいよ。倉沢さんはサウスポーじゃないですか」

倉沢は左投げ投手だった。

田中の言葉にかまわず、倉沢は再び右手で投げた。さっきより放物線の角度は緩かったが今度は横に逸《そ》れた。取り切れなかった田中が草むらを走って行った。

戻って来る田中の顔が珍しく真剣だ。息を切らしながら抗議した。

「いくら俺が素人だからって、そりゃあんまりですよ。そんなに嫌なら、無理しなくていいです。もうやめましょう」

怒りのせいか、言葉遣いがまともになっていた。

田中は目を逸らしたまま倉沢のもとへ走り寄り、足もとにあるグラブとボールを拾い上げて無言のまま背を向けた。

馬鹿にしたわけでもからかったのでもなかった。

軟球には慣れなくてな——。

いや、そんな言いわけも嘘っぱちだ。

どうしても今まで田中に言い出せなかった拒絶の理由があった。軟球を投げるという行為そのものだ。

ことが思うように運ばないとき、左手が震えることには気づいていた。それは、投げたい気持ちを無理に殺している瞬間だと心のどこかでは認めていた。本当は試合で投げたいと思い続けているのかもしれなかった。

しかし、技術やまして収入の有無などではなく、決定的にプロ野球と草野球の違い、その象徴は倉沢にとって使用するボールだった。ここで軟球を投げるということは完全にあの世界を棄てる、ということなのだ。

もちろん、いつか夢想したようにたとえ魂と引き換えにしたところで今さらカムバックなどできるとは思っていない。しかし、同世代の連中がまだ一線で活躍しているときに、草野球用のグラウンドでみずからはっきりと絶縁を宣言することは、耐え難い痛みを伴うだろうというおびえがあった。

何度田中にせがまれても、「うん」と言えなかった最大の理由はそれだ。

倉沢は、場合によってはそんな気持ちを説明しようかという考えも持って来たが、田中の怒りを見て言い出せなくなった。そんな言い訳は、今さら田中も聞きたくないだろう。

去っていく背中を見た。

ふだん彼を毛嫌いしている晴香でも、もし今の自分の立場なら呼び止めるだろうな、と思った。

決めるより先に言葉が出た。

「ちょっと待ってくれ」

背中に向けて怒鳴る。立ち止まった田中が振り返る。

「悪かった。もう一回だけ付き合ってくれ」

田中は少し迷った表情を浮かべたが、また小走りに倉沢のもとへグラブとボールを置き、さっきの位置に戻った。

倉沢は座るよう手で合図した。

少しきつめの右手用グラブをはめ、左手に持ったボールをちらと見た。

握り位置を決め、振りかぶり、流れるような動作で田中のミットめがけ投げた。

わずかに右へ逸れたが、田中はうまく捕球した。

まるで、ボールに止まった蝿が卵を産み落としそうなスピードだな――。

倉沢は苦笑したが、受けた田中は真剣な表情だった。

倉沢は投げ続けた。二十球投げたところで息があがった。やがて彼の「終了」の合図で、田中が立ち上がり、ようやく微笑んだ。

周囲の音が消えた。

直立不動の姿勢を取った田中は、さっと帽子を取り、高校球児のようにきびきびとした一礼をした。

立ちつくしている倉沢の身体を、春の終わりの風が巻いて吹き抜けた。

再び音が戻った。

ノックをする金属音やヤジの声が聞こえて来る。

汗を拭《ぬぐ》うふりをして、倉沢は目尻《めじり》から滲《にじ》み出たものを拭《ふ》き取った。

田中が小走りにこちらへやってくる。倉沢は気を紛らわすために、酷《ひど》くなる一方の赤字のことでも考えようとした。晴香の憎まれ口を思い出そうとした。空を仰いだままの倉沢からグラブを受け取りながら、田中が真剣な顔つきで言った。

「やっぱりプロの球は違いますね。受ける瞬間、ズシンって身体の芯《しん》まで響く感じっす」

一言も喋《しゃべ》れない倉沢にもう一度ぺこりと頭を下げ、田中は笑みを浮かべて走り去った。

折り紙付きのお人好しだな。

顔をあげたまま、倉沢がつぶやいた。誰に向かって言ったのか、自分でもわからなかった。

事務所に戻ると、晴香が青白い顔をして待っていた。

「那賀川さん、死んだって」唐突に言う。

右手に、手紙のようなものを持っている。

「那賀川さん、死んだんだって」

気の抜けたような表情の倉沢に晴香が繰り返した。

「手紙は誰から？」

左手が震えている。

「例のお母さんから。広瀬碧さん」

強張《こわば》った背中の力が抜けてゆく。真ん中の窪《くぼ》みを汗がひとしずく伝った。

もういい――。

そう思った。もう、そのことは忘れよう。

「心臓発作だって。お風呂《ふろ》に入っているときに。残念だったね……」

晴香の声が、しだいに遠くなっていった。

気づくと、皮がすりむけるほどに指先を机にこすりつけていた。

「悪いけど、ひとりにしてくれないか」

指先を見つめ続ける倉沢を残して、晴香は静かに事務所を出て行った。

第二章　報酬

1

ゴールデンウイークが明けてすぐ、一件の依頼が入った。

またも付き添いの仕事――。

例によって『アリエス』からの紹介だが、この仕事に限ってはなじみの発注担当オペレーターではなく戸部社長みずから電話をしてくる。話を持ちかけられたとき、倉沢は毎度のようにふんふんと生返事で聞き流していたが、それでも「信用がすべて」だと、くどいくらいに戸部が言っていたのは覚えている。

「今度は村越《むらこし》さんとおっしゃるプロ野球選手です。倉沢さんのことをご存知でした。秘密裏に頼みたいという紹介でお見えです」

普段に比べて、ほんのわずか声の調子が愉快そうに聞こえたが、上客がつくという予言が証明されたからなのか、仲介料を多めに取れそうだと踏んだからなのか、倉沢にははかりかねた。

広瀬家の顚末《てんまつ》は話していない。もっとも彼の情報収集能力ならとっくに知っているに違いなかったが。

村越という名はもちろん知っていた。

ご存知、などという他人行儀ではない関係だ。

昔、チームメイトだった男。倉沢よりひとつ年上で入団も一年先輩だった。この一年の差がとうとう縮まらず、最後まで頭があがらなかった。今年三十六歳になる。一昨年、フリーエージェント権を行使し、球団を移った。ほかの選手がそろそろ下り坂を迎えつつある年齢に、むしろバッティング技術をあげ、昨シーズンはリーグ二位のホームランを放った。ポジションはファースト、当然ながらチーム主軸打者のひとり。今年もスタートから調子がよさそうだ。

威風堂々という形容が似合う風貌《ふうぼう》とその明るい性格からファンも多い。


「おい、西野。もうすぐ変わったお客さんが来るぞ」

修介に声をかけられた真佐夫が、めんどうくさそうに首だけを回して答えた。

「ああ。晴香に聞いたよ。村越さんだろ。はは、天敵登場、ってとこだな」

「今度ばっかりはお前にまかせたよ」

「残念だな。たぶん向こうで倉沢を指名するんじゃないか？」

「天敵は晴香先生ひとりで手いっぱいだ」

「小学生の次はいきなりプロ野球のスター選手か。運気上昇だな」

「この調子だと来週あたりには『ブランドもの買い漁《あさ》りに行く荷物持ちしてください』とかいう超売れっ子の美人モデルが来るな」

「純金の総入れ歯を喉《のど》に引っかけやすい成金かもしれない。一日中付き添って、ときどき口移しの人工呼吸してくれとかな」

真佐夫は愉快そうだが、修介の気は晴れない。村越の年収は今の自分とは二桁《けた》違うはずだ。困りごとならこんなところに持ち込むよりもお抱え弁護士に相談するほうが似合っている。自分にいったいどんな頼みがあるというのか。

「まさか恥ずかしくてひとりでサッカー観戦に行けないわけでもないだろう」

修介がひとり言のようにつぶやく。

「俺は病院に薬をもらいにいく。村越さんによろしく言っといてくれ」

真佐夫が敬礼のしぐさをして出ていった。入れ替わりのように、来客を告げるチャイムが鳴った。

「久しぶりだな。少し痩《や》せたんじゃないか？」

事務所に入ってくるなり、耳障りなほどの大声で村越が言った。

肌触りのよさそうなチノクロスパンツに真っ赤なポロシャツを着ている。それも半袖《はんそで》だ。ジャケットは指先にぶら下げている。

手首と首回りに巻いているプラチナの鎖は、トレーニング用にわざと重いのをつけているのだろうか。真佐夫に見せてやりたかった。

「長生きしたいので、粗食を心懸けていますから」

村越は倉沢の言葉を真面目に受け止めたようだった。

「そうだな。俺もそろそろ、こってりしたものは控えるか」

ゆるやかにふくらみかけた腹をさすっている。すでに気が滅入《めい》ってきた。こんな日に限って晴香もいない。いっそ天敵どうしで戦ってくれればよいものを。

「会社《ここ》はお前ひとりで切り盛りしてるのか？」

村越が無遠慮に事務所の中を見回して言う。

「まさか、他にもいますよ」

村越がうなずいた。

「そうか、昨日電話を入れたときに出たのが、あれが西野の妹さんか？」

「そうです。用心棒代わりに置いてます」

村越が身を反らせて「うわっはっは」という豪快な笑い声をたてた。

「たしかに顔は可愛いが、きつそうだったもんな。あ、そんなこと言うなよ」

「言えば僕が張り倒されます」

「今さらこんなことを言ってもなんだけどな、西野という男はついてなかったな。まだ、これからだったのに……あ、すまん。悪いこと言った」

倉沢は晴香のご機嫌を取っているとき以上の疲労感を抱いた。しかし、金払いだけは間違いなさそうだ。我慢できるところまで耐えてみよう。

「それで、ご用件はなんです。事務所の見学ってわけでもないでしょう？」

「まあ、実はそれも少しはある。本当だ。俺もいつまでも現役でいられるわけじゃないから、そろそろ先のことも考えないとな。お前みたいないいかげんな奴が続いてるなら、楽して稼げる商売なんだろう？　あはは」

晴香は普段自分のことを無神経だと言う。ひょっとすると、彼女の目には自分もこういうふうに映っているのだろうか。ますます気が滅入る。

部屋を見回すことに飽きた村越は、煙草を取り出して吸いたそうにした。灰皿が出るのを待っているようだ。

倉沢は事務的に言った。

「申し訳ないですが、事務所内は禁煙なんです。ついでに、酒もバクチも薬《ヤク》も色気もまったくなしです」

村越は、煙草をくわえかけたまま倉沢の顔を見つめた。

「お前、なんか機嫌でも悪いか？　それとも瓦《かわら》の張り替えでもして屋根から落ちたか？」

どちらもほとんど当たっている。昔から、がさつなわりに、妙に鋭いところがあった。

村越相手に話すとなぜ不機嫌になるのか、自分でもよくはわからない。

「この仕事がお気に入りでしたら、事務所ごとお譲りしますよ。……でも、村越さんならテレビ出演で食っていけるでしょう」

今でも、ときおりバラエティ番組に出演していることは人から聞いて知っていた。大きな身体に笑みを絶やさない愛嬌《あいきょう》のある顔。典型的な陽性のキャラクターだ。真顔と笑顔を瞬時に切り替えられるだけでもお茶の間向きのタレントを生まれ持っていると思う。

「そうか」

ブランドロゴだらけのポーチに煙草をしまいながら、村越はまんざらでもない笑みを浮かべた。

「確かに、気の早い局からは今からレギュラーのオファーが来てる。だけどさ、そんなところに限ってイザとなったらあてにはならないもんだぜ。成績が落ちたら目も合わさない。……あ、べつに深い意味はない」

意味があろうとかまわない。どのみち、西野の事件でダーティなイメージがついた自分にはまったくお呼びはかからなかった。もっとも受ける気もなかったが。

「そろそろ、本題をうかがいましょうか」

村越はソファの座り心地が悪いかのように膝《ひざ》を組み替えた。

「付き添い役をしてもらえるって聞いた」

今までの大声から一転して、声をひそめた。倉沢は軽くうなずいて聞き返した。

「誰に？」

「フロントにいただろう？　関川。球団変わったけど、あいつは顔が広いからな。相談したらさ、大久保にある便利屋を紹介してくれた」

関川――倉沢が退団するときに気を遣ってくれた男だ。彼が紹介してくれたスポーツメーカーのサラリーマン生活になじめなかったのは全面的に個人的な問題だと思っているが、いまだに気に留めてくれているのかもしれない。『アリエス』経由で倉沢のところに回るよう紹介してくれたに違いない。

「付き添うだけなんていう商売があるとは思いつかなかった。倉沢が考えそうな気楽な商売だよな。そうそう、お前のこと指名したんだぜ。関川に聞いてたからな」

「ありがとうございます」

「で、忙しいのか？　儲《もう》かってそうだな」

「たいして儲かりませんよ。年商はほんの三百億程度です。ほとんどは便利屋の下請けです」

「そんなことよりさ」

自分で持ち出した話題を突然変えて、テーブルに身を乗り出した。真顔で聞く。

「秘密は守ってもらえるんだろうな」

「客の秘密をペラペラ喋《しゃべ》っていちゃ商売になりません」

村越は納得したように二度ほどうなずいて、窓の外に視線を移した。音のしない世界で葉が揺れている。

「ある人間に付き添ってもらいたいんだ。成田《なりた》まで」

「成田というのはあの空港のある？」

「そうだ。ある人物と一緒に空港まで行って、きちんと出発便に乗せて欲しい」

倉沢が知ってる村越にしては、ずいぶん歯切れが悪かった。事情がありそうだ。

「あまり漠然としすぎてお話がよくわかりませんね。その『ある人物』ってのはひとりじゃ飛行機に乗れないんですか？　子供か年寄りですか？」

村越が苦笑を浮かべて手をあげた。

「そうせかすなよ。順番に説明しようと思ったんだ」

2

翌日、倉沢は村越に指示された池袋の北口にあるマンションを訪れた。

「本人の紹介と場所の案内を兼ねて向こうで打ち合わせしよう」

村越がそう決めた。

池袋北口といってもほとんど首都高速に近い。

それぞれに所用があったため現地で待ち合わせたのだが、倉沢は車を停めるスペース探しに苦労した。やっと、少し離れた場所にコインパーキングを見つけて停めていると、濃いグリーンのジャガーが寄ってきた。台形に歪《ゆが》んだパーキングの一番余裕のあるスペースを倉沢が使ってしまったので、ジャガーは鼻先を五十センチも道路にはみ出させてその隣に収まった。

案の定、運転席から村越が降りてきた。

村越はヤンキースのキャップをかぶりティアドロップ形のサングラスをかけている。今年の春、アメリカのテキサス州でキャンプを張ったときに買ってきたのかもしれない。

「よお、時間どおりだな」

村越が右手をあげると、筋力トレーニング用の鎖がじゃらっと鳴った。

「変装のつもりなら、逆効果ですよ。ガメラの着ぐるみでも着たほうが目立たないんじゃないですか」

口には出さなかったので、村越の笑顔はそのままだった。

「今年さ、何かのタイトルを取って出来高ボーナスがもらえたら」

聞きもしないのに、車を顎《あご》で指しながら言う。

「買い替えようと思ってるんだ。ロールスロイスに」

「ロールスロイス？」

「ああ、やっぱり乗ってみたいだろ？　どうせ税金で持っていかれるんだ。死んじまったら何も残らない。ヨボヨボになってから故郷に記念館おっ建てて記念ボールを百個も飾って眺めるより、楽しめるうちに楽しまないとな。な、兄弟」

倉沢の背中をどやしつけた。二、三歩よろめいた。

村越に案内され、二階のドアの前に立った。村越が名乗り、ドアが開いた。

「こんにちは、どうぞ」

ドアを開けた彼女が日系人でないことは、間違いなさそうに見えた。

ためらいなく我が家のように上がり込む村越に続いて、倉沢も靴を脱いだ。村越が雑に脱ぎ捨てた靴も一緒に揃えてやった。現役の頃からの習慣だ。

部屋の造りはいわゆるワンルームマンション。リビング兼寝室にキッチンがついているだけ。ただひとつの部屋の中は、片付いているというよりは殺風景と呼ぶほうが似合いそうだった。


安物の白いテーブルの向かいで、ときおりいたずらっぽい視線を向けながらコーヒーカップをかき混ぜている女が、成田まで付き添うことになる『ある人物』だった。

「紹介しよう。彼女がミス・ウィルマ。長くて全部は知らない」

次に倉沢を紹介した。

「ミスタ・クラサワ。ハンサムボーイだろ。ちょっとだけ」

「はい、ちょとだけね」

目をぐるぐるさせて喜んでる。楽しそうだ。倉沢はおかしくなかったが、女は笑いながら右手を差し出した。

「こんにちは。うぃるまです。うぃるま・ふろーれすです」

「こんにちは」

倉沢も握手に応じて挨拶《あいさつ》は終わった。

事前に事情は聞かされていたらしく、倉沢が誰なのかという質問はなかった。

三人分のインスタントコーヒーがテーブルに並んでいる。自分のカップにクリームと砂糖をたっぷり入れたウィルマがひと口すすったのを合図に、村越が切り出した。

「それじゃ、いきなりだが本題に入ろうか」

村越の口もとを見つめるウィルマに向かって、大声を張り上げた。

「ネクストマンデー　あー　ユー　シャル　ゴー　ホーム、あー、ナリタエアポート……ええと、おい倉沢。なに笑ってるんだよ」

「いえ、笑ってませんよ……」

無理にこらえているので、かえって顔が赤くなっていることは想像がついた。

「アメリカキャンプに行ったのが役に立ちましたね」

「お前、それは失礼じゃないか」

ウィルマにも言葉の雰囲気は理解できたのだろう。脇で笑っている。村越の腕を軽く叩《たた》いた。

「だいじょぶよ、にほんごでわかる。すこしなら」

村越もいつのまにか笑い出した。

――フィリピン人の女がひとり、来週月曜の直行便で母国に帰る。成田で飛行機に乗るまで付き添ってやって欲しい。

昨日のうちにそう説明を聞いていた。今、倉沢を前にして彼女にもう一度確認したのは、念を押す意味かもしれない。本人は完全に納得したわけではない、と言っていた。「だから、付き添いが必要なんだ」とも。

「ふぃりぴんかえる、もうにほんこない、すこしさびしい」

今まで陽気に笑っていた彼女が声の調子を落として言うと、本当にさびしそうに聞こえた。

倉沢は村越が借りてやったという部屋の中をさっと見回した。比較的新しい小綺麗《こぎれい》なマンションだった。元々少なかったに違いない荷物も片付けたようで、ほとんど生活臭がない。部屋の隅にスーツケースとボストンバッグがあった。

ひと目で覚えられるほどしかない家具を見渡して、こいつを片付けるのではたいした金額にはならないだろうと考えた。職業病だ。考えたことが顔に出たらしい。村越が言った。

「残念ながらこの部屋は家具付きの短期滞在型だ。ほとんど居抜きだから片付けを頼むほど荷物はないぞ」

「航空券やパスポートは？　当日空港でトラブってても責任は取れませんよ」

「その心配もない」

やはりお抱え弁護士にでも相談したのだろうか。すべてそつなく手配済みで、倉沢のほうから注文することは何もなかった。

「それじゃあ、もう一度確認します。月曜日、朝の七時にここへ来ます。空港までタクシーで行って九時三十分発のマニラ直行便に搭乗するまで付き添う。それでいいですね」

「結構」

村越が満足そうにうなずいた。

「たぶん、だいじょぶです」

ウィルマもうなずく。

「たぶんじゃ、ちと困るな」

村越が苦笑したが、それ以上責めようともしなかった。

「さて、それじゃあ。あとは打ち合わせというほどのこともないし」

早くも村越は帰るそぶりを見せた。昔から気の短い男だった。立ちあがりながら倉沢に人差し指を突きつけて言った。

「そうだ。空港までのタクシーの領収書はいらないぞ。金額を言ってくれれば払う」

「わかりました」

倉沢は、「何かあれば連絡してください」と言い添えて名刺を一枚彼女に渡した。軽い気持ちだった。

3

駐車場で村越と別れて十分と経っていなかった。

倉沢の携帯が鳴った。見知らぬ電話番号だ。伝言対応のまま車を路肩に停めた。

再生してみる。

「こんにちは、ぅぃるまです。おでんわください」

多少声がざらついているがさっき会ったばかりの彼女に間違いない。倉沢は折り返した。

「はい」

「倉沢ですが」

彼女が何か嬉《うれ》しそうに短い言葉を発したが、聞き取れなかった。

「ミス・ウィルマですね。何か忘れたことでも？」

「あー……あなた、しごと、だれかといっしょに、いく、ですか？」

「あなた」という言葉すらすぐには思いつかないほどのたどたどしさだったが、ウィルマが言いたいことのおよそはわかった。村越から倉沢の商売の説明をされたのだろう。

「そればかりじゃありませんが、一緒に行くのも仕事のひとつです」

極力ゆっくりと喋《しゃべ》った。

「あこ、たのむできますか？」

「あこ？」

「あこ……、それ、わたしね」

当然だ、というように聞こえた。

「月曜に空港へ行くのとは別に、仕事を頼みたい、という意味ですか？」

ゆっくりと確認する。

「べつに、です。たのむできますか」

「中身にもよりますが」

「なかみ？」

「誰と、どこへ行くか、で決めます」

「あこと、まえばしです」

「まえばし？　ええと、あこ、っていうのは『わたし』のことですよね」

「はい。あこ、わたし。あなた、いかう」

「いかう？」

「はい。それは『あなた』です」

「ややこしいので、言葉の勉強は次の機会にしましょう。ええ……、とにかく、ミス・ウィルマ、頼みはなんですか？」

「おーけい……ぐんまけん、まえばし。しらないですか？」

「前橋なら知ってますよ」

「あしたいきます。おかねいくらですか」

「ちょっとまってください、そんな急に言われても困る」

「それでは、……あしたのひるまは、できますか」

「昼間だって明日です」

「そのつぎは？」

「明後日《あさって》ですか？」

「いいかた、わからない」

「だから明日の次のこと」

「おーけい。あしたのつぎ、まだおーけい」

「じゃあ、ちょっと待ってて」

「まちます、おーけい」

倉沢は、電話を一旦《いったん》切り、二度深呼吸し、どうにか気を取り直した。予定を思い出す。

二日後のレンタル倉庫への移動はいつでもいいと聞いた気がする。

「はい」

「倉沢です。たぶん明日の次なら大丈夫です」

「あしたのつぎまえばしいきます」

「前橋に何をしに行くんですか？」

「あにをしに？」

音声が良好ではない電話では言葉の通りが悪いようだ。もう一度、ゆっくりと言った。

「何をするために行きますか？」

少し間があった。

「いもうと、あいます」

姉妹で来日したとは村越から聞いていた。

「電話ではらちがあかない。もう一度そちらにうかがって話を聞きましょう。この分の料金は出血大サービスにしときます」

倉沢は言い終える前から失敗したと思っていた。

「らちが？　しゅけつ？」

「もういい。とにかく戻ります。ワタシ、スグ、イク」

「おーけい。どもありがと」

村越に連絡すべきだろうか。携帯のボタンを押しかけたが、あの大声を思い出してやめた。事前に会うなとは言われていない。

4

「妹の亭主野郎なんだ。千住《せんじゅ》に住んでる。電車で日暮里《にっぽり》からふたつみっつ乗ったところだ。根は真面目な奴なんだけどな。血迷ったんだろうな」

昨日の村越の説明を思い出す。倉沢が引き受けると言ったのに応《こた》えて、詳細を話し始めた。

「飲んだ二次会で同僚に誘われて池袋のフィリピンパブに行ったのがきっかけらしい。そのときついたのがそのウィルマという彼女だった。なんとなく暗くて愛想がないんで店での人気はいまひとつだそうだ。それで一見《いちげん》の客に付けられたんだな」

「まあ、今は店のシステムの話はおいときましょう」

「お前も負けずに愛想がないよね。客商売やってるなんて信じられないな」

「同感です」

「客にはさ、もうちょっと愛嬌《あいきょう》ふりまかないと。『いやーこの前、私も行ったんですけど、すごい娘が付いちゃって。これもんでねえ』とかさ。嘘でもいいから言えないの？　話ってのはそれで盛りあがるってもんだろう？」

最近、自分でおなじような説教をした覚えがある。

「今、盛り上がる必要があるんですか？」

倉沢としては多少押し戻したつもりだったが、強力な邪魔が入った。途中で事務所に顔を出した晴香が、ここぞとばかりに村越に加勢した。

「村越さん、よく言ってやってくださいよ」

「おお、晴香ちゃん」

晴香の姿を目にするなり、村越が目尻《めじり》を下げた。

「確か五年ぶりくらいかな。すっかりいい女になったね。そうと知ってればケーキでも買って来たのに。どんなのがいい？」

「なんでもいいです。でも、できればチョコ系が好きかな」

「あ、チョコ好きなんだ。だったらさ、有楽町《ゆうらくちょう》に美味《お》しいチョコの店があるんだよ。一枚千円もするんだけど、みんな行列つくって買うんだ。若い女の子ばっかり。今度買ってくるから。俺さ、裏から入れるんだ」

「えーっ、絶対お願いします。この次は絶対期待してますから。村越さんて、相変わらず紳士ですよね。どこかのセクハラ男とは大違い」

「なに、こいつすました顔してセクハラしてんのか。昔からむっつりスケベだと思ってたんだ。辞めちゃえ、辞めちゃえ。こんなところでくすぶってちゃ、もったいない。俺がいいとこ紹介するよ。南青山《みなみあおやま》でも代官山《だいかんやま》でも。ヒルズだっていいぜ」

「ぜひお願いします」

倉沢はようやく割って入った。

「僕の悪口でおふたりとも気持ちよく盛り上がってるところ、水を差すようで申し訳ないですが、本題に戻りましょう」

村越が、じゃまた今度ゆっくり、と晴香に手を振ってから倉沢に向き直った。

「どこまで話した？」

「まだ、何も」

村越が困った顔をした。

「何も？ お前、聞き下手だね。商売にはやっぱり向かないと思うぞ。しかたない。結論に飛ぶとな、妹の亭主はその彼女に入れ込んじまったってわけだ。指名して通ってたが、そのうち店外デートするようになった。初めは出勤前の食事程度だったらしいんだけどな。彼女たちは意外に門限が厳しいんだそうだ。それにデートの相手や時間も報告するそうだぞ。今どきの女子中学生より躾《しつけ》が厳しいかもしれないな」

自分で言った冗談が面白いらしく、村越は喉《のど》を見せてあっははと笑った。

「ところが、何ごとにも抜け道はある。早い話、ルームメイトや店のお兄さんにちょっと鼻薬かがせて口止めすりゃいい。そうなりゃ、ふたりの世界だ。ま、いくら真面目っていったって男と女の行き着く先はひとつだよな」

村越が、わかるだろう？　と同意を求める視線を向けた。嬉《うれ》しそうだった。倉沢もしかたなくうなずいた。

「その義弟《おとうと》さんの仕事は？」

「普通のサラリーマンだよ。大阪に本社がある電機メーカーの東京支社で係長をやってる。会社は品川だか浜松町《はままつちょう》だかにあるんだが、月に一度は地方の工場に出張するらしい。まあストレスが溜《た》まっていたのかもしれないな。真面目な奴が燃えると始末が悪いのは昔からだ」

倉沢は、晴香が他の仕事をしながら聞き耳を立てているのを感じた。

「それで？　いつになったら僕の出番はくるんです？」

「そうせかすなよ。それとも何か？　相談も時間制か」

「あまり話が長いと追加料金いただくことにしてます」

「それこそどっかのパブみたいだな」

村越は、自分だけひと笑いしてから、続きを語った。

「ほとんどはその義弟から聞いた話だ」

彼女は去年の九月、マリアという名の妹とふたりで日本に連れて来られた。

ただし、レッスンやオーディションを受け、正規に就労ビザをとった上でだ。

「最初の半年で、休みは二日だったそうだ。しかもそれが普通らしい」

妹とは日本に着いた直後に離ればなれになり、中古マンションに住まわされた。五人のルームメイトと一緒に、つまり六人で六畳と三畳の二間だけの部屋で暮らした。初めの半月間のヘルプと呼ばれる見習いを皮切りに、片言の日本語を覚えたあとはボックス席で客の接待をさせられた。三ヵ月も働けば借金は返せると言われていたが、半年後「社長さん」に尋ねるとまだ全額返済できていなかった。返すためにはビザを延長しさらに半年働かなければならない。もしくは故郷にもうひとりいる妹が来年十八になるのを待って肩代わりしてもらうか。

ビザはなんとか更新することができた。まもなく借金は綺麗《きれい》になる予定だった。

「もちろん、借金返済とは別に給料も払ってもらえる。手取りでもらう金が、月に十万ちょっとだそうだ。ほとんど休みもなしで、ずいぶん安い気もするが、もっとひどい待遇のところもあるらしい。まあ、いろいろな名目でさっ引かれてるってことだ。だけどな、俺があきれたのはその先だ。家賃と食事は出してくれたらしい。食事ったってほとんどコンビニの総菜か弁当だったらしいが。とにかく、金を遣わなくても最低限の生活はできた。それでもって、その給料のうち大部分、十万まるごとクニの家族に仕送りしてたそうだ。手もとには金は残らない。泣かせる話じゃないか」

一回バットを振るたび数十万の金になる村越の口から出ると、あまり現実味を帯びない。

「初心《うぶ》な義弟が食いつきそうな話だ。その上、フィリピンからのビザはだんだん取れなくなってるらしい。一度帰国したら、もう日本には来られないかもしれない。時限付きの関係だよな。まあ、燃え上がる肥やしもたっぷりあったってわけだ」

店に足繁《あししげ》く通うようになった。いくら大企業に勤めていようと、サラリーマンの給料ではやっていけるわけがない。クレジットカードのローンに手を出し、穴埋めに他から借りるようになった。やがて妻に知れるところとなった。

「わかってからは結構大変な騒ぎだったぞ。当然離婚話も出た。俺はあと腐れなくそのほうがいいと思ったが、妹の奴『ほんとは別れたくない』って泣いていやがる。しかたがないんで俺がケツを持った」

義弟の借金を返済してやった。ウィルマの残った借金も返した。古い言葉でいう『身請け』だ。二度と会わないという約束で寮を出たあとのつなぎに、住むマンションも借りた。その上、ビザの途中であることへの補償の意味で、彼女らにとって年収に相当する金を渡して国へ返すことに決まった。

「ほとんどは弁護士にまかせたが、俺も二度ばかり話し合いに加わった。えらく手間がかかった。至れり尽くせりってのは、このことだろう」

倉沢はただうなずいた。

「来週の飛行機に決まった。二度と日本へ来ないと約束させたが、さっきも言ったとおり、もう来たくても来られないというのが当たってるかもしれない。てなわけで、最後の最後に気が変わるかもしれない」

倉沢は、話を聞いているだけで疲労感が身体に満ちてくる感じがした。いつにも増して気が乗らない。

「それで、土壇場で逃げ出さないように空港まで付き添って、しっかり飛行機に乗るところを確認しろってことですね」

「よくわかってるじゃないの」

村越は、大きくうなずいて親指を立てた。思うように筋立てが運んで行くことに機嫌がよさそうだった。

「じゃあ、頼んだからな。よろしく」

颯爽《さっそう》と立ち去り際に、晴香に声をかけた。

「晴香ちゃん。アディオス。この次は、チョコ買ってくるからね」

倉沢は、村越が晴香の尻でも触るのではないかと本気で心配した。どんな軽薄な男でも、怪我をさせたら補償しなければならない。彼が今シーズンを棒に振るようなことになれば、この事務所を売った金でも足りないだろう。

幸い、そのまま出て行ってくれた。

「あいつのほうがよっぽどセクハラだぞ」ため息まじりに言った。

「わかってるわよ」

不機嫌そうに天敵が答えた。

5

さっき来たばかりのマンションのドアの前に立ちチャイムを鳴らした。

待ち構えていたようにすぐにドアが開いた。

「どぞ」

と部屋に招き入れられる。

「なにかのむ？　びーる、うーろんちゃ」

示されたテーブルに座るなり、彼女が聞いた。

「おかまいなく」

「おーけい。あえて、うれしいです、くらさわさん」

ウィルマは微笑みながら、向かい側に座った。どことなく楽しそうだ。依頼を引き受けてもらえるとわかったからだろうか。

店で一番の無愛想といわれてこれか、と倉沢は不思議な印象を持った。自分などいったいどう呼ばれることか。

「それじゃ、仕事の話に入りましょうか。私は、何をしますか」

「まえばし、いきたい、わかりました？」

電話よりは意思の疎通がはかどりそうなので、倉沢は気が楽になった。

「わかりました。ええとあしたの次ならオーケイ」

「ひるま？　よる？」

「午後でいいですか？」

「ごご？」

「アフタヌーン」

「ありがと。それで、たぶんだいじょぶ」

「で、前橋の、場所はどこなのか、わかっているんですか？」

なるべく単語の区切りで間を取るようにゆっくり聞いた。

「はい」

そう言って彼女は真新しいメモを出した。下手な字だったが、きちんとした日本語で住所と名前が書いてあった。倉沢は声に出してメモを読み上げた。

「群馬県前橋市……マリア・A・フローレス。これが妹さんの名前ですか？　日本語書くのが上手ですね」

「しりあい、にほんじん、かいてもらった。まりあはこれ」

そう言って今度は手紙を出した。宛名はやはり下手だが英字で書いてある。ウィルマは中身も開いてみせた。もう何度も出し入れしているらしく、へりはすれて角は折れたり曲がったりしていた。そこに書かれているのは見慣れない文字だった。

なるほど、こっちが本人の直筆か。

「マリアさんはフィリピンに帰らないんですか」

指を折って数えている。

「くがつで、かえる。それまではたらく」

首を小さく振る。

「それで最後にひと目会おうというんですか？」

「ひとめ？」

首をかしげるウィルマにどう説明しようかと倉沢が悩んでいると、ウィルマが助け船を出した。

「おーけい、たぶんいみわかりました」

大きくうなずいている。潤みの消えない瞳《ひとみ》で倉沢の顔を見つめたまま微笑む。なぜこんなに目がキラキラ輝いているのかと不思議な思いにかられながら、村越の義弟との関係を思った。


「西野、どう思う？」

翌朝、倉沢修介は仕事に出かける前の短い時間に、無駄と思いつつ意見を聞いてみた。相変わらず、真佐夫の関心はほとんど外の景色にあるようだ。紅葉の若葉が五月の風に揺れている。

「そもそもの依頼主、村越さんはなんて言ってる？」

首だけを修介のほうに向けて言う。

「それが……昨日の今日だからな、まだ連絡が取れていない」

「やっぱりあの人次第だろう。第一依頼者が最優先じゃないか、こういう商売はさ。それにしても、評判の女好きが他人の浮気の尻拭《しりぬぐ》いってのは笑えるな」

「お前が笑ってくれただけでこの仕事を受けた甲斐《かい》があったよ。どうだ？　機嫌のいいところで、お前行ってみないか」

「残念だな。俺もカワイコちゃんとドライブしてみたかったけどな、免許証はとっくに失効してる」

「西野、お前は仕事から逃げるためのあらゆる言い訳が用意してあるんだな。新たに逃げ口上アドバイス部門でも立ち上げるか」

修介は真佐夫の相手はあきらめて、晴香を呼んだ。

「……そうだ、晴香部長」

ホワイトボードの掃除をしていた晴香が振り向く。

「何が部長よ。こんどは何？」

すでに目つきが険しい。

「君が戸部社長と発案した『付き添い屋』なる怪しげな商売が順調に顧客数を伸ばしているようだから、功績を称《たた》えようと思ってさ」

「それって私に喧嘩《けんか》売ってるの？」

「そんなことより頼みがある」

晴香は、ため息をついてホワイトボードに向き直ってしまった。

「村越さんはたぶん十一時頃には起き出すはずだ。携帯の番号は聞いている。ウィルマの希望を伝えて、了解を取ってくれないか」

晴香が背中を向けたままでもうなずいているのは、了解したと受け取っていいのだろう。

修介は安心してつい口を滑らせた。

「できれば、前橋行きの交通費も出すよう説得してくれないか。色仕掛けでさ。気に入られてたみたいだし、あの人も独身だ。万が一にも食いつかない保証はないしな」

一気に三ポイント獲得した。

「相変わらず懲りない奴だな」

真佐夫が笑った。


一日の作業を終え、夜の七時をわずかに回った時刻。

倉沢はトレーニングパンツとTシャツに着替えて井の頭公園に降りた。

軽くストレッチをしてから、池の周回の舗装された道をゆっくり走ってみる。百メートルほどで息があがり始めた。半周で汗が噴き出してきた。どうにか一周し終えたときには息も絶え絶えだった。

池の手すりにもたれかかって、再びストレッチをしながら息を整えた。こんな姿だけは田中に見せたくない。

「あれ、兄貴じゃないすか」

短パンにTシャツ、リストバンド、ヘッドバンド。どれも原色か蛍光色で夜目にもしみるような恰好《かっこう》をした田中が近づいてくる。倉沢は背を向けて走り出した。

「ちょっと、兄貴。無視しないでくださいよ」

追いかけてくる。

「今、忙しいんだ。あとでな」

「急にどうしたんすか」

あっさり追いついた田中が、並走しながら話しかけることに倉沢はショックを受けた。

奴のほうが自分より体力があるというのか？

「まさか、あれすか。この間のキャッチボールで目覚めたとか」

ささくれを剝《は》がすようなことを平気で言う奴だ。

「体力勝負の、仕事だから、基礎体力つけてるだけだ。しかし……その、アメリカのジャンク菓子、みたいな恰好で、俺に話しかけるのは、やめてくれ。知り合いだと、思われたら困る」

「そりゃひどいすよ。渋谷《しぶや》のスポーツショップ、ハシゴして揃えたのに」

倉沢はあることを思いついて、立ち止まった。急に止まった倉沢の背中に追突した田中の袖《そで》を引いて人気のない暗がりに誘った。

「あのな……、外人パブとか、フィリピンパブとか、行ったことあるか？」

息を整えながら聞く。

「なんすか？　急に」

「いいから言えよ。行ったことあるか？」

「そりゃあまあ……、国際親善と社会勉強のために……」

「聞いたことだけに答えてくれればいい。どんな感じだ？」

「どんな感じだ？」

「どんな感じって言われても……、女の子が隣に座ってお酒飲んだりカラオケ歌ったりするとこですけど。ときどきショータイムとかあったり」

「それ以上のサービスもあるのか？」

「うーん、俺の知る限りじゃ、それ以上は店ではないと思いますけどね。アフターはわからないっすよ。それより、フィリピン専門のパブは最近あまり見ないすね」

「どうして？　人気がないのか？」

「人気とかそういうことじゃなくて……」

「何だ？　はっきり言えよ」

「ほら例の『日本は政府が人身売買の手助けをしている』とか外国に責められて、ビザ取るのはめちゃむずかしいらしいっすよ。ウソかホントか入国者数を十分の一まで減らす、とかいう噂聞いたことありますもん。俺の知ってた店も一軒つぶれたし。女の子が確保できないんじゃ商売にならないすからね」

「ほら」と言われても、説明を聞くまでほとんど関心がなかった倉沢にとっては初耳だった。

「どうしてフィリピンなんだ？」

「だからそういうむずかしいことは俺に聞かないでくださいよ。ほかも厳しいかもしれないすよ。調べたわけじゃないすから。でも、聞いた話だと、つぶれてない店もタイや中国の女の子入れて総合パブにしたり、いろいろ考えてるみたいすよ。東欧系もあるかな。ロシアとかルーマニアとか……ところで兄貴、どうしてそんなこと聞くんです？　まさか……」

倉沢の顔を覗《のぞ》き込んでにやっと笑った。

「馬鹿。仕事の絡みだよ」

笑っている田中の顔を睨《にら》み返した。

「お前さんこそ、ずいぶん詳しいな。そんなにしょっちゅう行ってるのか？」

「飲み仲間に聞いただけっすよ。おいらが飲みに行くのは、生花買ってもらうための営業すから」

田中の探るようなニヤニヤはまだ消えない。

「それより兄貴、そんなとこで鼻の下伸ばしてるのが晴香さんにばれたら、ただじゃ済まないっすよ」

「その晴香もかかわってるから、冷や汗かいてるんだよ」

ぽんと軽く田中の肩を叩《たた》いて走り去ろうとする倉沢に田中がうしろから声をかけた。

「兄貴、再来週に練習試合ありますから。外人パブ行ってる暇があったら、投げ込みしてくださいね」

あの馬鹿――。

田中が言い終える頃には、倉沢は真剣に走り出していた。最後の力を振り絞って、ほとんど全力疾走で公園の出口を目指した。急勾配《こうばい》にあえぐ倉沢の背中に田中の声が追いかけてきた。

「投げてくださいよ。お願いしますね」

夜の吉祥寺中に響きそうな声だった。倉沢は引っ越して以来初めて、公園出入口の階段を一段飛ばしで駆け上った。

6

倉沢の運転するメルセデスが、関越《かんえつ》自動車道新座《にいざ》料金所のゲートを通過したのは午後二時近かった。

ウィルマの「たぶん午後三時頃までは皆寝ている」という意見を受けて、ゆっくりしたスタート時刻になった。

倉沢は、昨夜の予想していなかった全力疾走で足に少しだけ違和感を覚えたが、筋肉痛はそれほどでもない。前橋まで運転するのに問題はなさそうだった。

あんなに唐突に現れなければ、少しは相手をしてやったものを。そして、あんな恰好でなければ、場合によったら野球の話に乗ったものを。昨夜の騒動を思い出して、軽い笑みを浮かべた。

通行券をサンバイザーのポケットにしまう。晴香は結局、村越に今日の日帰り旅行を認めさせた。ついでに交通関係の費用を出すことも了解させた。本当に色仕掛けを使ったのかどうかはとうとう聞き出せなかった。

――こんなぼったくりと知ってたら、ほかへ頼むんだった。

村越がそう嘆いたと晴香が笑っていた。

助手席のウィルマを見る。窓の外を見ている。顔を見合わせればきらきらと輝くような潤んだ瞳《ひとみ》が印象的だが、ふいに思い詰めたような表情を浮かべる瞬間がある。今日はさっぱりと髪をアップにしていた。倉沢はしみひとつない形のいい耳からうなじにかけての線に一瞬見とれ、すぐに視線を戻した。いくら道が空《す》いているとはいえ。百二十キロのスピードを出して脇見をするほど投げやりな人生でもなかった。

「ウィルマとかマリアっていうのは本当の名前？」

「ほんみょうね」

妙にむずかしい言葉を知っている。

「フィリピンにはそういう名前が多いの？」

「おおいです。みな、あめりかすき。あめりかじんとおなじなまえにする」

「なるほどね。それで、妹さんの仕事は？」

想像はつくが念のため聞いてみる。

「おみせです、あことおなじ」

「今日これから行って、会う約束はしてる？」

「ない、けど、たぶんだいじょぶ。しごと、よるから。ひるま、ねる、そと、たぶんでられない」

「そのアパートにいることは間違いない？」

「たぶん、だいじょぶ」

連発する「たぶん」という言葉の意味を正確に把握できているのか少し気になった。

あまりしつこく聞くことはやめた。自分の役目は指示された住所まで彼女を連れて行き、トラブルなく連れ戻すこと。そこで会うのが妹だろうと、実は昔産んだ実の娘だろうと、自分には関係なかった。

今日の天気のように穏やかに一日を終えられればいいが、と願った。

「サービスエリアに寄るんだったら、起こしてね。お土産買いたいし」

ふいに大きな声が聞こえた。倉沢は今までとは声の調子を変えて、詰問するように言った。

「ところで君はなんでついてきたんだ？　またまたやきもちか」

二列目のシートを倒しながら、晴香があくびをしている。

「今は運転中だから、特別にパンチは勘弁してあげる」

「それにしたって、何も君が予定してた仕事までキャンセルすることはないだろう。うちの会社もどっかの国庫みたいに財政状態は逼迫《ひっぱく》してるんだしさ」

「だってさ。ダメもとで村越さんに聞いたら、私の日当も払うって言うから。村越さん『確かにあいつひとりじゃ心配だ』って言ってたよ。ついでに今度、赤坂《あかさか》でご馳走《ちそう》になる約束したんだ。ああ、料亭とかだったらどうしよう。着ていくものがないよ。誰かみたいにチャーシュー麵《めん》がご馳走だと思っている人には相談してみてもしかたないけど」

倉沢はあきれて返す言葉がなかった。ちゃっかり日当をもらう交渉までしてたのか。村越もぼったくりなどと言いながら、つくづく女には甘い男だと思った。それにしても晴香の行動力にはいつもながら感心するばかりだ。

「せっかくのドライブなんだから、カタいこと抜きにしようよ。ここ半年くらい東京から出たことないし」

もう一度伸びをしながら晴香がのんびりした調子で言う。

「遊びじゃないんだからな」

倉沢は一瞬首を曲げて晴香を見た。普段と立場が逆転していることに気づき苦笑した。それでも一言だけ言っておきたかった。

「とんずら……」

声をひそめる。

「……されたらこっちの責任だ」

がたんとタイヤが鳴った。路面の凹凸を踏んだのだろう。

「だいじょぶ、にげない。あこ、いくとこないよ」

ウィルマが倉沢の腕に手を載せた。聞こえていたらしい。手のひらのひんやりとした感触が伝わる。

「一般論を言っただけだ。悪く思わないで欲しい」

つい早口になったが、倉沢の言いたいことはわかったようで、ウィルマは軽くうなずいた。口もとには笑みも浮いている。

「だいじょぶ、たぶん、きにしない。どんまいん、はんさむぼーい」

もう一度軽く倉沢の腕を叩いて、どこかで聞いたことのある歌をハミングし始めた。

風景がゆるやかに変わっていく。見えるもののほとんどが田畑と工場と高圧鉄塔になった。ぽつりぽつりとラブホテルが建っている。

晴香は寝てしまったようだ。ウィルマもうつらうつらし始めた。倉沢は運転に集中することができた。ふと気づいて左手を見る。さっき、ウィルマが触れた腕だ。かすかに震えているが、運転に支障があるほどではない。疲れているわけでもない。サービスエリアには寄らずに目的地まで行くことにした。

「兄貴とね、一度だけふたりでドライブしたことがあるんだ」

寝ていると思った晴香がふいに言った。

「え？　何だ急に」

「冬の関越道だった。スキーに行ったんだけど、あんまり渋滞がすごいんで、兄貴が怒って途中で引き返しちゃったんだ。私が向こうで友達と待ち合わせしてたのに」

「西野らしいな」

「この道走るのは、あれ以来なんだ」

続きがあるのかと待っていると、言いたいことを喋《しゃべ》り終えて気が済んだのか、晴香は再び寝息をたてていた。

一時間ほどで前橋のインターに着き、ゲートを出てすぐの路肩に停めた。カーナビでおよその見当はつけた。市街地図も買ってある。

「お嬢さん、そろそろ起きてくれないか。カーナビの調子が悪いんだ」

倉沢は後部座席に怒鳴った。

「何？　休憩？　あんまりお腹空いてないなあ」

目をこすりながら起きた晴香とウィルマが席を入れ替わり、バンは市内に向かって走り出した。

7

目的のアパートは二十分ほどで見つけることができた。

歓楽街が終わり、住宅街に変わっていくエアポケットのような場所にひっそりと建っている。路地の行き止まりにある。裏手には何かの工場の高い塀。通り抜けはできない。彼女たちのこの国での生活を象徴しているようだと倉沢は思った。

細い路地だったため、少し離れた路肩に車を停めた。

「ええと、一〇二号室だよね」

ひと眠りしてすっかり元気な晴香が先頭に立つ。

服装の雰囲気も普段と違う。すっかり見慣れた作業服やコットンシャツではなくて、身体に貼りつくようなニットを着ている。晴香が身体の線がわかる服を着ているところを見るのは、久しぶりだった。

思わず「腕力のわりには華奢《きゃしゃ》な身体だ」と誉めかけて、危なく思いとどまった。

晴香のあとについてアパートの建物を観察する。一階に四部屋、二階にも同数。少なくとも築三十年は経つように見えた。

手前からふたつ目のドアの上に錆《さび》の浮いた一〇二の札がかかっている。表札は出ていない。何の飾りもなく塗装が退色したドア。倉沢がボタンに音符マークのついた旧式なチャイムを鳴らした。奥でピンポンと音が聞こえている。

アパートの造りから察して、台所だと思われる窓が数センチ開いた。ウィルマとおなじ民族の特徴を持った若い女の顔が覗《のぞ》いた。

ウィルマが早口で何か言った。窓から半分だけ見えている顔の眠そうだった表情が変わった。目を見開いている。

「マリア?」

女が聞く。再びウィルマが倉沢たちには理解できない言葉を早口で言う。向こうの女も早口で答える。数回のやりとりのあと、女の顔が消え、まもなくドアが開いた。

そこに立っていたのは、顔や体つきからして高校生ぐらいにしか見えない少女だった。ウィルマと少女がもう一度やりとりして、三人は招き入れられた。

玄関は靴を五足も置けばいっぱいになりそうだ。右手はやはり台所になっている。短い廊下の突き当たりの戸が開いていて、二間が割り振りになっているのがわかった。六畳程度の洋室には二段ベッドがふたつ置いてある。一方にはまだひとり寝ていた。今の住人は都合三人のようだ。部屋全体にけだるさが漂っている。時計を見る、午後の三時二十分。ウィルマが言うとおり、これが彼女たちのようやく起き出す時刻らしい。

四畳半ほどの和室で、見るからに起きがけの女性が壁際に座り込んでいた。

倉沢たちは和室にある安っぽい折りたたみテーブルに座るよう案内された。ハンガーラックや長押《なげし》にやたらと打ちつけたフックに衣裳《いしょう》が引っかけてある。真っ赤なミニ、ヒョウ柄のワンピース、黒いレース素材の正体不明のものもある。それらが放つのか、何種類もの香水や化粧品の混じった香りがかなり強く漂っている。デパートの化粧品売り場を思い出した。

部屋の隅でぼうっと壁によりかかっていた女がなにげなくウィルマの顔を見て大きな声

を発し、立ち上がった。その騒ぎに、ベッドに寝ていた女もようやく起き出してきた。初め、来客と知って、あわててパジャマ代わりらしいスウェットシャツのめくれを直していたが、すぐにウィルマに気づいた。

驚いている。

女が喋る前にウィルマが何か言った。

倉沢には相変わらず意味が理解できなかったが、身振りからして何かを否定しているように思えた。

四畳半に六人が座ると、余地がほとんどなかった。

ドア口に出て来た一番年少に見える彼女がジェーン、ぼうっと座っていた彼女がケイト、ベッドから這《は》い出した一番年かさの女がシンディ、と紹介された。

ほとんどはシンディとウィルマが話をした。

倉沢と晴香は壁際に立って、母国語の応酬をしばらく聞いていた。ときおり『マリア』という名が聞こえるが、ほかはほとんどわからない。

手持ち無沙汰《ぶさた》な倉沢が、ジェーンをキッチンに手招きした。

興味がありそうな表情を浮かべて少女がついてくる。倉沢は、手土産代わりに途中の洋菓子店で買って来たプリンをジェーンに勧めた。

「さらまっと」

礼を言ったのだろう。顔いっぱいに笑みを浮かべている。すぐに蓋《ふた》を開けてスプーンを突っ込んだ。口に運ぶ。いかに幼く見えても、ワーキングビザを取って日本に来たからには、十八歳は超えているはずだ。

「まさらっ……」

うなずいている。美味《おい》しいのかもしれない。訪問客がウィルマだったために、すっかり言葉遣いが母国語になったようだ。二番目に若いケイトも加わって、プリンに手を出した。

「どうも、ありがと」

それぞれが床の空いた場所に座り、ちょっとしたティータイムとなった。晴香がペットボトル入りのウーロン茶を紙コップについでやる。

「どうも」

「ありがと」

倉沢と晴香が危険な日本人でないことがわかって、住人たちの硬い態度がほどけ始めた。若いふたりは急に友達のように親しげなそぶりを見せている。倉沢にとっては初めて知る人なつこさだった。

「もっとおちゃのむ、いい？　きのう、うたすごいだった、のどかわいたよ」

「あなたおみせきた？　こんどきて、やくそくする」

急にふたりが口論を始めた。意味はわからないが、笑っているところをみると、倉沢にどちらを指名させるか、というようなことでもめているのだろう。袋の中からチョコだのスナック菓子を取り出し、勝手に袋を開けては、晴香に勧めたりしている。

ピクニック気分のふたりとは対照的に、ウィルマとシンディは笑みのない会話をかわしている。シンディが切り捨てるような口調で言って、顔を横に振るのが見えた。

ウィルマが落胆したように倉沢を見た。

「まりあ、しっく……、びょうき」

言いたいことの想像はついた。

「病気か？　まさか入院したせいでここにいないのか」

倉沢の声が大きかったのか、切れ目なくぺちゃぺちゃと喋っていた若いふたりの会話が止まった。部屋が、しんとなった。

「にゅいん？」

ウィルマが聞き返す。

「インザ　ホスピタル」

「はい」

「病院は、どこか、わかる？」

「きいた、わかる」

ウィルマはメモのような紙を広げて見せた。アルファベットらしきものが書き付けてある。音《おん》をそのままローマ字読みに書き付けたようだ。

「シリツチュウオウコウセイＨＰ」

倉沢が読み上げた。

「晴香、地図貸してくれ」

晴香がトートバッグの中から市街地図を取り出した。地図を広げて目標を探す。

「あった」

市立中央厚生病院。このアパートから、直線で三キロほどの距離だ。車ならわけはない。

「行く？」

晴香がウィルマに尋ねる。

「たぶん、いきたい」

ウィルマが間髪を入れずに答える。倉沢は手のひらを向けて了解の意思表示をした。

「ちょっとだけ、まってください」

ウィルマがジェーンに何か言った。少女がベッドに案内して、そのひとつを示した。ウィルマは屈《かが》んで、何か書き付けたメモのようなものを置いた。おそらくマリアのベッドなのだろう。入れ違いになったときのためかもしれない。

倉沢も肩越しになにげなく覗いてみた。

壁に一枚の写真が貼ってあった。少々ピンボケだが顔はわかる。背景はあきらかに外国の町並みだ。おそらくはフィリピンだろう。ウィルマと同世代の男が並んで映っている。

引きあげようとした倉沢はベッドの柱に貼った一枚の写真に目を留めた。画素数の少ない携帯電話のカメラで撮ってプリントしたように思える。さらにぼけているからだ。よく見なければ人相はわかりづらい。見間違いかと思い、顔を近づけて、もう一度その写真をよく見た。間違いではなかった。

どこかの店の中らしい。開店前の時刻なのか、客の姿は見えない。テーブルの上にランプが載っている。そしてその向こうに写っているのは、胸もとの開いた衣裳を着て、この部屋の住人たちと一緒にソファに並び笑みを浮かべているウィルマだった。

8

一行が別れを告げて去ろうとすると、シンディ以外のふたりは笑顔で手を振ってくれた。一番熱心に話し込んでいたシンディの態度がもっともよそよそしいことが、倉沢には気になった。

車に戻ってからも、しばらく誰も口を利かなかった。

ウィルマがときどき倉沢の表情をうかがう。

「わかったよ、わかった。さっき、『行く』と言っただろう。どうせ乗りかかった船だ。ライディングインアシップだ。命と引き換えにしてもその病院へ連れて行きましょう」

晴香が苦笑いを浮かべていた。「そう言うと思った」

「ぴょいん、いく？」

ウィルマがもう一度真顔で聞く。

倉沢が大げさにうなずいて見せた。

「たぶん、行く」

「ありがと、いかうすき、たぶん」

ウィルマが破顔して倉沢に抱きついた。倉沢はその腕をそっとほどきながら言った。

「ただし、もう少し事情を説明してもらいたいな。こうなると、アコもただの運転手役じゃ済まなくなりそうだ」

「じじょ？」

倉沢は少し考えて言った。

「オール　アバウト　ユー」

「あこのことはなす？　おーけい、だいじょぶ」

最初に目に留まったファミリーレストランに入った。時刻は間もなく午後四時になる。

倉沢の前にはアイスティー、晴香とウィルマにはケーキセットが並んだ。

「さて」

壁際のシートに深く座り直して、倉沢はふたりの顔を交互に見比べ最後にウィルマに視線を合わせた。

「それじゃあ、ミス・ウィルマ。あなたとマリアのことを、もう少し教えてもらえませんか？」

「はい」

うなずいたあと、ウィルマはコーヒーにスプーン二杯の砂糖を入れ、ぐるぐるとかき回している。どこから話そうか選んでいるようだった。

「すんでたむら、まにらから、どらいぶでにじかんすこし。かぞくは……おとうさん、おかさん、そして、きょうだい。きょうだい、かずは……」

五本の指を広げて見せた。

「五人？」

「おーけい。ごにん。おにいさん、わたし、まりあ、おとうと、いもうと」

倉沢と晴香は理解できるという意味で、区切りごとにうなずきながら聞いている。

「むらから、にほんはたらき、みんなきたがってる。……きょねん、くがつ、あことまりあ、にほんきた」

ウィルマの口から出るつたない日本語を晴香の片言の英語で補いながら、どうにか事情を呑《の》み込むことができた。

村越から聞いた話とほとんどおなじだった。

ウィルマが二十歳になってひと月目。村に男がやってきた。その村ではずっと以前から顔なじみの男だった。男は両親に前払い金を渡して、ウィルマとマリアを村から連れ出した。

マニラの街に連れて行かれた。マネージャーと呼ぶ違う男が世話を引き継いだ。二週間ほど住み込みでダンスの猛練習をさせられ、簡単な日本語も覚えさせられた。その後、言われるままにオーディションだの試験だのを受け、気づいたときには日本行きの日程が決まっていた。

ビザやパスポートがいつ正式に発行されたのかよくわからない、という。お前たちはラッキーだとも言われた。

ここまでは、そう悪くない話のように思えるが、実はこの間の費用はすべて彼女たちの借金となって残る。最初に親に払われた一時金も含めて。

彼女たちはこの借金を返す目的と、故郷に送金するため休みもなく働く。

自動販売機から出てくるようなインスタントなダンサーとして彼女たちが日本に来たとき、男はウィルマ姉妹の他にもふたりの女性を連れていた。

日本に着くとすぐに別々にされた。「姉妹だから一緒に働きたい」という願いはかなえられなかった。

日本ではまた別な男に引き取られた。

ウィルマが連れて行かれたのは池袋の店。店から歩いて十分ほどの古いマンションに住まわされた。マンションのことを皆は『りょう』と呼んでいた。

借入金の返済やいろいろな経費が引かれて、毎月の手取りは十万程度。その金のほとんどを仕送りした。

「おかね、まいつきおくる」

下の十七歳の妹が働きに出なくて済むように。

半年後、まだ借金が残っていると聞いて、「そんな馬鹿な」と思ったが、その頃になると抗議をしても無駄なことがわかっていた。そしてなにより現に毎月十万の金を仕送りできるのだ。母国にいてはそれだけ稼ぐのは並大抵ではない。幼い妹の出稼ぎをくい止めることができるなら、それでもいいと思った。

ビザの延長申請のときに久し振りにマリアと会う機会があった。

そのときに、ようやくマリアの勤め先がわかった。

店でなじみの客に封筒の宛先を書いてもらい、手紙を出した。毎日の監視が厳しいので、自由な時間があまりない。ウィルマは携帯電話を貸与してもらっていたが、マリアにはなかったそうだ。月に一度程度の手紙のやりとりが唯一の交信だった。

そのうち、村越の義弟との騒動があって、村越が身請けをしてくれた。それはウィルマ個人にとっては幸運なことだったかもしれない。ただひとつだけ心残りがある。マリアのことだ。

母国に帰ることが決まった一ヵ月ほど前のこと、マリアに手紙を書いた。返事をもらった。帰国を喜んでくれた。だが、どうしても帰国する前にマリアにひと目会いたくなった。ようやく今日アパートを訪ねてみると、マリアは病気で運ばれたあとだった。何の病気かはわからないそうだ。

誰もルームメイトたちに教えてくれなかったのか、聞かされても病名の日本語が理解できなかったのか、それはわからない。

ここまで聞き出すのに一時間近くかかった。

「おねがいです。ほすぴたる、つれていってください」

「行こう」

晴香が答えた。

「さあ、腰を上げて社長さん」

立ち上がりながら倉沢に伝票を突きつけた。

倉沢は、ウィルマが彼女たちと一緒に写っていた写真のことを聞きそびれた。

9

『市立中央厚生病院』はすぐにわかったが、到着したときには午後五時半近かった。

「大丈夫よ、たいてい七時や八時まで見舞いは受け付けてるから」という晴香の予言だけが頼りだった。

診察の受付時刻はとっくに過ぎており、ロビーには会計を待っているらしい患者がちらほらいるばかりだった。三人は人影のないカウンターに立った。

「ちょっと」

倉沢が、クリアファイルを抱えて目の前を通りかかった制服の女性に声をかけた。

「こちらにフィリピン国籍のマリアという女性が入院していると聞いたのですが」

初めは時間外の来客に迷惑そうな表情を浮かべた事務員が、マリアと聞いて顔色を変えた。

「身内の方ですか？」

「いや、違います」

「少々お待ちください」

それだけ言って、くるりと背中を見せた。あわてて事務局らしき机の一群に向かっている。倉沢たちの立つカウンターから、事務室の奥までがほとんど見渡せた。応対した事務員はもっとも奥まったところに座る上司らしい男に報告している。男は話を聞きながら、ちらちらと視線を向けている。

倉沢は左手を見た。わずかに震えている。

幼い泣き声が聞こえた。見ると、五、六歳の少女がぐずって泣いているところだった。

「もう、帰る。帰ろうよ」

——注射する？

遠い昔、おなじ年頃の少女が自分を見上げて泣いていた。自分も注射は大嫌いだったが、代われるものなら代わってやりたいと思った。

——注射する？

——いいよ。注射なんかしなくていいよ。逃げちゃおうぜ。

「失礼ですが、あのマリアという女性とどういったご関係の方ですか？」

男の声に、我に返った。白いワイシャツにネクタイ姿の五十少し手前に見える男が、さきほどの女性を従えてカウンターに立っていた。

言い終えた男はウィルマに視線をちらと向けた。倉沢はまだ手の内はすべて見せないことにした。

「ただ、顔見知りのものです。こちらに入院したと聞いて見舞いにきました」

事務員は露骨にウィルマを品定めしている。男が、吐き捨てるように言った。

「あの患者さんはもういません」

「いない？」

晴香が身を乗り出した。倉沢も半歩踏み出して、晴香と男の間に身を入れようとした。このタイプの男は感情的な言い合いになると、絶対に何も言わなくなる。今は下手《したて》に出ておこう。

「昨日の昼に、外出したきり戻りません」

「戻らない？無断外泊ということですか？」

「そうです。荷物を持ったまま。ただの無断外泊ならいいんですが、そのままいなくなるケースが多いんですよ。入院費用が未精算のままです。連絡先を探そうとしていたところです。あなた方、立て替えていただけませんか？」

「費用ってどのくらいです？」

「無保険のようですから十万円と少しです。詳しくは明細を調べないとわかりません。こういうことが続くといくら公立だ救急指定だといっても、まず支払い能力を確認しないと受け入れるわけにも……」

逸《そ》れかけた話を、倉沢が引き戻した。

「入院したときの連絡先には何と？」

「現住所は書いてもらいました。電話は確か……ないですね」

「出て行った先に心当たりはありませんか？」

晴香はあきらめきれないようだ。

「ですから、こちらが知りたいくらいです。自宅に戻ったのではないんですか？　こっちは忙しくてのこのこ調べに行ったりできませんから」

「残していったものは？」

倉沢の問いに、男はもはや口を利くのももったいないと思ったのか、黙って首を振っただけだった。その脇で事務員が、相変わらずウィルマを不審そうな顔つきで見つめている。

「ひとつ聞いてもいいですか？」

「何です？」

「その未払いの治療費はどうなります？　損害賠償請求の訴えでも起こしますか」

男は倉沢の目をしばらく見つめてから言った。

「請求はしますが、どうしても支払っていただけない場合、最終的には市の負担になります。税金で穴を埋めることになります」

倉沢は軽く二、三度うなずいた。

「本人に会えたら、払うように言っておきます」

男にそう言い残し、ふたりの背中を押してさっさと引き上げた。男が何か声をかけたようだが、無視して自動ドアを出た。

「コマを進めるたびに、事態が複雑になっていく気がするな。あと三つくらい進んだら、某国諜報部《ちょうほうぶ》か国際テロ組織が出てきそうだ」

病院の駐車場に停めた車の中で、倉沢が言った。

「ふざけてる場合じゃないでしょ」晴香が睨《にら》む。

「冗談も言いたくなるだろ？」

一番真面目に労働しているのは自分だと、言ってやりたかった。

「まりあ、いくところ、わかる、たぶん」

ウィルマが言った。

「わかるの？」すかさず晴香が聞く。

今回の一件では、初めから倉沢より気持ちを入れ込んでいる。倉沢が苦々しい視線を向ける横でウィルマがバッグから手紙やメモの束を取り出した。

「ふれんど、います」

「フレンド。知り合い？」

晴香が覗《のぞ》き込んだ。

「おなじ、むらからきた。ふれんど。まりあのあとからきた」

「マリアのあとを追っかけて来たの？」

「はい。ふぁくとりではたらく、してる」

「ファクトリ。工場ってこと？　友達って、男？」

「はい、おとこ。こうじょで、はたらく」

「どこに住んでるの」

「たぶん、ちかい。あぱーとめんと」

晴香が確認のためにくり返す。

「そのボーイフレンドが近くのアパートに住んでるっていうのね」

「はい」

「マリアはたぶん、そこにいると思うのね」

「はい」

「アドレス知ってる？」

「これ、かいてある」

メモの一枚を見せる。晴香が読み上げた。

「群馬県前橋市……、コーポ青葉……二〇三……」

「ばしょ、すこしわかる」

「場所も、知ってるの？」

「はい、だいじょぶ。まえにきた」

晴香が倉沢の顔を見る。次々飛び出す意外な告白に戸惑っているようだ。

「前にも来たことあるの？」

「はい」

「前にも来たなんて、最初から言ってたっけ？」

倉沢は苦笑して顔を横に振った。

「だから言っただろう。コマを進めるたびに、事態が複雑になっていくって」

「そんな他人《ひと》ごとみたいに言わないでよ」

「悪いことが起きる前の俺は、よくカンが働くんだよ」

倉沢は晴香が困っているのを見て、なんとなく愉快な気分になった。

「この失踪《しっそう》の裏にはきっと秘密結社が絡んでいる。そして僕たちはふたりとも記憶を消されて、数日後に、どこか遠くの海辺をフラフラ歩いているところを発見されるんだ」

いつまでもアイドリングしているためか警備員に睨まれて、倉沢はとりあえず病院の駐車場から車を出すことにした。

10

二十分ほどかかって、ようやく一軒のアパートの前に着いた。西日の逆光を受けるアパートを見あげて「ここです」とやや誇らしげに言うウィルマに、二人は顔を見合わせて苦笑した。

それはマリアが住んでいるアパートより老朽化していた。

ヒビの補修のあとが網の目のようにはしる壁に、三分の一ほど塗装が剝《は》げ、赤色系の色が完全にとんでしまった看板がかかっている。

『コーポ青葉――入居者募集中、共栄不動産』そして電話番号。

それと並んで企業の広告目的と思える色あせた看板もあった。『共栄製作所』

ウィルマは階段を上っていった。倉沢と晴香も階段の足場を確かめながらあとに従う。

ウィルマは奥から二軒目のドアの前に立った。やはり部屋番号を示す「二〇三」の札があるだけで、個人名のわかる表札の類《たぐい》はない。

ウィルマが小さくノックした。反応はない。彼女はドア脇の格子のはまった窓に指をかけた。鍵《かぎ》はかかってなかったようで、少しきしみながら隙間ができた。ウィルマが口を近づけ母国語で奥に向かって声をかけた。それを二度ほど繰り返したとき、かちゃりと音がして、ドアが開いた。痩《や》せて、顔色のあまりよくない男が覗いた。ウィルマと同国人らしかった。

男の視線が倉沢と晴香に走った。

ウィルマが早口で何か言った。男は短く考えたあと、ひとつ小さくうなずき顔をしゃくって中に入るよう促した。狭い靴脱ぎ場にはふたり以上立てない。順番に部屋に上がらざるを得なかった。

六畳一間に二段ベッドがひとつあった。同じようにものがない部屋でも、マリアたちの部屋とはまた異なった雰囲気が漂う。男だけの住人を連想させる愛想のなさが滲《にじ》み出ている。

壁には、先ほど見た『共栄製作所』の社名が入ったカレンダーがかかっていた。びっしりと○や×、さらに時間などの書き込みがされている。倉沢は出勤予定表かと思ったが、そのわりには休日と思われる×のついた日がたった三日しかなかった。

その他には、画鋲《がびょう》で留めた幾枚かの絵はがきと写真。パイプ式ハンガー。安物のチェスト。フックにかかった作業着。それでほとんどすべてだった。

少ない部屋の荷物に溶け込んですぐには気づかないほどひっそりと、窓際にひとりの女性が座っていた。彼女を見たとたん、晴香が短く「あっ」と声を立てた。

倉沢はすでにうすうす気づいていた。マリアのルームメイトたちの戸惑ったような態度。皆と一緒に写っていた写真。首をかしげていた病院の事務員の目つき。

その答えがあった。

「嘘！　なにこれ」一拍置いて、晴香が驚きを口にした。

予言どおりに謎の殺し屋が待っていたのなら、これほど素《す》っ頓狂《とんきょう》な声は立てなかっただろうな、と思うとまた少し愉快になった。

壁にもたれて、やや疲労感の浮いた顔に精いっぱいの笑みを浮かべようとしているマリアらしき女性は、ウィルマとまったくおなじ顔をしていた。

「なんだ、双子ならそう言ってくれればいいのに。驚いたじゃない」

晴香が照れ隠しの笑みを浮かべながら、ウィルマを軽く叩《たた》いた。

「それにしても、似てるわね」

「ごめんなさい」

紹介されたボーイフレンドはジョージと名乗った。壁にかかった作業服と帽子に縫い付けられた刺繍《ししゅう》のネームはどれも『共栄製作所』だった。それがジョージの働く『ファクトリ』で、このアパートが寮代わりになっていることは間違いなさそうだった。

男にも、就労ビザの面倒をみてくれる日本側のシステムがあるのだろうか。しかし、これ以上トラブルに巻き込まれたくはなかったので、何も考えないでおくことにした。口を挟めば、深入りしてしまう。

「君は、仕事には行かなくていいのかい？」

倉沢はジョージに聞いた。不規則な就労から来る疲労のためか、年齢不詳といえる顔つきをしている。案外、ウィルマ姉妹と同世代かも知れない。

「こんしゅう、やきんです。ないとしふと」

マリアが、タガログ語でウィルマに何かを言った。そのひと言をきっかけに、話し合いどころの騒ぎではなくなった。フィリピン人三人が早口で母国語を喋《しゃべ》る。ときどき晴香が英語で割って入る。気疲れした倉沢は外の景色を眺めていた。

倉沢は晴香に忠告するタイミングをはかっていた。

悪いことは言わない。これ以上首を突っ込むのはやめておこう――。

皆が熱心に話し合っているため、倉沢は切り出すきっかけが摑《つか》めず、外で待つことにした。どうせなら、田中も連れてくればよかった。運転をさせられるし、暇つぶしにキャッチボールの相手をさせられる。

建物の周囲をゆっくりとふた回りした頃、晴香が階段を降りてきた。

「あいつら、何だってあんなに揉《も》めてるんだ？」

倉沢が先に聞く。

晴香がため息をついた。「その前に事情説明しておくね」

「あんまり、聞きたくないけどな」

「マリアは特別な病気じゃなくてただの過労だったみたい。二日入院してだいぶ良くなったそうだけど、仕事に戻ったら、再発するかもね。三月にビザを更新したばかりで、まだ丸々四ヵ月残っているって言ってたでしょ」

中途はんぱなところで言葉を切り自分を見つめる晴香の視線に、倉沢は嫌な予感がしていた。

なぜ急にそんなことを言い出す――？

俺にはどうにもできないぞ。村越みたいな高給取りではないから、気軽に身請けなどできない。

「それでね、あなたに頼みがあるんだって」

「俺は知らないぞ。何も聞きたくない」

「別にむずかしいことじゃないのよ」

「むずかしいかどうかは関係ない。かかわりたくない」

「じゃあ、オーケイじゃん」

晴香が、背中をばんと叩いた。倉沢が前のめりになりそうなほどきつい一発だった。

「手かげんしてくれよ。骨折したら、帰りはひとりで運転だぞ」

「見て見ないフリして欲しいんだって」

「なあ、晩飯はどこで食う？　俺はなんでもいい。さっき見かけた寿司《すし》屋はどうだ。君の好きなチャーシュー麵《めん》でもいい」

「ふざけてないで、ちょっと聞いてよ。私ね、ほんとは『黙ってればわからない』って言ったんだけど、ウィルマが『ミスタ・クラサワは親切だから、だましたくない』って」

「巻き込まれるくらいなら、だましてもらってかまわない」

晴香は突然何も言わなくなり、倉沢をじっと見つめた。無言の訴えに、倉沢は三分と持たずに落ちた。

「……いったい、何をたくらんでる？」

晴香の瞳《ひとみ》が輝くのがわかった。

「彼女たち、入れ替わるから」

「なんだって？」

「入れ替わって、ウィルマの代わりにマリアが帰国するの。あれだけ似てれば入管だってわからないわよ」

世の中には二通りの人間しかいない、と倉沢は思った。自分に厄介ごとを持ち込む奴か、一生すれ違うことすらない奴のどちらかだ。知り合う人間は、必ず面倒を背負っている。

「晴香部長。俺が悪かった。秘密結社だとか諜報《ちょうほう》部員だとか言ったもんで、その気になっちまったんだな。だけど……、いいから聞いてくれ。確かに企画部長は任命したけど、そんなスパイ映画みたいな企画をたててくれとは頼んでないぞ」

「私が企画したわけじゃないよ。彼女たちが……ていうよりウィルマがほとんど話を進めてるんだけど、どうしてもそうしたいから、知らんぷりしてて欲しいんだって」

「そんなことにかかわったら、こっちまで捕まっちまう。あきらかに違法だろう？」

「だから、知らなけりゃいいのよ」

「もう知っただろ」

「あーあ、だから言わないほうがいいって言ったのに」

晴香が足もとの小石を蹴《け》った。ころころと転がって電柱に当たってはねかえった。

「それだけじゃないぞ。村越に対する信義の問題もある」

「あんなのどうでもいいじゃない。金で解決しようとしてるだけだから。波風たたずに終わればそれでいいのよ」

「義弟の浮気相手がまだ日本に残っていることを知ったら返金するくらいじゃ済まないぞ」

「ウィルマに、もう会わないと約束させる」

「断る」

「バカ」

馬鹿はどっちだ。

ふて腐れている晴香を連れて、アパートに戻った。三人はまだ何か熱心に話していた。誰かが何かを喋ると残りのふたりが否定する。そんなことをくり返している。

倉沢と晴香が部屋に戻ったのに気づいて、皆の視線が集まった。倉沢はその沈黙を利用して宣言した。

「入れ替えはだめだ。違法だぞ。イリーガルだ。ノーチェンジ、アーユーオーケイ？」

再び三人が一斉に口を開きかけたとき、晴香が「しーっ」と口に指を当てた。

ドアにノックの音がしている。

「おい、いるのはわかってるんだ。早いとこ開けてくれ」

少なくとも病院の事務長の口の利きかたではない。

皆を制して、倉沢が玄関口に立ち、ドアを開けた。

見知らぬ男が立っていた。幾何学模様のプリント柄のニットシャツに皺《しわ》が寄ったベージュのジャケットを羽織っている。近寄っただけで強烈に煙草の匂いがした。かすかに瞳が見える濃さのサングラスをかけている。

男は倉沢にちらと視線をぶつけてから、一歩中に踏み込み、奥を覗《のぞ》き込んだ。室内はほとんどはひと目で見渡せる。

「こりゃまたずいぶん沢山いるじゃないの。パーチーでも始めようっての？」

11

男は靴を脱いで、あたりまえのように部屋に上がり込んだ。

狭いアパートの一室がますますきつくなった。

男は窓際に座るマリアに声をかけた。

「やっぱりここか、あんまり世話をかけるな」

言い終えてから、男は倉沢の脇に立つウィルマに気づいた。一瞬驚いた表情を浮かべたが、彼女たちふたりを交互に見比べて、やはり窓際に座るマリアに話しかけた。

「その服……、お前がマリアでいいんだな」

マリアがうなずく。この男も双子の事情を知っていたようだ。

「そっちは何でこんなところにいる？」

視線をちらちらと倉沢に走らせながら、ウィルマに聞く。やはり顔見知りらしい。

ウィルマがタガログ語で喋った。男は不機嫌そうに何か言い返した。二、三の会話後、ウィルマがうなずいた。

パーチーなどと言うわりに、外国語を流暢《りゅうちょう》に話す男を、倉沢は感心して見ていた。

「それじゃあマリア。帰るぞ。退院したそうじゃないか」

男がマリアの腕を取ろうとした。晴香の眉間《みけん》が険しくなったのを見て、倉沢は不本意ながら割り込んだ。

「ちょっと待ってください」

男は伸ばしかけた腕をとめて、倉沢を見た。

「あなた、どちらさん？」

倉沢が尋ねる。およそのところは想像がついた。

「そっちこそ誰だ？　初めて見るな」

倉沢と晴香を交互に見比べている。倉沢は名刺を渡した。

「ふん、便利屋？　そういやそんな商売の話を聞いたことがある。なんだ、はるばる東京から来たのか」

口の利き方からは、悪人という印象は受けないが、緊張は解かずにおいた。

「マリアをどこに連れて行くんです？」

「どこへ行こうが大きなお世話だ」

倉沢より二十センチは背が低く、二十年は多く歳を数えているだろう。妙に髪の毛が黒々しているのは染めているのかもしれない。男は遥《はる》か下から倉沢を睨《にら》んだあとで、言った。

「アパートに帰るんだよ。もう三日も仕事を休んでんだ。えらい損害だ」

「連れて帰って仕事させるんですか？」

「あたりまえだろが。退院したってことは医者が太鼓判押したってことだ。ガンガン働いてもらうからな」

「ちょっと待ってください……、そうだ、ちょっと外で話しましょう」

倉沢は男の腕を取ってむりやりドアの外へ出た。

「ちょっとそっちの道まで出て……」

男は何だ何だ、と言いながらもついてきた。

「何か文句でもあんのか。こう言っちゃなんだがな、ウチはきちんと審査取ってやってんだ。住む部屋だってこっち持ちだし、飯も食わせて給料も払っている。文句があるなら、入管でもなんでも呼んでもらおうか」

倉沢は、開き直るほど清廉潔白でもないだろう、という言葉を呑《の》み込んだ。

「彼女は退院したんじゃない。逃げ出したんです」

「そんなこた知ってる。さっき病院で、あぶなく治療費払わされるところだった。逃げたっていうからここだと思った。これで二度目だ」

「まだ、回復していないのは見ればわかるでしょう。もう何日か休ませてやってもらえませんか」

「だめだ。病院逃げ出す元気があったら仕事くらいできる。鼻の下伸ばした酔っぱらいに酒を飲ませる仕事だ。五歳のガキにだってできる」

「仕事させて、また身体を壊したら、元も子もないでしょう」

「そんときゃ別の手もある。寝てりゃいいだけの仕事だってあるし」

ひゃっひゃっと顔を皺だらけにしたときに、前歯が一本欠けているのが見えた。倉沢は二本目を抜いてやったら気分がいいだろうかと思った。どうしてもやるなら、晴香に譲ることにしよう。

「とにかく、もう一日だけ休ませてやってください。彼女と話したいこともある」

「今日の仕事の補償はどうすんだい」

「病院じゃ警察に届けるって言ってました。あんたもややこしいことに巻き込まれたくないでしょう？　綺麗《きれい》な腹かもしれないが、探られないに越したことはない」

男は倉沢の顔をじっと見つめていた。

「お前、誰だ？　なんでマリアにかまうんだ。そういや、ええ……双子のもうひとり。あれはなんで連れてきた？」

「彼女は知り合いの知り合いです」

「知り合い？　どこの知り合いだ」

「あんたには関係ない人です」

男は不審げな視線をずっと倉沢に向けていた。次に、路肩に停めたメルセデスに視線を移した。

「いい車だな。あれはお前のか」

「そうです」

さっき倉沢が渡した名刺の裏にナンバーを書き留めた。

「会社もナンバーもわかった。もし、女を逃がしたりしたら、俺も知り合いに相談しなくちゃならねえぞ。俺みたいに法律守って生きてる人間ばっかじゃないからな。事故ったりしねえで東京に帰りたいだろう」

「脅す必要はないですよ」

「俺はまだ、忙しいんだ。あとで事務所に来てくれ。そこで話をつけよう」

「どこへ何時に？」

黒いセカンドバッグから名刺を一枚取り出した。刷ってからずいぶん時間が経つらしく、角がすり切れている。

『砂川観光　社長　砂川健二』

本当に「社長さん」なのだ、と場違いな感心をした。

「何時に」

「これからババエを店まで届けて、一旦《いったん》事務所に帰る。そうだな、八時半頃にしてくれ」

「わかりました」

男は「へっ」というような息を吐いて、白いチェイサーに乗った。自分で運転する社長のようだった。

マリアのことは乗せずに行った。

「今日はマリアは仕事に行かなくていい」

部屋に戻って、倉沢を見つめる四人に告げた。

つい早口で喋《しゃべ》ったが、意味がわかったらしく、皆が声を立てて喜んだ。

「ちょっといいか」

今度はウィルマと晴香を外に引っ張り出した。

「何？　気が変わったの」

晴香の機嫌が多少よくなったようだ。

「さっきの替え玉の話。君らは本気なのか？」

倉沢がウィルマに聞いた。ウィルマは助言を求めて晴香を見た。女が共同戦線を張る早さにはいつも驚かされる。感心していると、晴香が代表して答えた。

「うん、マリアだけがあんまり乗り気じゃない。ウィルマを押しのけて自分が帰るのに気兼ねしてるみたい」

「ウィルマはそれでいいって言ってるんだな？」

脇でウィルマが大きくうなずく。

「そう。可哀想なんだけど、ただ、病気だからっていうんじゃなくて、合理的な理由もあるのよ」

「合理的？」

「もしも、予定どおりウィルマが帰って、マリアが残ったとするでしょう？　そうすると、あんな調子じゃ無理がきかないかもしれない。休みが増えると、仕送りできる金額が減っちゃうのよ」

「なるほど」

「それにもしもマリアがもうダンサーの仕事ができなくなったら、ビザだって延長できなくなる。日本に来るときの渡航費用だって借金してるし。違約金とか取られてせっかく貯めたお金がパーになっちゃうの。そうなれば、不法就労か送還しかないでしょ。仕組みはよくわからないんだけど、そのときはさっきの男の手を離れるらしいわ。あんなんでも、彼女たち頼りにしてるのよ。『他へ連れて行かれた村の幼なじみはもっと酷《ひど》い目にあってる』って。そして何よりもね、代わりに一番下の妹——サラっていうらしいけど、彼女が連れて来られるかもしれない、それを一番心配している」

晴香が一気に喋った。当たりどころのないイライラが満ちた。

「元気なウィルマが残るほうがいいのよ」

さらに倉沢が口を開きかけたとき、ウィルマが割り込んだ。

「あなた……いもうと、いますか」

「妹？　なぜ……？」

「そのいもうと、いえがおかねないだから、がいこく、つれていかれる。おとこのいとたくさんくるおみせ、はたらく。おとこのいとみるまえで、だんすする。きてるふく、したぎとおなじ。おとこのいと、からだにさわる。ときどき、きすする。いやいえない。おかねがないだから。いもうとそのしごとする」

つっかえることがまどろっこしいように顔を紅潮させてウィルマが喋るのを、倉沢は「いいとじゃない、ひとだ」といつものように冷やかしを入れることもなく、聞いていた。

「わたし、たまたま、ふぃりぴんうなれた。あなた、にほんうなれた。いもうとかわいいおもう、たぶんおなじ」

西野ならどう答えるだろう——。

そんな場違いな考えが浮かんだ。

「わかった……、もうどうでも勝手にしてくれ。しかし、入管の目も節穴じゃないだろう」

「ばれたら、そのときね」

晴香が倉沢の背中をどやしつけた。つんのめりそうになるところを、倉沢はどうにかこらえた。

「ところでババエって何だ？」

ウィルマがけらけら笑いながら、自分を指差して言った。

「れでぃ、のこと」

倉沢は「あれだけ似ていれば、空港も村越もだませるかもしれない」という気になりかけていた。しかし、さっきの砂川だけは別だ。彼女たちが双子なのも知ってるようだったし、ふたりを簡単に見分けた。奴をどうにか説得しなければならない。

「事務所用のキャッシュカード持ってるか？」

「あるけど」

「二十万ばかり下ろしてくれないか」

「二十万ばかり、ね。何するの？」

「あの社長に、ふたりの入れ替えを認めさせるのに使う」

「お金かかるの？」

「そりゃ、間違いなくかかるだろうな。だから、頼む」

「たぶんぎりぎりだね。当座はほとんど底をついちゃうかも。それでもいい？」

「君がよけりゃ」

「来月のお給料が楽しみね、社長さん」

「社長対決だな。まあ、できる限り値切ってみるよ」

晴香が倉沢の尻《しり》に膝蹴《ひざげ》りを当てた。帰りの運転ができるように手かげんしたようだった。

12

時計を見ると七時を少し回ったところ。約束の時刻まで一時間半ある。

「私、なんだかお腹が空《す》いちゃった。お金下ろしたら何か食べようよ。ね、ね」

晴香が提案した。倉沢以外の三人は首を横に振った。

結局、晴香が「店を見て決めたい」と譲らないので、倉沢が運転手を務めることになった。ふたりきりの車中で倉沢の不機嫌がぶり返した。

「君は少しプロ意識に欠けるんじゃないか？　昼間も言ったけど、物見遊山じゃないんだからな」

「何、偉そうに言ってるの？　ほんとに真剣に真面目に考えたら、腹が立ってしかたないでしょ。だから観光気分出して我慢してるんじゃない」

「それはさっき、俺が言ったせりふだぜ」

「あ、あそこあそこ。なんだか雑誌とかに載ってそうじゃない？」

晴香が何度も倉沢の腕を叩《たた》いて、前方の蕎麦《そば》屋を指差した。

「はいはい。わかりました」

倉沢はウィンカーを出した。

「もう少し時間に余裕があったら、伊香保《いかほ》で温泉につかりたかったよね」

客に自分でわさびをすりおろさせるのもサービスのうちらしい。晴香は熱心にごしごしとやっている。

「なあ、晴香君」

「何？」

手は休めずに気のない返事をする。

「本当にそんな、入れ替えなんてことができるのか？」

「まだ、迷ってるの？」

「迷うというより、現実的かどうか考えてる」

「今までの経験だと、入管じゃ指紋も何も調べないでしょ。それにね、去年私がタイ旅行の時に使ったパスポートの写真、間違いなく本物だけど、どう見てもウィルマとマリア以上に私とは似てないよ。でも一度も誰も何も言わなかったよ……いただきます」

目の前に置かれたざる蕎麦に、晴香がさっそく箸《はし》をつけた。

「外国人登録には指紋が必要だったんじゃないか？」

口いっぱいにほおばった蕎麦を、胸もとを叩きながら飲み下す。

「あなた、ニュース見てる？　指紋は不評だから、とっくに廃止になったでしょう。本人見分けるのは写真とサインだけ。だいたい、再登録は五年も先なんだから、それまでにはなんとかなってるって。そんな肝っ玉の小さいこと考えてるから、ボールがびびっちゃうんだよ」

口へ蕎麦を運ぶ晴香の手が止まった。

「あ」

倉沢の顔を見る。

「ごめん」

「べつに気にすることはない。もう三百回くらい泣いて、涙も涸《か》れた」

しばらくは蕎麦をすする音だけがふたりの間に漂っていた。倉沢はほとんど味のしない蕎麦を半分近く残した。

「入る店を間違えたかもな」

「あら、美味《おい》しいじゃない。これ、残すの？」

晴香が倉沢の残した蕎麦を指して言う。

「よければ、どうぞ」

晴香のほうへ押しやりながら、倉沢は姉妹のことを考えた。

貧困の待つ故郷へ帰ることが幸福なのか、この飽食の国に残りいつも何かを渇望している男たちのはけ口でいることがまだましなのか。

答えは見つからなかった。

正解などきっとない――。

ひとつだけ確かなのは、そのサラとかいう妹を出稼ぎに来させないために自分が働こうというウィルマの気持ちだ。彼女が望むのなら、それはきっと正しい。犯罪の片棒を担ぐことがなんだ。晴香の言うとおり、そんな肝っ玉だから指先がびびるのかもしれない。

倉沢はそう自分に言い聞かせた。左の指先を見る。今日は午後あたりから一度も症状が出ていない。どうせ店じまいしようと思っている商売だ。

倉沢はいつしか左の指先をテーブルにこすりつけていた。

倉沢の分までたいらげた晴香が、「冷酒頼んだら怒るよね？」と言いながら、音をたてて蕎麦湯をすすっている。

「何やってるの？」

倉沢の指先の動きが気になったようだ。

「この前もそんなことしてたけど、何かの癖？」

倉沢はあわててこすりつけていた左手をポケットにしまった。

「それよりな。……商売替え、しようと思うんだ」

晴香はさらにふた口、蕎麦湯をすすった。

「そう。じゃ、辞めたら」

「え？」

少しぐらいは反対するものと思っていた倉沢は、かえって拍子抜けした。

「いいのか？」

「この前から、文句ばっかり言ってるし、どっかにそんなに楽して儲《もう》かる仕事があるなら、どうぞ、やってみれば」

本物のパンチ並みにきつい一発だった。本当は楽かどうかなどというよりも、困っている人間ばかり見ることにうんざりしていたのだった。村越みたいな奴から、税金で持って行かれるはずの金を掠《かす》め取るいかがわしい商売でも始めたら、気が休まるかもしれない。

しかし今、そんなことを言ってみても始まらない。

倉沢は伝票を持って立ち上がった。

「先に車で待ってる。ゆっくりしてくれよ」

アパートでウィルマを拾い、店のオーナーである砂川の事務所へ向かった。ビル近くのコインパーキングに車を停めた。

「それじゃ、行ってくる」

晴香は残ることになった。

倉沢はウィルマを従えて、雑居ビルの二階へ階段で上った。スチール製のドアにアクリルの札がへばりついている。

『砂川観光』

二度すばやくノックして返事を待たずにドアを開けた。

「いらっしゃいませ」

二十代の若い男が半分腰を浮かせて、挨拶《あいさつ》した。三十代半ばに見える厚化粧気味のわりにのっぺりした感じの女の社員も仕事をしている。壁の巨大なホワイトボードには、びっしりと何かの予定が書き込まれている。『リンダ・サヨナラパーティ』などと書いてあるのが読めた。

こぢんまりとはしているがごく普通の企業事務所と変わらなかった。やくざの詰め所のような光景を想像していた倉沢は拍子抜けしたような気分だった。もっともドラマか映画以外でそんな場所を見たことはなかったが。

一番奥まった机に、さっき会った砂川社長が座っていた。

「よお。まあ、入んなよ」

席を立って、砂川が自分で迎えに出た。身振りで、簡素な応接セットに座るよう示された。倉沢とウィルマが並んで、向かいに砂川が座った。

「それで、何の用だったっけ？」

砂川が、コーヒー三つくれ、と怒鳴った。

「マリアのこと」

「おお、そうだ。今日はこっちが折れたんだ。明日からきっちり働いてもらう。逃げようったって無理だ。昼間も言ったけどな、文句があるなら警察でも入管でも呼んでもらおうか」

倉沢は、またも「そっちも叩けば埃《ほこり》が出る身だろう」と言いそうになるのを呑《の》み込んだ。ダンサーの就労ビザで来ているのに、接客をさせているのは威張れることなのか、と。倉沢側に弱みがあることを知って強気な態度をとっているのが癪《しゃく》にさわったが、もう少し下手に出ておくことにした。

「わかりました。本人も明日から働くと言っています。ただ、ひとつ頼みがあります」

「あまり聞きたくないな。どうせロクな話じゃない。それより、そっちのババエは誰の頼みで連れてきた」

顎《あご》をしゃくって、ウィルマを指す。

「正直に言うと彼女自身の依頼です」

「嘘つくな」

「本当です。そのことと関係してお願いがあります」

「何だ」

「砂川さんにとっては悪い話じゃないと思いますがね」

「やっぱりロクなことじゃねえな。わざわざ東京から他人のためになる話をしに来る奴がいるわきゃないだろう」

倉沢も賛成だった。この土地に来て、初めてまっとうな意見を聞いた。

「実は、ウィルマは来週フィリピンに帰国することになっています」

「なんだって。帰国だと」

砂川の眉間《みけん》が険しくなった。今まで、きつい目つきだが人のよさそうな色を浮かべていた瞳《ひとみ》が冷たい色に変わった。あきらかに動揺している。何かを計算している顔だ。

何か誤解しているのかもしれないと思い、倉沢はすぐに付け加えた。

「ビザの延長をしたばかりですが、借金をきちんと清算して表玄関から堂々と帰ります」

「……へえ、そりゃ、すごいな。……ていうより、もったいないな。今どき、ビザがなかなか降りねえんだ。それにしてもどんな魔法使ったんだ？」

急に落ち着きがなくなった。

「王子様が現れて、身請けしてくれたんです」

眉を寄せて考え込んでいる。

「ここからが相談なんですが、マリアとウィルマが入れ替わりたい」

「なにを？」

砂川の声が跳ね上がった。

「帰国の前に彼女たちは入れ替わりたいんです」

「もっと、なんていうか……、わかるように話してくれ」

「彼女たちふたりで話し合い、こういう結論になったんです。元気なウィルマが残り、身体の弱ったマリアがウィルマのふりをして帰国する。つまり、入れ替わる」

砂川が身を乗り出した。

「そんなこと勝手に結論出されたって、あんた」

「おたくにも悪い話じゃないと思いますがね。マリアを見たでしょう。あの顔色でいつまで働けると思いますか。ウィルマとビザの期間が一緒なら九月までのはずだ。あのようすじゃ、それまで持つかどうか怪しいもんですよ。元気なウィルマが納得ずくで残ったほうが、あんたもやりやすいでしょう」

「使えなくなったら次のババエを探すだけだ」

「さっき、なかなかビザが降りないって、自分で言ってたでしょう」

砂川は腕を組んでしばらく考えていた。やがて大切なことを思い出したように、ポケットから取り出したセブンスターに火を着けて深々と吸い込んだ。倉沢の顔を品定めするようにゆっくりと煙を吐き、また吸い、そして吐いた。

突然、タガログ語でウィルマに話しかけた。少し落ちつきをとり戻した声になっていた。ウィルマも答える。数回やりとりがあった。倉沢は観察していたが、砂川の質問に対して、ウィルマがかわしている感じだった。

「私を仲間はずれにしないで欲しい」

倉沢が割り込んだ。

「まあ、拗《す》ねるなよ」

砂川は吸っていた煙草をもみ消し、立ち上がった。

「急ぎの用事を思い出した。ちょっと電話してくる」

奥の部屋に消えた。倉沢が説得第二ラウンドの言葉を選び出していると、砂川が戻ってきた。

「まったく、厄介な話だ。あのな、お前らな、簡単に帰国させるとか言うけどどな、彼女らが日本に来るまでえらい手間がかかってんだ。知らねえだろう。村からババエをスカウトする奴、オーディションする現地のマネージャー、面倒くせえ手続きするプロモーター、いろいろ回って俺らのところに来る。そして、そんときは借金まみれだ。俺たちはそれを面倒みながら気持ちよく働けるようにしているんだ」

新しい煙草に火を着けた。

「それを、人身売買みたいに言われちゃ身も蓋《ふた》もねえ」

天井高く煙を噴き上げた。

「わかった。俺にだって血も涙もある」

「え？」

「見て見ないふりをしてやる。その代わり、責任は取らねえぞ。バレたら全部そっちもちだ。俺はなーんにも知らねえ」

「それで結構です」

見たか晴香。俺の交渉力も捨てたもんじゃないだろう。

「それじゃあ、明日からはこのウィルマが店に出ます。ルームメイトとも顔見知りのようですから……」

倉沢は立ち上がろうと、両膝《ひざ》に手を置いた。

「おい、ちょっと待てよ。人にモノを頼むときにはそれなりの仁義があるだろう？」

「仁義？　何です？　支度金でももらえるんですか？」

言いたいことはわかっていたが、とぼけてみせた。

「ふざけるな！　これだ」

砂川が二本の指で輪を作った。

「金ですか？」

「そうよ」

「こっちが礼金もらいたいくらいですけどね。……五万出します」

「ふざけるなよ。五十万だ。人ひとり入れ替わるんだ。ずいぶん迷惑な話だぜ」

倉沢は、もうそろそろ我慢もいいだろうと思った。

「マリアの借金はいくら残ってるんだ？　あんた、さっきから警察、警察と言ってるけど、本当に申請したビザに偽りない仕事をさせているのか？　店に立ち入りが来ても笑って済むのか」

とうとう感情を表に出した倉沢にも、砂川の態度はほとんど変わらなかった。

「開き直りやがった……。ガキだな。お兄さんよ。俺を脅すのか？」

「脅してるんじゃない。取り引きならまっとうな額があるだろうと言ってるだけだ」

砂川はすぐには答えず、すでに二本目となる煙草の煙をゆっくり吐き出しながら、倉沢の表情を見ていた。

「その度胸に免じて三十万だ。それ以下なら、この話はなしだ」

倉沢は財布を取り出し、あらかじめ十枚の束にしておいた一万円札を出した。そのまま裸でテーブルに載せた。

「十万あります。いいも悪いも初めからこれしかない。これで呑んでもらうか、ご破算か。どっちにします？」

決裂したら、真剣に入国管理局の話でも何でも持ち出して食いさがるつもりだった。砂川がニヤリと笑って茶色く変色した前歯を覗《のぞ》かせた。

「お兄さん、面白《おもし》れえ仕事やってんな……。わかった。それでいい。今日は仏滅だ。領収書は出さねぇぞ」

男は札を摑《つか》んで内ポケットにしまった。上からぽんぽんと二度叩《たた》いて言った。

「正直言うとな、この商売も先が見えねえ。半年持つか、一年持つか。例のバッシングとかいうやつよ。外国にごちゃごちゃ言われて、去年あたりから滅茶苦茶《めちゃくちゃ》やりづらくなった。ババエが来ないんじゃ商売にならねえ。同業仲間もずいぶん商売替えした。俺んとこは他の国の女を入れてしのいでるが、いつまで続くやら、だ」

開き直ったようにへらへらと笑う砂川を見ながら、倉沢はどんな商売にも気苦労はあるのだと、感心していた。

「商売替えの前に、人助けしとくのも縁起がいいかと思っただけよ」

ニヤリと皺《しわ》だらけの笑みを浮かべて、砂川が煙草をもみ消した。前歯の欠けたところが目についた。十万も金を取っておいて「人助け」もないだろうが。

「その金で、差し歯でもすれば運も向いてくるかもしれない」

砂川はへらへらと笑って答えなかった。

脇で聞いていたウィルマは、おそらく言葉は半分も理解できなかったはずだが、成り行きは理解したようだ。黙って倉沢のあとをついて、事務所を出た。

「話はついた」

そう言うと、倉沢の手を握った。

「ども　ありがと。わたし、たぶん、かんしゃする」

倉沢は苦笑を浮かべた。間違いを直してやろうかと思ったが、ウィルマの瞳が潤んでいるのを見て、やめた。

引き続き働くことが決まって喜んでいる彼女にかける言葉がなかった。そして、その段取りをつけたのが自分だと思うと、不快感で胸が満ちた。左手が猛烈に震えていた。

砂川の言うとおり、まだガキなのかもしれない。

13

最後まで気が乗らないようすだったマリアも、周り中に説得されようやく納得した。ボーイフレンドのジョージと何か話していた。「近いうちに自分も帰る」とでも言い聞かせているのだろうかと、倉沢はぼんやり考えていた。

マリアは倉沢一行と東京へ出て、ウィルマは身体ひとつでそのまま前橋のアパートに残ることになった。倉沢が「身の周りの品はすぐに自分が送ってやる」と約束をした。ルームメイトが既に出勤してしまい、誰もいない部屋にウィルマがひとりで残った。

午後十時近くなって倉沢のメルセデスは繁華街のはずれにある朽ちかけたアパートをあとにした。

倉沢は、マリアが出発の時に半分ほど窓を開けて深呼吸をひとつしたことに気づいた。マリアが嗅《か》いだのが、自分の青春の一部分だった街の匂いなのか、姉を置き去りにした建物の香りなのか、あるいは何かを思ってため息をついただけなのか、わからなかった。

左手を見た。震えは小さくなっていた。運転には差し支えないだろう。

「予定の半分の十万円で済んだんだ。よかったね」

いきさつを聞いた晴香が倉沢の横顔を見た。

「残念ながら、残りの半分も使い道は決まっている。病院代を踏み倒したままにはできないだろう？　あとで請求書を送ってもらうよ。ダメもとで、村越さんにふっかけてみるか」

晴香が「案外お人好《ひとよ》しだね」と笑った。

大胆だとは思ったが、倉沢はマリアをそのまま池袋のマンションに住まわせた。元々近所付き合いなどないだろうし、マリアにも極力出歩くなと釘《くぎ》を刺してある。もっとも歩き回る元気はなさそうだった。

「お前ら正気か？」

事情を聞いた真佐夫が目を剝《む》いた。

「今度ばかりは自信がない」

神妙な修介に、真佐夫もそれ以上責めることはしなかった。

倉沢にはもうひとつ気がかりなことがあった。村越だ。ずぼらなようで抜け目がないのは知っている。

だが、プロ野球のスター選手がそう何度も彼女のもとを訪れるとは思えない。それができないから倉沢を雇ったのだ。万が一、訪ねたとしても、どうせ尻《しり》か胸の値踏みでもするくらいが関の山だろう。

案の定、何ごとも起こらないまま月曜を迎え、倉沢は予定どおり成田空港まで付き添った。マリアはごねることなく九時三十分成田発マニラ直行便に乗り、生まれた国、家族の待つ村へ帰って行った。

何度も振り返り、ぎこちないお辞儀をするマリアを見届けてから、倉沢は事務所へ戻った。バンの荷台には、ウィルマに送ってやる派手なピンク色のボストンバッグがひとつ転がっていた。


倉沢が最近日課になった夜のジョギングをしていると、例によって毒々しい色のウェアを身にまとった田中が現れた。

別段、つきまとっているわけでもないのはわかっていた。このあたりでは夜のこの時間、車に轢《ひ》かれたり引ったくりに間違われたりせずに走れるのはこの公園くらいしかない。

「あれ、兄貴。最近よく会いますね」

「今日は気分が乗らないから、話しかけないでくれないか」

「相変わらず、無愛想すね。体調がいい証拠です。来週、試合ありますから。忘れないでくださいよ」

「俺は投げないよ」

「またまた」

倉沢の背中を叩く。

「じゃあ何でトレーニング始めたんすか？」

「乱暴だな。そういう挨拶《あいさつ》は晴香に教わったのか？　こっちは、肉体労働だからな、鈍らないようにメンテナンスしてる」

「タンス運ぶのにトレーニング・チューブがいるんすか？」

にやにやしている。どうせ晴香が喋《しゃべ》ったのだろう。

投球に必要な筋力を鍛えるには、それ用のゴムチューブを柱に固定して、投球に似せた動作を繰り返すのが簡単で効果的だ。倉沢がそんなものを引っ張り出して来たということは、投球そのものに熱意が湧いてきたと考えたのだろう。田中の冷やかしにはそういう含みがあった。

倉沢はなおも話しかける田中を無視して、反対方向に走り始めた。

「あ、兄貴」

呼び止める田中を無視して、倉沢は走るスピードをあげた。

明日、また筋肉痛というしっぺ返しを食うかもしれないが、今は知ったことではなかった。

14

火曜日。仕事が入らなかったので事務所は休みにした。

マリアを帰国させてから、一週間がすぎていた。

毎日肉体労働が多い上に、このところ走り込みの量が増えてきた。その上、田中が冷やかしたように、実はウエイトトレーニングを始めていた。自宅にしまっておいたシットアップベンチやダンベルを利用した簡単なものだが、自分でも意外に感じるほど筋肉が蘇《よみがえ》りつつあった。

それが嬉《うれ》しくて、昨日は熱を入れすぎた。おかげで今朝の倉沢はいつまでもベッドから起きあがれずにぐずぐずしていた。

午前十時すぎ、来客を知らせるチャイムが鳴った。倉沢が無視することに決め込むと、しつこく二度三度と鳴った。とうとう、インターフォンから一方的に大きな声が流れてきた。

「村越だ。忙しいんだから、居留守なんか使ってないで開けろ」

スピーカーとは別に窓からも聞こえてくる。近所迷惑なので、放っておくわけにもいかない。

「今日は試合じゃないんですか？」

倉沢は村越の大きな身体を事務所の応接セットに座らせて、麦茶を出した。コーヒーメーカーのセットをする気分にはなれない。

「もちろんあるに決まってる。その前にちょっと寄った」

汗を拭《ふ》きながら、ひと口で半分ほどグラスを空けた。あまり美味《うま》そうに飲むのを見て、倉沢は嫉妬《しっと》を覚えた。

「金なら振り込みでよかったんですが」

村越が倉沢の顔に視線を据えた。マリアを送り返して村越との縁は切れたと思っていた。

「冷たいね。任務が終わったらあとはもう金だけか？　残念ながら金のことじゃない」

倉沢は肩を軽く持ちあげて、先を促した。

「お前、この仕事向いてないんじゃないか」

何を言い出すのかと思えば、そんなことを忠告しに来てくれたのか。

「それは自分が一番自覚してますよ。額に汗して働くのは性に合ってない気がします。近いうちに商売替えするつもりです。でも、わざわざそんなことを言いに？」

「俺が言う意味は違うぞ。客の依頼どおりに遂行できないんなら、初めから仕事なんて受けちゃいけないってことだ」

倉沢は背中が強張《こわば》るのを感じた。下手に喋ればボロが出る。結局とぼけた表情を作って相手の話を待つことにした。

「三日前に義弟から連絡があった。おかしなことを言ってるんだ。『帰国させたのは本当にウィルマですか』とかな。奴もあまり威張れる立場でもないから、それ以上突っ込まないが、なんだか相当落ち込んでる。帰国させると決めたときよりもな。変だろう？　お前、何か知ってるか？」

「さあ、心当たりありませんね。愛人が帰国したんでノイローゼなんじゃないですか？」

村越はふんと鼻を鳴らして笑った。

「お前、嘘つくの下手だな。やっぱり商売には向いてないぞ。だいたい俺の目を節穴だと思っているらしい」

反らしていた身を起こした。

「双子の姉妹を入れ替えたな」

村越に怒りの雰囲気はない。倉沢をじっと見ている。

倉沢が答えを探しているあいだに、村越が続けた。

「実はな、出発の前の日にもう一度ウィルマのところに顔を出した。あれは別人だ。いくら双子だからって、少し話せば見わけはつく」

「気のせいじゃないですか」

村越は、笑ってうなずいてから、ゆっくりとした口調で言った。

「俺はさ、なんでこの歳までクリーンナップ打ててると思う？　俺はピッチャーの目を見りゃ、次の球をどこへ投げるつもりかだいたいわかるんだよ。観察力の問題だ。それでな、俺は、女を見るときはまず耳を見るんだ。耳でな、だいたいのことはわかるぞ。耳が品のいい女はいろいろ品もいい。耳がだらしない女はいろいろだらしない」

投手の心を読むのと、女の品定めの因果関係が倉沢にはよくわからなかった。

「だから、俺は女に会うとまず耳を見る癖がついてるんだ。ウィルマはな、すごくいい耳してた。こういういきさつじゃなかったら、一度お願いしてみたいくらいだった。ところが、前の日に会ったウィルマは違う耳になってた」

　倉沢は、ほとんどもはやこれまでと思いながらも多少の抵抗を試みた。

「そんな、大げさじゃないですか？　たかが耳で。最初にいい耳だなんて思ったんで、想像がふくらんだんじゃないですか？」

　村越は残りの麦茶を飲み干して、ゆっくり言った。

「じゃあ聞くが、思い違いであずきほどもあるほくろが消えるか？　彼女のこっちの耳には大きなほくろがあったんだ。お前みたいな節穴じゃ気づかなかっただろうけどな」

　そう言って村越は自分の右の耳たぶをつまんだ。

「彼女たちを入れ替えた。正直に言えよ。そうなんだろう？」

　やはり自分には謀《はかりごと》は似合わない。ここは素直に謝ろう。

「申し訳ありませんでした。弁解はありません。当然ですが、料金はいりません。ただ、お願いがあります……」

「金のことはいい」

　村越が遮るのを、さらに倉沢がかぶせるように言った。

「あの件は義弟《おとうと》さん――会ったこともないですが――にはまったく関係ない……」

「だから、人の話の腰を折るんじゃないよ。最後まで聞けよ。……まあ、いい」

「え？」

「いい、って言ったんだ。入れ替わったものはしかたがない。ただ、もしばれるようなことがあったら、自分の一存でやったと言ってくれ」

「しかたない？」

「だから、このことが知れても、お前が勝手にやったと説明してくれ。もうゴタゴタに巻き込まれるのはゴメンだ」

「それは、もちろんそのつもりですが……」

どういうことだ――？

それでおしまいか？

「まったく俺もコケにされたもんだ」

興奮して喉《のど》が渇いたのか、三杯目の麦茶を再び一気に呷《あお》った。

「しかし、フィリピンまで帰っちまったものを連れ戻せるわけないだろう。引き留めるつもりなら気づいたときにそうしてる。ただな、俺を出し抜いたと思って天狗《てんぐ》になってんじゃないかと、鼻っ柱折りに来たんだ。こいつは貸しだからな」

倉沢は無言で頭を下げた。

「いいか、万が一このことでトラブルになっても俺は何も知らない。お前が勝手にやったことだ。いいな？」

「わかりました」

「納得したなら、金は払う」

「いや、それは」

「いいんだよ。あるところからぶん取れば。腹ん中じゃそう思ってんだろ？」

答えようがない。

「お前みたいに甘い奴は、本当に商売に向いてないんだがな」

「同感です」

村越は、窓の外で揺れる木の葉を眺めていた。

「さて、言いたいことは言った。そろそろ帰るか」

立ち上がりかけて、言い足した。

「さっきから気になってるんだけどな、お前、また野球始めるのか？」

背中が強張ったのは、今日二度目だった。

「どうしてです？」

「さっきから、左の指先をゴシゴシ机にこすりつけてるじゃないか。昔から、ピッチャーの奴らがやってるのをときどき見かける」

晴香にも指摘された。最近、無意識にやってしまっていることには気づいていたが、その理由までは考えたことがなかった。

そうか、そういうことだったのか——。

プロの選手は、シーズンオフ中は次の春を目標に走り込みや筋力トレーニングをこなす。投手にとって意外に困るのが指先だ。指先が柔な皮膚に戻ってしまえば、マメができる。春先にマメをつぶして投げられないようでは、一軍スタートの切符がもらえない。シーズンオフの間も指先を硬くしておくために、いつも利き腕の人差し指と中指を叩《たた》いたりこすりつけたりする癖がつく選手がいる。

ようやく抜けたと思っていた癖が、無意識のうちに蘇《よみがえ》ってしまっていたのだ。

花屋とキャッチボールを始めたあとからかもしれない。

「なんとなく、昔の癖が出ただけです」

「そうか。……まあ、忘れてくれ。それじゃ、またな」

陽性の空気を振りまいていた村越が出ていった。

ルームライトの明るさが一段落ちたような部屋に取り残された倉沢は、じっと左の指先を見つめていた。

15

「ねえ、ちょっと見て。村越さんフンパツしてくれたよ」

銀行から戻った晴香が興奮して通帳を倉沢の目の前で開いて見せた。晴香が指差すところを見ると振り込みの数字が印字されていた。

「礼は弾むぜ。とか偉そうに言ってたけどね」

嬉《うれ》しそうな晴香に、倉沢自信は気の乗らない口調で答えた。

「二十万か、怒ってたわりにはずいぶん気前よく払ったな。尻《しり》でも触らせたのか？」

あった。

「馬鹿なこと言ってないで、よく見なさいよ」

晴香が通帳を突き出す。倉沢はもう一度数字に目を落とした。二のすぐ後ろにカンマがあった。

「二百万！」

「でしょう？　苦しかったから、ラッキー……」

「いや、……ちょっと待った」

急に真剣な表情になった倉沢が、通帳を持つ晴香の手を止めた。目を閉じ、わずかに震え始めた左手の親指で額を小さく叩いた。

「その金を遣うのは……」

「え？」

「ちょっと一日か二日待ってくれ」

「なによ。また変なこと考えてるんじゃないでしょうね」

「変なことだ。滅茶苦茶《めちゃくちゃ》変なことを思いつきそうだ」

「ま、二、三日ならいいけど。今月の支払いに間に合えば」

片方の眉《まゆ》をあげて、晴香は自分の仕事に戻った。

「これでやりくりつくかもね」

嬉しそうにひとり言を喋《しゃべ》る晴香の脇で、倉沢は受話器を取り上げた。

二日後。晴香が出かけるのを待ちかねたように、修介は真佐夫に切り出した。

「戸部さんに頼んで調べてもらった。また金がかかったが、面白いことがわかった」

「なんだ？」

　窓の外に目を向けたまま真佐夫が答える。

「村越さんの義弟《おとうと》が仕事で出張する先は高崎《たかさき》だった」

「高崎？」

「そうだ。前橋とは目と鼻の先だ。こんな偶然があるか？　そして、村越さんは、そのことをわざと言わなかった。なぜだと思う？」

　尋ねられた真佐夫はしばらく口を開かなかった。これが晴香であれば間が持たずにすぐ「変なこと」だの「考えすぎ」だのと笑われるが、真佐夫はただ黙って考えていた。

「何かあるな」

　珍しく、真佐夫が同意した。視線を公園の樹に向けたまま考え、やがて意見をまとめたようだった。

「たまには俺の考えを言ってみようか」

「ぜひ聞きたいね」

　真佐夫は足を組み直して、ゆっくりと言葉を探しながら話し始めた。

「問題点を整理してみるか。まず、ウィルマは前橋のそのあたりの地理を多少知っていた。マリアの同僚や砂川ともあきらかに初対面ではなかった。前にも行ったことがあると本人も言ってたんだよな。ところで、彼女たちは休みが極端に少ないとも言ってたよな。確か最初の半年は二日だったとか。今もそう増えたとも思えない。だとすれば『連れて行ってくれ』と頼める相手は常連の客くらいしかいない。その義弟のようなのぼせた客とかな。ここまではどうだ？」

倉沢は苦笑を浮かべて聞いていた。

「ああ。筋が通ってる」

「まあな」

素直な笑みが浮かんだ。気分がよさそうだ。

「ところで、その義弟だ。勤め先が品川あたりなんだろう？　それでもって住んでるところが千住なのに、たまたま池袋のパブに行くというのはちょっと自然じゃないよな。きっかけは誰かに連れて行かれたか、教えられて行ったと考えるのが普通だ。そして彼の出張先は高崎だったな」

倉沢は横やりを入れることもなく、真佐夫の推理を聞いている。

「こういうのはどうだ。義弟が入れあげたのは、実は前橋のマリアのほうだった」

「うん。それで？」

倉沢の瞳《ひとみ》が光を帯びた。

「高崎と前橋は近い、遊びに行けなくはない。出張の際に、接待か何かでまずは前橋の店でマリアと知り合った。そして熱を上げた。出張のたびに通い詰めた。もしかすると会社を休んで行った日もあるかもしれない。そして何度か通ううちに、池袋に姉がいると聞いてウィルマの店にも遊びに行った。双子ならそっくりだ。会えない気を紛らわせることはできる。やがて、借金がカミさんにばれた。それで金の使い込み先を問いつめられたとき、とっさに池袋のウィルマの名前を出してしまった。大切なものは内緒にしておきたいからな。そして、トントン拍子にウィルマを帰国させることで親族の話がまとまってしまった。村越さんは強引だからな。……さてここからが、核心だ。義弟はウィルマを説得した。金を払ったかもしれない。『このまま愛人だったふりをして帰国してくれ』と。『その代わり妹は幸せにする』くらいは言ったかもしれない。ウィルマも一旦《いったん》は身代わりで帰国することに納得した。ところが、そこが女心というやつだ。土壇場で気が変わり、ウィルマは帰りたくなくなった。そこでお前に入れ替えを頼んだ。村越さんもうすうす感づいていた。だが、巻き込まれたくないので黙って見逃した」

「すごいな、ほとんど納得がいくぞ」

　さっきとおなじような感想を繰り返した。

「まあ、こんなもんだ」

　真佐夫がもう一度足を組み替えた。

　しばらく真佐夫と一緒になって揺れる木の枝を見ていた倉沢は、突然思いついたように、出かける支度を始めた。時計を見る。午後四時。

「ちょっと出てくる」

「どこへ?」

「前橋」

「まあ、なんでもいいけど電車には気をつけろよ」

16

見覚えのあるアパートの脇に車を停めた。

ドアをノックする。前回とおなじようにジェーンが覗《のぞ》いた。

「こんちは」

「くらさわさん?」

顔が引っ込んで、まもなくドアが開いた。

「ウィルマ。いる?」

倉沢が聞くと、ジェーンが奥に向かって声をかけた。

タガログ語らしい返事がして、ウィルマが出て来た。

洗いざらした感じのシャツにジーンズ。普段の晴香とおなじような恰好《かっこう》をしている。奥の誰かと会話の途中だったらしく、後ろ向きに何か喋りながら出てきたが、倉沢の顔を見て言葉が止まった。

「くらさわ、さん」

「まだ、時間あるだろう？　ちょっと外で話さないか」

口を開けて驚いていたが、最後は笑って答えた。

「おーけい」


手近に、車のシートで話すことにした。

「どうしました。くらさわさん」

ウィルマが例の潤みがちな瞳で倉沢を見返している。

「ちょっと、確かめたいことがあってね。それよりウィルマ、君は本当は日本語、もっと話せるんだろう？　ときどきむずかしい言葉に答えてるもんな。お店の出勤に遅れないように、今日はわからないふりするのはやめてくれよ」

ふふふと笑った。

「わたしのおじいさん、にほんごはなせた。むかし、にほんじんにおそわった。わたしもおじいさんにおそわった。うたもおそわった」

視線を前にむけて、突然歌い始めた。

「はるーは、なーのみーのー、かぜーのさむさやー」

音程がずれるのは、祖父からそう教わったのだろう。おそらくは六十年以上前の記憶だ。

「でも、いみ、わからない」

「クラシカルな歌、知ってるね」

「おじいさん、きょねん、しんだ。にほんすきだけど、わたしがにほんいくのは、はんたいしてた」

「そうか……。ところで、ウィルマ。話っていうのはね」

「はい？」

「結論から言うけど、君が本当のマリアなんだろう？　つまり、僕が紹介されたときは、君たちはもう入れ替わったあとだった。君は元々前橋にいたマリアだ。僕は苦労して元の状態に戻しただけなんだ」

真佐夫の推理も悪くないと思ったが、倉沢は違う結論を出していた。

ウィルマは笑みを浮かべたまま、何も言わない。

「黙ってるってことは、やっぱりそうか。……最初に変だと思ったのは、君がこのあたりにかなり詳しいことだ。前に来たことがあると言ってたけど、一度や二度来ただけとは思えない。メモした住所しかわからないふりしてたのに、アパートに着くとどの部屋か迷うようすもなかったもんな。君はここに来たことがあるんじゃない。ここに住んでた。違うかい？」

微笑んでいる。

「ふたつ目。ウィルマは性格が暗いと聞いた。君はあんまり暗くないね。いつもけらけら笑ってる。話が逆だなあ、って思ったのがこんなことを考え始めたきっかけだった」

「わたし、あかるい？　そうおもうか」

そしてあははと笑った。

「そして三つ目」

「みっつもあるか。おぼえられないよ」

「覚えなくてもいいさ。砂川社長だ」

鼻の頭に皺《しわ》を寄せた。首を振っている。

「わたし、あのいときらい」

「それは直したほうがいいな。『いと』じゃない『ひと』だ」

「おーけい。ひ、と」

指を丸めてサインしている。悲愴《ひそう》感はない。

「で、その砂川社長だけど、最初君が帰国すると言ったら、すごく動揺してた。かなりあせってた。ところが、君たちの入れ替えを頼んだらずいぶんあっさり受けただろう？　あれはやっぱりおかしい。一時的に身柄を入れ替えて働かせるくらいはするかもしれないが、入管をだますようなことを十万程度のはした金で了解するとは思えない。彼らにとっては商売の命取りになりかねない。つまり彼は、入れ替わることが違法にならないことを知っていたのですんなり受けたんだ」

眉間《みけん》に皺を寄せて一生懸命という表情で聞いている。

「悪いね。つい早口になった。わからなかった？」

「はんぶんくらい」

「とにかく、たぶんこうだったと思う」

「どう？」

「村越さんの義弟は名前はなんていう？」

「たかあきさん」

「その、タカアキさんが仕事で高崎に来たときに、前橋の店に来た。そして君と出会った。それが始まりだ。オーケイ？」

「はい。たかあきさん、せったいできた。つれてきたしゃちょうさんは、いつもくる、おとくいさん。おーなーもおじぎするおとくいさん」

「なるほど……。タカアキさんは店の上得意のさらにお得意先だったわけか。君と会ったが、彼は特別な感情は持たなかった。君は、タカアキさんが金持ちだと思って、池袋にいるウィルマのことを話した。『彼女暗いね。人気ないよ。こんど指名してあげて』」

倉沢の口真似に彼女が笑った。

「律儀にタカアキさんは、東京に戻ったときに約束を果たした。池袋のウィルマに会いに行って、すぐに彼女が気に入った。村越さんは『ネクラどうし』と言ってたけどね。そして恋が始まった」

「やさしい、いってた」

「男はたいてい好きな相手には優しくするんだよ」

「あはは、それしってるね」

「池袋の店に入れあげた。そして、ある日とうとうバレた。村越さんのことだ、ウィルマのことは全部調べあげたはずだ。そして、トントン拍子に帰国が決まった」

あまり理解できなかったようで、首をかしげている。

「一度は納得したタカアキさんも、土壇場でやっぱり別れたくなった。——つまり、別れる、さびしい」

二本の人差し指を離すしぐさをして見せた。彼女がうなずいている。

「そこで、前橋まで来て君に頼んだ。『ウィルマと入れ替わって、身代わりでフィリピンに帰ってくれないか』お金も払ったかもしれない」

「おかねもらってない。うぃるまとけっこんする、いった。だからわたし、かわりにかえることにした」

「どうして直前に気が変わった？」

「あのひのすこしまえ、たかあきさん、いけぶくろのみせにきた。『ほんとうにけっこんするか』わたしきいた。たかあきさん『うん』といったけど、うそついてるめだった。わたし、かえるのやめた」

「なるほどね」

何が起きたのかまでは想像できたが、直前の心変わりの理由はわからなかった。ようやく納得がいった。

「もうひとつ知りたい」

「なに？」

「それならどうして村越さんに言わなかった？　あの人に本当のことを言えば強引に入れ替えただろうに」

「どうしてか。あのいと、たかあきさんきょうだいね。きっと、たかあきさんにはなす。たかあきさん、またなにかかんがえる。ふたりでとおくいく、するかもしれない。しあわせなれない」

「駆け落ちなんかするよりは、金もらってクニに帰るほうがまだマシってことか」

「まだましね」

　ははは、と笑う。

「一番得したのは砂川だ。砂川にしてみれば、最初は金持ちサラリーマンの道楽だ、くらいに思っただろう。どうせ帰国の時期は一緒になる。そのときまた元に戻せばいい。たぶん、タカアキさんを接待した先がお得意さんだったので、一度目の入れ替えはしぶしぶ了解したのだろう」

　早口でほとんど理解できないらしい彼女は黙って見つめている。

「ところが、そのまま片方が帰国するとなると話は違ってくる。砂川にすれば、僕は鴨とネギをしょった天使に見えたはずだ。ウィルマが帰国すると聞いて、最初は随分あせったような感じだったけど、僕が入れ替わりを頼んだら逆に落ち着いてきた。それはそうだ。知らぬ間にあぶなく犯罪の片棒を担ぐところだったのに、僕が状態を元に戻した上に十万も金を置いていったんだからな。あの時、席をはずしたのはそのお得意さんに電話でもして確認したんだろう」

「よくわからない」

「失礼。よけいな話だった」

　手を振って見せた。

「とにかく、知りたいことはほとんどわかった。ありがとう」

「それ、ききにここまできたか？」

「ひとつはそれ。もうひとつは、返したいものがある」

　倉沢はバッグから封筒を出した。

「この前受け取った、入れ替えをしたときの手数料だ。これは返す。村越さんから、充分もらったから」

　マリアは怪訝《けげん》な表情を浮かべ、手を伸ばそうか迷っていた。

「大丈夫だよ。ウラはない。クニで待ってるサラに土産でも買ってあげなよ」

「くらさわさん、たぶんすき」

　言うなり腕をまわして、倉沢の頰にキスをした。晴香がいなくてよかった。真っ先にそう思った。

17

「なんだよこんなところに。珍しいな」

神宮球場の選手用駐車場で倉沢は村越を捕まえた。

「お互い、他人に聞かれないほうがいいと思います。すぐに済みますから車で話しませんか？」

倉沢の目をじっと見ていた村越はそれ以上何も言わず、ジャガーのドアロックを解除して、倉沢を促した。

いつもは多弁な道化役者な村越が今日は黙って、倉沢が切り出すのを待っている。

「僕もとんだ道化役者でした」

「なんだ？ 急に改まって。古くさいこと言ってるな」

倉沢はその言葉には直接答えなかった。

「途中で、『何かおかしいな』とは思っていました。でも、人間の入れ替えにかかわるなんて初めての体験だったので、そっちに気を取られて深く考えませんでした」

村越の顔つきからは表情が読み取れなかった。

「村越さんは全部、知ってましたね」

まだニキビのあとが消えない幼さを残した顔の選手が挨拶《あいさつ》をして通り過ぎた。村越は鷹《おう》揚《よう》にうなずいただけだった。

「今日は天気がいいから、観客が入りそうだ」

退屈そうにフロントガラスから村越が空を見上げた。

「時間が惜しいなら、とぼけるのはやめましょうよ。ウィルマに会いに行ってきました。本当はマリアですけどね。全部正直に話してくれました」

村越が初めて視線を倉沢に向けた。

倉沢は、彼女と話した中身をほぼそのまま説明した。村越はひと言も挟まずに聞いていた。

「つまり僕は、大騒ぎして元に戻しただけだったんです」

聞き終えると村越が初めて反応を示した。ふん、と鼻で笑った。

「ずいぶんややこしいことを考えるな。晴香ちゃんがこぼしてたぞ」

「ややこしいことを考えたのは村越さんじゃないですか」

「まあ、どっちにしろ、依頼主の俺がもういいと言ってるんだ。忘れようぜ」

村越はあきれたような笑いをもらし、窓の外の風景に視線を向けていた。

「これであるひとつのこと以外、全部すっきりします」

「もう済んだことだ。その素晴らしい推理どおりならお前さんは違法行為を逆に防いだことになる。いいことじゃないか。……勝手にやったこととはいえ、お前さんには世話になったんで、多めに振り込んどいた」

村越がドアノブに手をかけた。

「ちょっと待ってください。もうすぐ済みます。まだ重要な人物が登場していません」

「なんだ？　まだあるのか？」

村越が露骨に時計を見るしぐさをした。例によって誰もが知っているブランド品だ。金色に光り輝いている。時間を見るたびに眩《まぶ》しくないのだろうか。そんなよけいな心配をした。

「村越さんのことですよ。あなたの話は嘘だらけで、どこを信じていいのかは推測するしかありません。でも、これだけは言える。あなたは何から何まで、すべて、全部お見通しだった」

「なんだ。今度は誉め殺しか？」

「彼女の右耳にあったほくろが消えていたから入れ替わりに気づいたなんて、さんざん私の目を節穴扱いしてくれましたが、人の顔色を見るのはあなたの専売特許じゃない。彼女の右耳にあずきほどもあるほくろなんてなかった。なぜなら私も、形のいい耳に見とれたひとりだからです」

前橋へ行く車の中で見つめた彼女の耳が浮かんだ。

「ほくろの話は、ただ私をへこますためについ口から出たんでしょう。つまりあなたは特別な違いもないのにふたりが入れ替わったと知っていた。村越さん、あなたはとぼけているけど、恐ろしい人だ。どんな手段を使ったのかわかりませんが、義弟《おとうと》さんが入れ替えたことを知ったあなたはあわてて僕を使って再入れ替わりのコントを考え出した」

「ますます妙ちくりんな話だな」

「あえて僕に認めさせるために証拠が欲しくてほくろの話なんか出した。そうでしょう？　万が一このごたごたがマスコミに漏れたときのために僕を隠れ蓑《みの》にした。今さら怒りませんから本当のことを言ってください。考えたけど、どうしてもわからないことがあると言いましたよね。なぜ僕だったんです？　いや、なぜ僕なら入れ替えに協力するって思ったんです？　どうしてこんな手の込んだ入れ替えをしたんです？　なぜ初めから本当のことを言ってくれなかったんです？」

村越はハンドルに手を置いたまま外の景色に目をやっていた。指先はいらついたように落ち着きがない。おなじ球団の選手が挨拶して通りすぎて行く。倉沢には気づいていないようだった。

「そろそろ行かなくちゃならない。練習さぼるとコーチがうるせえんだ。現役時代にせいぜい百本しかホームラン打ってないくせにな。……まあ、そこまでお見通しなら正直に言おう。お前の考えは馬鹿げてるが、ほとんど当たってる。再三言ってるが、義弟は手のつけようのない、世間知らずだ。ばれたのにまだ身代わりを立てようなんて子供だましを考えてる。だけどその分純情だ。面と向かって指摘したら、ヤケクソになるかもしれない。かといって放っておいたら、九月には彼女たちは帰国する。ビザの都合で次の来日は目処《めど》もたたない。そんなことになれば、奴はきっとフィリピンまで追いかけて行く。下手するとオーバーステイさせて駆け落ちなんてこともまんざらないとは言えない」

その点ではマリアと意見が一致している。おそらくそういう男なのだろう。

「だから、一番いいのは愛人つまりウィルマ本人の意思で帰国することだ。彼女たちに出し抜かれたとわからせることだ。自分は気前のいいカモでしかなかったということを思い知らせる必要があったんだ。今は落ち込むかもしれないがな」

倉沢のきつい視線に村越の顔に苦笑が浮かんだ。

「元に戻っちまったことを知った義弟は、きっと前橋に残った本当のマリアを問いつめる。『せっかく入れ替えたのに、村越の指図でやったのか！』ってな。下手したら、フィリピンまで追いかけて行くかもしれない」

「それで？」

「俺はまだごたごた揉《も》めてた頃、話をつけに池袋のウィルマの寮に行って、たまたま部屋にいたルームメイトとも話した。彼女たちは他愛《たわい》のない嘘はつくかもしれないが、非情にはなりきれない。民族性かもしれないが情の深いところがあると思うぜ。義弟が入れあげた気持ちもわからなくはない。ま、とにかくいずれ本当のことを喋《しゃべ》る。だからこそ真実味がある。『自分たちで相談して決めた。付き添い屋の倉沢という男に頼んで入れ替えてもらった』ってな。ついでに言っておくと前橋の若造は元々は本当のマリアのボーイフレンドだ。とにかく、今頃義弟は思い知っただろう。彼女たちにとって本当に大切なのは家族で、自分はただの金づるだったってな」

言葉を切って倉沢に視線を向けた。

「そんなわけだから、俺はただの妹思いの兄貴なだけさ」

「僕に本当のことを言わなかったのは、そのほうがいざ騒ぎになったとき真実味が出るからですか？」

「秘密っていうのはな、知ってる人間が少ないほどいいんだ。そんなことぐらい知ってるだろう」

倉沢の肩を軽く叩《たた》いた。

「まあ、そう深刻に考えないでくれ。お前さんならたぶん手を貸すだろうと思った」

「なぜ？」

「妹だよ。妹の話題を出せば、きっとお前さんは断らないと思った。だから、俺がマリアに入れ知恵したんだ。お前に仕事を頼んだほうの彼女だ。『倉沢は妹思いだから、故郷にいる妹のことを話せば、どんな頼みも聞いてくれる』ってな。結果的に嫌なことを思い出させたかもしれない。多めの金はその償いだと思ってくれ」

村越は今度こそ倉沢をうながし、自分も車から降りた。

「もしも、万が一、義弟がお前のところに難癖つけてきたら、俺に教えてくれ。そこまでのクズだったらそのときは本当におしまいだ。いくら妹《あいつ》が泣いてもな」

倉沢はぼんやりと考えごとをして、後半の言葉は聞いていなかった。村越が去って行くのを見ようともしなかった。

妹だって――？

ビルにかかった夕陽が、天空にあるときの二倍ほどにも見えた。

あんな夕焼けを浴びて自転車を必死に漕《こ》いだ記憶が蘇《よみがえ》った。

倉沢が小学生の頃、『高木』という大きな屋敷に遊びに通った時期があった。

その家は電車で三駅乗ったところにあるので小学生の小遣いではしょっちゅうは通えない。自転車を猛烈に漕いで、三十分ほどかけて通った。帰り道は真っ暗になるが大好きな野球も放り出して毎日のように通った。その往復は半年ほども続いた。

友達にはいろいろな理由をつけたが、本当の目的はその家に住む志織《しおり》という名の少女だった。手持ち無沙汰《ぶさた》にまかせてびわの実をもいだりもしたが、倉沢よりふたつ年下のその志織という少女を塀の上から眺めるのが本当の目的だった。

たまに、家からその少女の母親が出てくると、倉沢はあわてて塀から飛び降りて身を隠した。たとえ遠目でも、塀の上から覗《のぞ》いている倉沢をひと目見ればすぐに気づいてしまう恐れがあった。

別れた夫の元に置いてきた息子が妹に会いに来ていることを。

たとえ、見つかったとしても追い返されるようなことはなかっただろうと、あとになって思ったが、当時は知られることを恐れていた。物陰から見つめていたかった。自分だけの秘密にしたかった。

父の元に届いた手紙から偶然知った妹の住み家だったが、行脚は長く続かなかった。半年ほど経った頃、一家はいずこかへ越して行った。引っ越し先は小学生には調べようもなかった。

プロ球団に指名されて契約金が入ったときに、倉沢がまずしたことは、人を雇って妹の居場所を探すことだった。二ヵ月して消息がわかった。五年も前に交通事故で死んでいた。母は生きているらしいが、会おうとは思わない。事実、これまで会ったこともない。憎いのではない。その逆だ。もし、母が温かみのある人間だったら、その喪失感に耐えられそうもなかったからだ。

失った悲しみを抱えるのは妹ひとりで充分だった。

村越はそのことをどこかで聞いて思いついたに違いなかった。

――妹の話題を出せば、あいつなら断らないよ。

そう言っているところが目に浮かぶようだった。

晴香、もしも君なら――。

もしも君ならどうする。追いかけて行って村越を思いきり罵倒《ばとう》するか、それとも殴るだろうか。君ならバットを使うかもしれないな。

倉沢はかすかに震える左手をしばらくみつめていた。

「これじゃあ、無理だ」

ポケットに手を押し込み、駅へ戻る道を歩き始めた。

第三章　記憶

1

「今度の仕事は泊まり込みだからね」

晴香の切り出し方はいつも唐突だったが、それにしてもこのそっけなさは、ここ数日の不機嫌が原因と思われた。

税務署へ申告の期限が近づいているため、この半月ほど忙しいのはわかっていた。しかし決定的に不機嫌になったのは、村越から振り込まれた二百万を、実際にかかった経費と正規の料金だけを差し引いて倉沢が返金してしまった日からだ。

「せっかくくれるっていうのになんで返すのよ」

「僕は馬鹿にされることはかまわない。だけど哀れみや施しは受けたくない」

「何、気障《きざ》なこと言ってるの？　気取ってたって、お金は入ってこないからね」

「村越さんの説明には一理ある。嘘はないかもしれない。しかし、僕でなければならなかった決定的な理由が見当たらない」

「そんなわけのわからない理由で返金したの？」

「僕ならば計算どおりに動くだろうという考えがあったのは本当だと思う。でも、『倉沢に仕事を回す』っていうのも目的のひとつだったはずだ。『どうせ金を落とすなら倉沢のところにしろ。多少色をつけて』ってことだ。誰がグルなのか知らないが」

倉沢は晴香にちらりと視線を走らせて、手もとの週刊誌に戻した。

「寝ぼけたこと言わないでよ。そんな言いがかりみたいなことで、いちいちお金を突き返してたんじゃ商売になんかならないでしょう」

「規定の料金はもらったじゃないか」

「それとこれとは別。違法覚悟であなたが動いたことへのお礼でしょう。施しなんかじゃなくて、きちんとした報酬じゃない。商売やってるんだから、くれるものはもらう。寝言はこの収支を見てから言ってよ」

主張は平行線、どちらかといえば晴香に分があるだろうと倉沢自身思った。自分をその気にさせるために妹の話を持ち出した、と村越が認めたこと。倉沢にとっては、それがもっとも許しがたかったのだが、晴香には言えなかった。倉沢は話題を戻すことにした。

「それで……、泊まりの仕事だって？」

「そう、泊まり込みだから、そのつもりで支度して行って」

不機嫌さを隠さずに晴香が答える。

「泊まり込みでどこかへ行くのか？」

「どこにも行かない。荷物の整理を手伝って、そのまま泊まってくれる？」

「帰れないほど遠い客なのか？」

「お隣りの調布」

「それなら泊まる必要はないじゃないか。夜中だって帰って来られるぜ」

「泊まってくれっていう依頼なんだから、素直に聞けばいいの」

倉沢は、そんなものに行きたくないことをどうやって晴香に納得させようかと考えていた。

しかし、ウィルマの騒動があってからまだ日も浅い。ややこしい話は当分ご免だった。多少知恵を絞ってみても今の不機嫌な晴香を納得させるうまい言い訳が思い浮かぶとは思えなかった。仮病は何度か見破られているし、父親を急病に仕立てあげたときは本人に裏を取られた。

「それで……その泊まりの仕事のお相手はどんな方なんですか？　さびしがり屋のヤギと一晩添い寝するとか、引っ込み思案の亀と語り明かすとかいうんじゃないだろうね」

「書籍とか資料の整理だって」

「公金横領の？」

「変なことばかり思いつくわね。わりといい人だったでしょ」

「いい人だった……でしょ？」

怪訝《けげん》な顔で倉沢がオウム返しに聞く。

「覚えてるわよね。私に雨樋《あまどい》の掃除をさせて、自分は顔でブロック塀の苔《こけ》取りをした家。あの女性。確か六十歳ぐらいだったから、まだお婆さんは失礼だと思うけど」

「あれか」

覚えているぞ。

「あの芸をもう一回見たいってわけかい？」

「あんまり私を怒らせると、自制心に責任が持てないから」


晴香がぶっきらぼうに概要を説明した。

依頼主の名は森本初枝《もりもとはつえ》。一年ほど前に夫を病気で亡くし、今はひとり暮らし。仕事は大学講師その他もろもろ。社会心理学が専門らしい。非常勤なので定年は関係なく現役である。長年溜《た》まった資料や本を整理したいのだが、機械的に取り扱っては欲しくない。一冊ずつ仕分けして丁寧にしまう助手が欲しい。ただし、昼間は仕事があるため、夕方からの作業になる。数時間手伝ってそのまま、泊まる。その繰り返しを三日間。

説明を受けてみても、泊まらなければならない必然性は思い当たらなかった。しかしこの問題でこれ以上晴香と言い合うことはもっと気が重かった。引き受けるしかなさそうだ。

倉沢がうなだれているのを見て、今日一番の温かみのある口調で晴香が言った。

「いちいち仕事を選んでちゃ、商売にならないよ」

倉沢の肩をぽんぽんと叩《たた》いてさっさと伝票の整理を始めてしまった。それが終結宣言だった。

いつのまに帰ったのか、西野真佐夫が座っていた。

「お前、聞いてたか？」

「楽な仕事みたいでよかったな」

「今度こそ、お前の出番だ。一緒に寝るだけだとさ。ようやく、昔の特技が発揮できるじゃないか」

「夜はほとんど視力がなくなるんだよ。知ってるだろ？」

「なあ、西野」

「なんだ？　絶対に行かないぞ」

「もしも生まれ変わりなんてことが本当にあって、万が一俺たちがまた知り合うことがあったら、出会い頭に何も言わずバットで一発俺を殴り倒してくれ。そしたら一生遊んで暮らしてやる」

「覚えとくよ。でも、お前が想像してるほど楽しい生活でもないけどな」

夕方、早めに仕事が片付いたので、倉沢は田中に電話を入れた。

徒歩で十分ほどのところにある、普段あまり人影を見ない小さな公園に誘うと、ふたつ返事で「すぐ行く」という答えが返ってきた。

倉沢はずいぶんゆっくり歩いたつもりだったが、公園にはまだ田中の姿はなかった。

手持ち無沙汰《ぶさた》に誰もいない薄暮の公園を眺めた。今どきの小学生は遊具のない公園では遊ばないらしい。しかも、キャッチボール禁止の立て札がない。自分たちが子供の頃、こんな場所があれば取り合いになっていただろう。ライトがなくてもまだ充分にボールが見えるだけの陽が残っているのに、もったいないことだと思った。

「どしたんすか？　兄貴」

グラブとミットを持って現れた田中が、いつもと変わらない笑顔を倉沢に向けた。

「どしたんすかじゃないだろう。こんな時間から仕事放り出して遊んでていいのか？　よく店がつぶれないな」

「これだよ。ひでえな。自分で呼び出しといて。もしかして俺を虐《いじ》めてストレス発散してません？」

田中は口を尖《とが》らせながらも、倉沢に左利き用のグラブを渡し、ネットのほうへ歩き始めた。

「最近、楽な仕事ばっかりで、体が鈍ってきた。運動不足解消しようと思ってさ」

倉沢は田中の背中に言い訳の声をかける。ネットの前で振り向いた田中がいたずらっぽい笑みを浮かべた。

「まったま、照れちゃって。ちゃんと聞いてるんすから。最近トレーニングに熱が入ってきたみたいだって」

「だから、運動不足解消だよ。言っただろう？」

「へえ」

疑わしそうな視線を倉沢に向けている。

「ま、何でもいいすから来週まで身体鍛えといてください」

ポンと田中が投げてよこしたのは、硬球だった。

軟球を投げることへの抵抗感は、倉沢自身が考えていた以上に吹っ切ることがむずかしかった。

前回は田中の真剣な表情に圧《お》されてつい投げ込んでしまった。あのときでこだわりは消えたと思っていた。

しかし、その後何度か田中をキャッチボールに誘おうとして、結局踏ん切りがつかなかったのは、やはりどこかにこだわりが残っているのだろう。まるでその当惑を見透かしたように、田中が持参したのは硬球だった。

「これで、ホントにプロの球が受けられるんすよね」

マスクをかぶった。

「二代目にはかなわないな」

真新しい硬球の感触を確かめるように手の中で回転させ、グリップを決めた。空を仰いで深呼吸をひとつする。

流れるような投球動作に続いて、倉沢の指先から、ボールが放たれた。

白い小さな球体は、十数メートル離れて座る田中のほぼ構えたあたりに吸い込まれた。

田中がにこりと笑った。「痺《しび》れるなあ」

田中は一球ごとに「ナイスボー」などと声を出しているが、倉沢はそれほど楽しい気分にはなれなかった。晴れない心とはうらはらに、今日のボールは奔《はし》っていた。五十球ほどを投げ込み、息があがってきたのでひと息入れることにした。

田中に合図をすると、ミットをはずして見せた。

「見てください。真っ赤っすよ」

確かに遠目にわかるほど、赤く腫《は》れた左の手のひらを、田中が冷ますかのように大げさに振っていた。

苦笑してベンチに向かって歩き始めた倉沢は立ちすくんだ。

公園に張り巡らされたネットの向こうから、十数人の顔がこちらを見ていた。近所の知り合いや、田中とおなじ野球チームのメンバーの顔ぶれもある。倉沢と目が合って気恥ずかしそうに横を向く人間もいたが、小さな拍手をしている者もいた。

倉沢は気づかなかったふりをして、額や首筋に流れる汗をタオルで拭《ぬぐ》い、ベンチに置いたペットボトルのミネラルウォーターを呷《あお》った。田中もタオルで汗を拭いながら走って来た。

「まさか。お前さん、あれ呼んだんじゃないだろうな」

視線で観客を示す。

「いや、二、三人には声かけましたけどね」

「よけいなことを」

「みんな、気にしてんすよ、本当は。兄貴は自分で思うより有名人なんすから」

息を切らしながら嬉《うれ》しそうに言う。

「それと、この前のときよりゼンゼン伸びてますね」

「全然、ってのはダメなときに使うもんじゃないか？」

「またまた、照れて話題変えようとして。そうとう気合い入れて鍛えてますね」

「昔の半分も弃っていないさ」

観客たちが散り始めた。

「やっぱ、硬球で受けるのは違いますね。テレビの解説とかで『球が重い』っていうのがわかる気がします」

倉沢はボトルの水をあやうく噴き出すところだった。

「二代目。俺をやる気にさせようと気を遣ってくれてるのはわかるけどさ、笑わせりゃいいってもんじゃないぜ。だいたい重いっていうけどな、どのくらいあるのか知ってるのか？」

「またあ、実際の重量の問題じゃないでしょ。……でも、どんなモンだろう」

お手玉のようにボールをぽんぽんと上下させている。

「そんなことも知らないくせに、プロのボールがどうだとか気軽に言うなよ」

「じゃ、兄貴は正確に知ってるんすか」

「あたりまえだろう」

「それで？」

「さて、どうする？　おしゃべりしてるなら終わりにするか？」

「またまた、ごまかして。……せっかくだから、もうちょっといきましょうよ」

倉沢は、もう一度首筋の汗を拭った。

「そうだな。頼む」

「了解、了解」

田中は立ち上がり、誰もいないように見えた道路へ向かって叫んだ。

「再開しまーす」

それを合図に、物陰から見物人たちが現れた。

2

倉沢は今朝のちょっとした出来事が頭から離れずにいた。

いつものように二階のリビングでひとりだけの簡素な朝食をとり、一度事務所に降りた。新聞を抜き取り、事務所内をさっと点検し、必要なものには電源を入れる。その最中、一台のパソコンが立ち上がったままになっているのに気づいた。シャットダウンし忘れて帰ったらしく、ディスプレイはスクリーンセーバーを映し出している。普段、晴香が使っている端末だった。

事務所ではパスワードロックをかけないことにしている。二台しかない端末を皆で共有するためだ。特別知れてまずいような秘密のファイルもない。

倉沢がキーに触れると、スクリーンセーバーから通常の画面に戻った。ふと思いついて、そのままインターネットにアクセスすることにした。テレビの代わりにニュースを見ようと思ったのだ。「お気に入り」のメニューを出そうとして、「履歴」にカーソルが当たった。その瞬間、ずらっと履歴が表示された。

この端末はここ数日晴香が独占状態で使っていた。つまりほとんど晴香が見たサイトの一覧だ。

なんだ。忙しそうなふりをして、実はネット三昧《ざんまい》か――？

軽く悪態をつきながら、リストを見た。

そこに共通のキーワードがあることに、すぐに気づいた。

「安楽死について考えてみませんか？」「尊厳死を語るコーナー」「脳死とは？」そんな言葉が並んでいるサイトばかりだった。

画面上のカーソルがちらちら動くのが気になったが、原因はマウスを持ち替えた倉沢の左手が震えているからだった。

こんなものに興味があったのか――？

口を開けば映画俳優かチョコレートの話しかしない晴香に。

那賀川の一件があったせいだろうか？　いや、単に何かの関連で興味が湧いただけかもしれない。この一週間に二度、人身事故で中央線が遅れたと晴香がこぼしていたのを思い出す。

――最近、晴香ちゃん忙しそうすね。昨日も道で会ったけど、ろくに挨拶《あいさつ》してくれなかったすよ。ちょっと疲れてる感じだったなあ。

――ただ、嫌われてるだけじゃないのか？

――はいはい、どうせそうっすよ。

冗談でごまかしたが、一番痛感しているのは倉沢だった。

田中でさえ気にしていたとおりここ数日はとても忙しそうだ。疲れた頭の隅にふと興味が湧いて覗《のぞ》き見たのかもしれない。

アクセスの詳細を見た。時間帯はバラバラだった。仕事をしながら、ときおり思い出したように閲覧していたのかもしれない。

そして……、おなじ履歴の一覧に、戸部の「アリエス」のホームページがあった。取り引きがあるのだから当然ともいえるが、喉《のど》に刺さった小骨のように心の端に引っかかる。

数日前、現場を移動中のことだった。

倉沢は、自宅で告別式を行っているらしい場面に遭遇した。葬儀ともなれば身内の人間は平常心をなくしている可能性が強い。事故を避けようと、邸宅を左手に見ながら徐行で進んだ。通りすぎながら気づいた。

この家には来たことがある――。

どんな知り合いだったのかとしばらく考えて、仕事の依頼人だったことを思い出したときにはひとつ先の交差点まで来ていた。倉沢はとっさに路地を折れ、交通量の少なそうな公園の脇に駐車し、問題の家まで戻った。

何度か増改築をしているらしく、壁の色や材質がちぐはぐだ。

アルミ製の門を支える大谷石《おおやいし》の柱に、見覚えのある『畑野』という表札がかかっていた。それほど広そうな家には見えない。門の外でも、通り過ぎる車を避けながら、喪服を着た人間たちが立ち話をしたり煙草を吹かしたりしている。死んだ人間とは比較的血縁の薄い連中かもしれない。倉沢は、表情を見比べてあまり悲しそうでないグループを探した。

「お取り込み中ちょっとよろしいですか？」

全員が五十代あたりに見える二組の夫婦連れらしい男女が振り返った。

倉沢が「たまたま前を通りかかったのだが、畑野さんには以前仕事で世話になった」と告げると、すぐに警戒をといてもらえたようだった。作業服姿に真実味があったのかもしれない。

「どなたかお亡くなりですか？」

倉沢の問いに、さっきまでは普通の声で談笑していた女が急に周りを見た。秘密を打ち明けるように声をひそめた。

「それがね、ご夫婦ふたりなの」

「ふたり？」

「そう、ほら新聞にも出ちゃって」

ささやき程度の声になった。喋《しゃべ》るたびに仲間の顔に視線を走らせる。

「新聞？　事故ですか？」

四人はまた顔を見合わせた。事情を知ったどうしなら談笑できても、あらたまって他人に告げるのは抵抗があるらしかった。彼らの態度から、あまりよくない顚末《てんまつ》だという想像はついた。

背の高い茫洋《ぼうよう》とした雰囲気の女が代表して答えた。

「ご主人が奥さんをあれして、自分も首吊《つ》って、警察も来て大変だったみたい」

「あれして、というのは、ひょっとして、無理心中……ですか？」

「そうなの、びっくりしちゃって。お葬式だって一週間もお預けだったでしょ……」

背の低い、肉付きのよい女が答えた。

「だって私なんかあれの三日前に会ったのよ、ご主人に。普通に挨拶してたのに……。全然そんな感じじゃなかった」

「そう、私も……」

倉沢そっちのけで、再び噂話に熱が入ったようだった。

ここの家の依頼は何だっただろう。倉沢は家の外観を見つめながら、記憶を選《よ》り分けていった。そうだ、思い出した。

部屋の模様替え、不要物の整理、粗大ゴミの引き取りだった。七十すぎの老夫婦と聞いた覚えがある。「聞いた」というのは当日夫にしか会っていないからだ。詳しい病状は聞かなかったが、妻のほうは何年も寝たきりだと聞いたような記憶もある。ひと部屋、とうとう倉沢たちに立ち入らせなかった部屋に寝ていたのだろうか。

あれは、あのゴミの処分は、死を覚悟した身辺整理だったというのか。

これから病気の妻を殺して自分も首を吊ろうという人間が、あとを濁さないために部屋を片付けたというのだろうか。クライアントに老人の割合が多いのは何か理由があるのだろうか。そして……、考えたくはなかったが、疑問はそこへ突き当たる。

そして晴香は、その事実に気づいていたのだろうか――。

倉沢を放ってすっかり身内で話し続ける四人に礼を述べて、倉沢は畑野家をあとにした。

3

泊まり込みの依頼の日まで、相変わらず部屋の模様替えだのタンスの処分だのの手伝いをしてすぎた。

その間、倉沢修介が晴香と組んだ仕事はなかった。いや、うまく調整して晴香は事務所にこもりきりだった。倉沢ひとりで「アリエス」もしくはその下請けの従業員と組んで作業する毎日だった。あの畑野家の葬式を見て以来、依頼主を観察してしまう習慣がついた。病弱そうではないか。心に重荷を沈めていないだろうか。異常に捨てるものが多すぎないだろうか。立ち入らせない部屋はないか。

しかし、外見ですぐにそれとわかるような客はなかった。


晴れない心とは逆に、筋肉を呼び戻そうという気持ちが湧き始めてからの倉沢は、肉体労働がそれほど苦ではなくなった。早めに仕事を終えた日は、田中とキャッチボールをするのが日課になった。


倉沢の熱意が一時の気まぐれからではなく、すっかり消えていた野球に対する情愛の蘇《そ》生《せい》らしいと気づいた田中は、トレーニングを冷やかす冗談を一切言わなくなった。少なくとも、投球にかかわることは賞賛以外の言葉を吐かなくなった。

倉沢は自分から切り出した。

「気持ちはありがたいけどな、次から軟球を持ってきてくれ」

田中は何も言わず、ただ笑顔でうなずいた。

構えたミットに思うようなボールが収まり田中の親指が立てられると、倉沢は自分の背中を何ものかが這《は》いあがっていくような感覚を思い出した。ずいぶん長い間、忘れていた。

例の小さな公園で投げるようになって以来、毎回幾人かのギャラリーが見学に来るようになり、しかも少しずつ増えているように思えたが、倉沢は気にしないことにした。

晴香との会話は極端に減った。倉沢から下手に声をかけると決まって愉快でない展開になる。業務に必要な話以外はほとんど消えた。真佐夫と言い合いをしているほうがましな気もしたが、それさえ晴香の耳に入ると怒りを買った。

「西野、お前もう少し手伝ってやれないか」

晴香が席をはずした隙に、真佐夫に言う。

「あいつにはあいつなりのプライドがあるんだよ。手を出されるのを嫌がるんだ」

「思いやりのある兄貴を持って幸せだな」

真佐夫も昼間は多少手伝っているのかもしれないが、夕方になると晴香の進み具合にかかわらず先に事務所を出る。晴香も特別そのことには触れない。

晴香がドアを閉めて事務所を出て行くのは毎日夜九時を回ることが多くなった。


いよいよ泊まり込みの仕事に行くというその日、倉沢はやはり普段より少し早く目が覚めた。泊まりと言われて緊張してたのかもしれない。

インターネットでニュースを見ようとして、三日前に見た晴香が閲覧したサイトのことが浮かんだ。

安楽死――。

自分もネットで検索してみるか。しかし、見たからといって何になるというのだ。考えをまとめることができずにいる間に時間がすぎ、西野兄妹《きょうだい》が出勤してきた。

「最近、帰りが遅いみたいだな」

晴香に声をかけた。気遣ったつもりだった。真佐夫は軽く挨拶をかわしただけで、いつもの窓際の席に座る。五月の風に若葉が揺れている。

「帳簿の整理が追いつかなくて」

「なんなら俺が手伝おうか？」

「よけいな仕事が増えるからいい」

今日もやはり晴香のご機嫌はよろしくなさそうだ。

関心のなさそうな表情を浮かべる西野に八つ当たりした。

「西野、そこでニヤニヤ笑っていないで、事態を収拾しろよ」

「俺のことは放っておいて、早く仕事に行ったほうがいいぞ」

「お前こそ、もう少し手伝ってやったらどうだ？」

「うるさいから、早く出てってよ！」

とうとう晴香が爆発した。

西野が「ほらな」という目で、修介を見た。


一日のノルマを終えて倉沢が事務所に戻ったのは、午後四時を少し回った時刻だった。晴香は黙々と机に向かっている。領収書や請求書の控えが机に載り切らず、床に散乱している。

「例の泊まり込みの仕事は今日だったよな」

静かに聞いてみる。

「そうよ」

朝よりはいくらか機嫌がよさそうだった。

「さっき、いいことを思いついたんだ。でかいルパン三世の人形でも買って、整理の仕事が終わったあとは俺の代わりに添い寝させるってのはどうだい？」

「そうね」

落とした視線をあげようとはしない。

「そういえば、来月、南極探検に同行する仕事が入ったぞ」

「へえ」

「ブラッド・ピットとジョニー・デップも来るらしい」

「そう」

「チョコとソフトクリームも食い放題だぜ」

ようやく顔をあげた。

「ちょっと。気が散るからさ、早く行ってくれない」

「わかったよ。それで、何時までに行くんだ？」

「先方に六時。それも言ったと思うけど」

また顔を伏せた。

「もうここはいいから、早く行ったら」

倉沢は晴香が無愛想になる原因が自分にあるのだろうか、と考えてみた。今までは乱暴だったが、無愛想ではなかった。これでも自分なりに気を遣っているのだと言ってやろうかと思ったとき、壁の模造紙が目に留まった。セクハラポイントの正の字が数十個は並んでいる。倉沢は黙って支度することにした。

最低限度必要なものを小さなボストンバッグに詰めれば、それで支度は終わりだ。時計を見る。まだ五時だ。森本家までなら三十分もみれば余裕がある。修介は晴香が席をはずした隙に西野を誘ってみた。

「ちょっと、散歩でもしないか?」

断るかと思ったが、真佐夫が珍しく重い腰をあげた。修介は自分で荷造りしたお泊まりバッグをぶら下げて、事務所を出た。

人がふたり、やっとすれ違える階段を踏んで公園に降りた。周回の歩道をぶらりと歩き始める。ベンチに座り、池に向かってギターの弾き語りをしている男がいた。亀がぼんやりと聞いている。陽はだいぶ伸びてきているが、紅葉《もみじ》や檜《ひのき》の大木に遮られてあたりはすでに陰り始めている。西野真佐夫の決してはずすことのないサングラスが西日を反射して光った。

修介は立ち止まり、手すりに肘《ひじ》をついてときおり浮かび上がる水面の波紋を見ていた。真佐夫も隣で手すりにもたれかかった。

「俺はここに来るたび考えることがある」

水面を見つめたまま修介が言う。

「何だ？」

「お前さんに、あそこでノビてる亀ほどの運動神経があったら、彼女にも別な生活があったかもしれないってさ」

「そりゃ、どういう意味だ？」

真佐夫が身を起こした。

「いくら俺のボールが速くたって、プロを名乗るならよけられただろうってことだ」

「ふざけるな、あんな危険球。ジョー・ディマジオだってよけられるか」

「何がディマジオだ。どうせ、前の晩に寝た女のことでも考えて、ぼうっとしてたんだろう」

「そういうお前こそ……」

ふと、すぐ脇のベンチに座った若いカップルが、不思議なものを見るような視線を向けているのに気づいた。修介は真佐夫に目で合図してその場を離れた。

十メートルほど進んで振り返ると、まだこちらを見て笑っている。

もはや言い争う気もなくなり、修介は真佐夫とそこで別れた。愛車に乗って、勤務先へ向かうとしよう。

仕事を選んでいては商売にならない。

忘れもしない数週間前、晴香の体重を顔面で支えた家には、地図も見ずにたどり着いた。苔《こけ》か黴《かび》かよくわからないものに覆われたブロック塀を見ると擦りむいた頬がうずく気がした。

4

「さあ、どうぞお上がりください」

あのときは怒りに我を失って、顧客の顔を観察する暇もなかった。いまこうして見る森本初枝は、六十歳と聞いて抱いていた人物像より、かなり若く思えた。

とりあえずは居間に通されて、倉沢の年齢とおなじくらいには使い込んだと思われるテーブルに腰を降ろした。家の外見《そとみ》は純和風の造りだったが、中は所々に洋風も取り入れてある。こざっぱりと片付いた部屋で倉沢の受けた印象は悪くなかった。

「森本です。下の名前は初枝。初めての枝。今日はよろしくお願いします。先日はちょっと変わった状況でお目にかかったわね」

倉沢には茶托《ちゃたく》に載せた碗《わん》を差し出し、自分はマグカップにコーヒーを入れたこの家の主がいたずらっぽい笑みを浮かべた。

「コーヒーやジュースは召し上がらないのよね?」

おかっぱのようにショートカットに揃えた髪の毛が揺れた。顔を見れば相応の年齢も感じるが、しぐさや口調は四十代のように若々しかった。薄手のストライプのセーターが似合っている。

「倉沢です」

事務的に答えて事務的に頭を下げた。初枝は艶《つや》のいい顔をほころばせて言った。

「あなたのこと、存じ上げてますよ。死んだ亭主が野球好きで、毎晩のように夜中のスポーツニュース見てたから。私もいつのまにか多少詳しくなっちゃったの。確か、何か賞を取ったわよね」

「ええ、奪三振」

年間のタイトルも取ったが、彼女が言うのは連続奪三振の新記録を作った時のことかもしれない。スポーツ系の雑誌から取材が来たりした。まさかその二年後に、最多被本塁打の新記録を作ることになるとは思っていなかった。どれも、倉沢自身にさえはるか昔に見た夢のようにかすんだ記憶だ。

彼女が「覚えている」と言ったのは社交辞令だと倉沢にはわかっていた。大学講師なら下調べは得意に違いない。

「すごいのね。……でも、プロ野球っていえば、なぜいい歳をした大人が一円の得にもならないことに夢中になって応援するのか。心理学的にも大きな命題よね」

初枝は自分で言ったことが面白かったのか、あははと笑った。

「手伝っていただく仕事を説明するわね。何年か前からやろうやろうと思ってできなかった資料の整理をようやく始めようと思い立ったわけ。亭主の一周忌も近いんで、なんとなく環境でも変えてみようかと思ったのかも……。あ、そんなことはどうでもよかった。それで、やっていただくのは、私が指示したとおりに資料——つまりほとんどは古本だと思って——を収納ケースに仕分けしてしまってもらうの。まあ、それだけなんだけど、古本といっても私にとっては大切なものだから、機械的にポイポイ投げ入れるような人では困るのよね。ついでに高いところに手が届くともっといいってお願いしたら、あなたを紹介されたわけ。つい先日雨樋《あまどい》の掃除をしていただいたのも何かの縁だったのかしらね」

また、いたずらっぽく笑う。相づちを打っている限り、永遠に喋《しゃべ》っていそうだった。

「それじゃあ、ひと息入れさせていただきましたから、仕事にかかりましょうか」

倉沢が碗に蓋《ふた》をかぶせると、初枝も「そうね」と軽い身のこなしで腰をあげた。

これは確かに男手が必要かもしれない、と思った。

六畳のその洋間は、窓、ドア、収納扉以外のほとんどを実用本位の本棚が埋め尽くしている。いったい何冊ぐらい収集したのだろうか。整理途中の図書館の一角を見ているような錯覚に陥る。収まりきらない本や雑誌が隅のあたりに蟻塚のように積まれている。

倉沢は納得すると同時に、ため息を漏らした。

これは本腰を入れた仕事になりそうだ——。

「手順は簡単。私が資料に三種類の付箋《ふせん》を貼ります」

森本初枝はそう言って、ネタを公開する手品師のように、青、ピンク、黄、三種類の色がついた付箋を手の中に広げた。すでに四分の一ほどの書籍の背表紙にはこの付箋が貼られている。

「あの隅に畳んで積んである段ボールの蓋と側《がわ》に、三種類のうちどれかの色が塗ってありますから、段ボールを組み立てて、本をおなじ色の箱にしまってください。ルールは以上。おわかり？」

「ほとんど」

「よろしいです。……あ、ごめんなさいね。高飛車な言いかたしちゃって。毎日、デキの悪い学生を相手にしてるので。『はいそこ、さっさとやる』みたいな喋り方が癖になってるのよ。死んだ亭主も『君と買い物をしてると、調達とか仕入れとかいう雰囲気だよな』ってよく言ってたわね」

「私のことは気にしないでください。毎日もっとすごい目に遭ってますから」

初枝はひとしきり笑ったあとで、「さ、始めましょうか」と言った。

短い休憩を二度ほど挟んで、二時間近く作業は続いた。

「途中でお食事にします？」

初枝が聞いたが、今日の作業予定が終わってからで結構、と倉沢は断った。

初枝も倉沢も集中力は高かった。ほとんど無駄口を利くこともなく作業は効率的に進んだ。倉沢には初日で四割近くが片付いたように見えた。

「さあ、今日はこの辺でおしまいにしましょうか。初日から飛ばすと疲れるし。ご飯の準備ができてますけど、その前に汗を流したいわよね」

初枝が手をぱんぱんと叩《たた》いてエプロンをはずしたのが業務終了の合図になった。

リビングに降りてみると、テーブルの上にいくつもの料理が並んでいた。いくら初枝の手際がよいといっても魔法使いではない。途中で来客があったように思ったが、ケータリングでも頼んだのだろう。仕事は想像していたよりは面白くできたが、この料理を見て倉沢の気持ちは沈んだ。

「倉沢さん、お風呂《ふろ》沸いてますからどうぞ。冷たいものは、そのあとがいいですわよね」

「いや、どうかおかまいなく」

初枝は倉沢の言葉にまったく耳を貸さず、支度を始めている。

この場所から今すぐ何とか円満に逃げ帰ることができないか。さっきから倉沢の頭の中はほとんどその一点で埋まっていた。しかし押し問答をしていては夜が明けてしまう。倉沢はついに「これも仕事のうち」と観念して、まずは風呂をもらうことにした。

熱めの湯に浸《つ》かって、筋肉が蘇《よみがえ》り始めた自分の身体を見下ろしていた。ほとんど毎日欠かさないジョギングは一時間ほどに伸びた。最後にダッシュのメニューも加えた。納戸の隅に押し込んだままになっていた機材を引っ張り出して始めたウエイトトレーニングも、セット数が徐々に増えている。特にトレーニング・チューブを使った左肩の訓練の感触はいい。田中が冷やかしたあれだ。

さすがに現役の頃とは比較にならないが、多少張りの戻った肉体が水面下でゆらゆらと揺れている。

脱衣所で、濡《ぬ》れた髪の毛をなでつけるために鏡を見た。初枝が用意してくれた新品らしいチェック柄のパジャマを着て苦い笑いを浮かべる自分が映っていた。

人間は意外に簡単に生まれ変われるな――。

鏡の中の見慣れた顔は、ただこちらを見返しているだけだった。

「お先に頂戴《ちょうだい》しました」

リビングに顔を出すと、料理に添えて置かれたビールの瓶が汗をかいていた。

「さあ、冷たいうちにどうぞ。お料理はご自分で適当に取り分けてくださる？　遠慮はなさらないで」

初枝がビールの瓶を持って促す。しかし、倉沢には断る選択肢しかなかった。晴香は説明しておいてくれなかったのだろうか。

「せっかくですが、飲めないんです」

「そうは聞いてるけど……。でも、ちょっとくらいなら」

「申し訳ありません。一滴もだめなんです」

初枝の落胆した顔を見て、倉沢は自分が薄情者であるような気がしてきた。代わりに初枝に勧めてやると「それじゃあ」とグラスを持ち出した。椅子にかけた初枝が差し出す切り子細工のグラスに、ビールを流し込んだ。他人に酒を注《つ》いでやるのは二年ぶりくらいのことだ。

「……ああ、美味《おい》しい。本当はさっきから喉《のど》がキュウキュウ鳴ってたの。ひとりじゃなかなか飲む機会もなくて」

口の泡を拭《ぬぐ》いながら、嬉《うれ》しそうだ。

「どうしてこのあと泊まらなければならないのか、理由を聞かせていただくわけにはいきませんか？」

幸せそうだった初枝の顔が俄《にわか》に曇った。

「あの、……おたくの西野さんという女性に『言いたくないことは話さなくていい』とうかがったんだけど」

泊まるのは自分だ——。

「義務はありませんが、もしも何かを期待されているのでしたら、聞いておいたほうがお役に立てるかもしれませんし」

「別段、何もやっていただかなくて結構なんです。ただ、せっかくですから、昔話でも聞いてくだされば。あ、そうそう、寝る部屋は私の寝室の隣で、ベッドじゃなくてお布団だけど大丈夫かしら？」

今日初めてのよい展開だった。おなじ布団に添い寝するのでないことだけははっきりしたからだ。

5

倉沢にとっては、ほとんど労働に匹敵する晩餐《ばんさん》が済んだ。

倉沢が無感動に料理を口へ運ぶようすを、初枝は何か問いたげにしかし結局口には出さずにいた。倉沢のほうでもその表情に気づいていたが、自分からは話題に出さなかった。

「さあ、やることがなくなったわね」

時計を見ると九時二十分をわずかに回ったところだ。

「テレビでも見ます？」

見れば、リビングボードにはめ込んである液晶テレビの電源が入っていなかった。倉沢にとってはむしろ自然な状態なので、今まで気づかずにいた。

「ごめんなさい、気がつかなくて。私ね、あまりテレビ見る習慣がなくて、夫が生きてた頃は付き合って結構見てたんだけど……」

喋りながら電源を入れようとする初枝を止めた。

「あ、つけなくて結構です。私も普段見ませんから」

「あら、そうなの。やっと共通の趣味を発見」

笑いながら初枝は時計を見て、倉沢に視線を戻した。

「それにしても、いくらなんでも寝るには早すぎるわよね」

倉沢のぎこちなく強張《こわば》った表情を見て、初枝が噴き出した。

「あなた……。泊まる理由、まさか変な想像してないわよね。……それとも、もしかして期待してた？」

顔を赤く染める倉沢を見て、初枝はますます楽しそうだった。

「あら、照れてるの？　冗談よ。こんなお婆さんじゃゃね。ただ、あなたがどうしてもって言うなら、考えてみるけど」

「いえ……、それは料金に含まれていませんから」

しどろもどろにそう答えるのが精いっぱいの倉沢は、もう一度初枝に声をたてて笑われた。

「私ね、歳のわりに——自分じゃ全然『トシ』だとは思っていないんだけど——宵っ張りなのよ。もう少しお付き合いしてね」

手持ち無沙汰《ぶさた》には耐えられる。このうえ彼女がトランプだの五目並べだのと言い出さないよう願った。

「ちょっとうかがったんだけど、あなた、人の気持ちを当てるのがお得意なんですって？」

テーブルの上で両手を組み合わせたまま、初枝が感心したような表情を浮かべる。

「誰に聞いたか知りませんが、デマです。人の気持ちがわかるくらいなら、もう少し違う商売を始めていますよ」

「まあ、確かにそうね。でもちょっと興味あるわね。職業的にも個人的にも……」

ふふと笑って、わずかに身を乗り出した。泊まりの理由はそんなことか？　晴香あたりが話したのかもしれないが、買いかぶられていたとしたら迷惑な話だった。

「せっかく時間もあるし、ちょっと私の話を聞いてくださらない？」

チェスの講義を始められるよりはましかもしれない。

「聞くだけでよければ」

「そう」

初枝が嬉しそうに言った。

「お茶、入れ直しましょう」


「私がね、小学校五年生のときだった。私の父親は国家公務員で、それまで二、三年に一回のわりで転勤してたわ。その当時も転校してきたばかりで友達がいなくていつもひとりで遊んでた。親としては家にこもっているのを見るのが嫌みたいで、よく『外で遊んでこい』って叱られたわね。その頃は近くにある大きな公園で遊ぶことが多かった。公園っていったって今みたいに綺麗《きれい》に整備されていない、ただの原っぱみたいな広場ね。今じゃ物騒で、女の子がひとりでそんなところで遊んでるなんて、逆に許してもらえないと思うけど……。それでね、その公園に川が流れてたの。大人がジャンプして渡れるかどうかっていうくらいの小さな川だった。私はいつもそこで木の葉を流して遊んでいた。大きいのや小さいの幅の広いの狭いの曲がったの平らなの、いろんな葉っぱを流してどれが速いか競争させてた。当時、遊びなんてね、そんなことくらいしかないのよ。でも、あなたもぜひ今度やってみて、意外に熱中するから。先頭走ってたのに運悪く障害物に当たって動けなくなる大きな葉もあれば、あとから来てその脇をすり抜けていく小さいのもあって」

倉沢はしかたなく、今度機会があればやってみましょう、と答えた。五十年くらい経って本当に何もすることがなくなった日に。

「あるとき、私とおない歳くらいの女の子がそれをじっと見てるのね。なんていうか、やりたそうな感じで。わかるでしょ？　そしてそのうちおなじように葉っぱを流し始めた。私の邪魔にならないように遠慮がちに。何度かやるうちに、自然に一緒に流し始めた。ひと言も喋《しゃべ》らなかったんだけど、気づくといつのまにか競争させてた。子供は本能的にいじめをするけど、仲よくなる天才でもあるからね」

初枝は、コーヒーをひと口すすった。

「その日は薄暗くなるまで遊んですっかり仲よくなった。別れ際に聞いたら、お隣りの小学校の子だった。敬子ちゃんていう名前だった。それからほとんど毎日、約束をしたわけではないけど、学校から帰るとその公園で一緒に遊んだ。ほかのこともしたけど、ほとんどは葉っぱのレースだったわね。でもね、楽しいことはあまり長く続かないようにできているという法則にほとんど例外はないかもしれない。二ヵ月くらい遊んだある日、突然その子が言った。『私、明日から来られないから』って。事情を聞くとお父さんが仕事の都合で東京に行くので家族も一緒に引っ越すことになったんだって。ああ、言い忘れてた。当時住んでたのは山口県だったし、うちの父親の転勤も関西以西がほとんどだった。よく言うけど、東京に出て行くなんて、今なら地球の裏側に行くようなイメージだったわね。敬子ちゃんの両親は子供の学校のことを考えて一家で東京に越すことにしたのね」

大学講師の仕事をしているだけあって、初枝の話し方は簡潔で淀《よど》みがなく耳に入りやすかった。

「私が教えてるのは、ほら三流大学でしょ。話術が要求されるのよ。堅い話を十五分続けたら八割の学生は聞いてないからね。余談の合間に講義をする感じ。あはは」

作業の途中でそんなことを言って苦笑していたのを思い出す。

「そんなわけで、急にできた友人はあっというまに遠いところへ越して行っちゃった。手紙ちょうだいなんて言って住所書いて交換したけど、いつのまにかなくしちゃった。子供は忘れるのも早いから、ときどき思い出す程度だったんだけど、一年近くたったある日、その子から手紙が来た。『こんにちはお久しぶりです』で始まる手紙だった。来年はもう中学だけど、友達はできましたか、私のほうは今もあまりいません、なんて書いてあった。私も相変わらず友人は少なかったから、なんだか嬉しかった。返事を書いて、それから自然に文通みたいになった。月に一往復くらいの割合だったかな。よく、彼女は私のようすを聞いてきた。楽しいことは何？　何か悲しいことある？　私は友達や親に言えない話も書いて送った。書くとなんだか心が軽くなるような気がするのよ」

初枝は飲み物のお代わりを勧めた。倉沢が断ると、そのまま先を続けた。

「写真も一回だけ交換したかな。今みたいにデジカメでほいほい写真が撮れる時代じゃなかったから。何かの記念日でもなければ写真なんて撮らなかったものね。半世紀近く前の話だもの。

もちろん家に電話もないし。だからほとんどは手紙の交換で、文通は高校に入学しても続いたわ。その間に二回引っ越したけど、きちんとこっちの住所を教えて」

話に耳を傾ける一方で、なぜそんな話をするのか腑《ふ》に落ちない気持ちが顔に出たのか、初枝がみずから話の腰を折った。

「もう少し我慢してね、そろそろ結論になるから」

「大丈夫です」

「高校に入ると、頻度は落ちたけどそれでも文通は続いてた。お茶を習い始めたとか着付けも始まって忙しいなんて書いてきた。私は少しうらやましかった。それでね、私が高校三年のとき、今度はうちの父親が東京に転勤になることになった。それで、今回は長期になりそうだっていうんで、私も東京の女子大を受験することになったの。私は早速そのことを書いて彼女に送った。彼女も以前『進学するつもり』って書いてたし、すぐに『嬉《うれ》しいね』っていう返事が来ると思っていたら、なかなか返事が来なかった。二週間くらいして、とても悲しい手紙が届いた。『これからはお互い忙しくなるから、そろそろ少女趣味の文通も卒業しましょう』って。そしてすっかり茶色に変色した葉っぱを和紙に織り込んだ栞《しおり》が同封されてた。私にはあのときの葉っぱだってすぐにわかった」

初枝はまるでその手紙を読んだ日を思い出したように、しばらく言葉に詰まった。気持ちを切り替えるように笑みを浮かべ、倉沢を見た。

「さあ、わかるかしら。敬子さんにいったいどんな心の変化が起きたのか」

物語を聞いているつもりだった倉沢は、突然質問されてそれこそできの悪い学生のようにどぎまぎとした。

「急ですね、ちょっと考えさせてください」

「その間にお茶でも入れ直しましょうね」

初枝が、倉沢にはあらかじめ用意しておいたアイスティーを、自分にはコーヒーを注ぎ終えたところで、倉沢は口を開いた。

「論理の根拠になるようなことがほとんどないので、想像するしかないですね」

「それで？」

「私の想像では、その敬子さんはずっと前に亡くなっていた……たぶん、最初の手紙が来るよりも前に」

初枝が小さく息を呑《の》んだ。

「どうしてそう思うの？」

「敬子さんが亡くなって、遺品を整理していた母親が森本さんの住所を書いたメモを見つけたのでしょう。もしかすると、生前に話していたのかもしれない。母親はあなたと話がしてみたくなった。でも、今ほど子供がスレていない時代の小学生が大人と文通するとは思えない。それで敬子さんになりすました。一度か二度のつもりだったのが、つい長引いてしまった。もしかすると本当の娘と文通しているような気持ちだったのかもしれません。写真は敬子さんの姉妹か従姉妹《いとこ》のものでも借りたのでしょう。手紙ならそれでごまかせる、でも会えばそうはいかない。それでサヨナラの手紙を書いた」

倉沢が話す間、初枝はやや大きめに見開いた瞳《ひとみ》でその表情をじっと見つめていた。

「これはね、その人がどんな思考をするか知りたいときにする話なの。もちろん実話だけど。人によっていろいろな推測が出てくる。申し訳ないけど倉沢さんに興味があって、試しちゃったの。でも、ほとんど正解。……ねえ、なぜ最初の手紙の前に死んでたってわかった？」

「森本さんは、そのときの葉っぱを大事に持っていましたか？　そんなものを十年も持ち続けるのは子供の遺品を取って置く親くらいしかいませんよ。それと、最初の手紙まで一年ブランクがあるというので、本人じゃないと思いました。子供はそんなに気長じゃない。どれも方程式では説明できませんが」

初枝が小さく拍手をした。

「素敵ね。ううん。当てたことより、その思考方法。……でも、不思議に感じたことない？　『生身の人間』ていう言葉があるでしょ。『生身』って何かしら。極論すれば自分以外はすべて、それこそ親友だって親子だって夫婦だって、本人が『いる』と信じているかどうかだけでしょ。『いる』と思うから存在してるのよ」

倉沢には初枝がする話の真意がわからなかった。

「こんどは哲学の授業ですか」

「あ、ごめんなさい。違うの。私が言いたかったのは、私にとって敬子ちゃんは私と一緒に中学生になったし、高校にも通っていた。目を閉じると高校生の敬子ちゃんがいるっていうこと」

「彼女の母親には会ったんですか？」

「上京してからね。敬子ちゃんは東京に引っ越してきてすぐ、小児喘息《ぜんそく》の発作で亡くなったそう。『あっけないくらい、簡単に死んだの』って、会ったお母さんがおっしゃってたわね。十年以上経った今でも信じられないのよ、って」

初枝が冷めたコーヒーをこくりと飲み込むのに合わせて、倉沢もアイスティーを乾《ほ》した。

空いたグラスを初枝に戻した。

「ごちそうさまでした。そろそろ心理学同好会もお開きでよいですか？」

時計の針は十時半を差していた。

「そうね」

初枝が立ちあがりながら言った。

「楽しかったわ」

6

慣れない夜が白む頃には目覚めた。

おそらくは昨日初枝が干したのだろう、陽の香りがまだ残る布団から這《は》い出し、枕もとに準備しておいたトレーニングウェアの上下に着替えた。

隣の部屋で寝ている初枝を起こさぬようそっと階段を降りる。あめ色に変色して一枚一枚反り返った踏板が、ひと足ごとに象がタンバリンを踏み抜いたような音を立てた。

急用のときは使ってくれ、とシューズケースのフックにかかった鍵《かぎ》を教えられていた。倉沢はそれを持ち、そっと表に出た。朝というよりは夜の名残りの匂いがした。街灯がそろそろ消え始める時刻。ときおり、何かを配達するらしいバイクの音が聞こえる。

倉沢は外から鍵をかけ、適当に方角のあたりをつけて走り始めた。

「安楽死、尊厳死」という言葉が頭から離れようとしない。

那賀川の死因は心臓発作と聞いた。それ以上深くは探らなかった。探りたいとも思わなかった。しかし、今、疑問が湧き上がるのを抑えることができない。

本当に心臓発作だったのか。すでに何かの毒薬を入手していたのかもしれない。毒物死というのは、たとえ解剖してもその気になって検査しなければ、意外に見つからないものだと聞いたことがある。状況に不審なところがなく、高額の保険金も絡んでいなければ、病死で処理されておしまいかもしれない。

この地上にもはや未練のなくなった彼には、元々保険金をどうするなどという発想はなかったのかもしれない。穏やかな夢を見るうちに向こう側へ行けるようなそんな薬をひとりで使ったのかもしれない。

あの親子――。

そう広瀬碧と優介。気になるのは彼らだ。彼らはどうしただろう。どこかで親子の死体が見つかったというニュースは聞かない。いや触れる機会がなかっただけかもしれない。

「ファーン」

考えごとをしながらつい道の中ほどに出て走っていた倉沢を、クラクションを鳴らしたトラックが追い抜いていった。

気になるなら電話して確かめればいい。一分で済む。だが、知りたくないという思いも強い。遠慮だとか気を遣うといった気持ちではない。ただ単に知るのが怖かった。

普段は、走っているうちに雑念はほとんど消えてしまうのだが、見慣れない風景のせいか走る行為そのものにどうしても集中できなかった。

予定より早く、三十分ほどで切り上げることにした。

倉沢がそっと玄関を抜けて居間に戻ると、テーブルに座る人影があった。コーヒーを飲みながら雑誌を読んでいる。初枝だった。すでに着替えも済ませている。

「起きたのはあなたの物音のせいじゃないわ」

笑顔を向けている。

「なんだか、亭主のことを思い出したら、早くに目が覚めたの。これでも、あなたを起こさないように気を遣ってたのよ」

「新聞、取って来ました」

「うちの玄関もずいぶん遠くなったものね。……お茶、入れましょうね」

倉沢は軽くうなずいた。昨日から、わずかに日本茶の渋味がわかるようになっていた。


朝食は失礼にならない程度に箸《はし》をつけ、早々と事務所に戻った。

出勤というより実態は朝帰りだったが、皮肉なことに、ここで目覚めたどの朝より頭は冴《さ》えていた。

晴香のパソコンのスイッチを入れてみる。起動画面が立ち上がる間、一本電話を入れた。時計を見る。七時十五分すぎだがもう起きているだろう。

「はい……もしもし」

眠そうな声が戻る。

「早朝キャッチボールなんてどうだ？」

「兄貴！　どうしたんすか……ええと、ああっなんだ？　まだ七時だ！」

半分驚き、半分はべそをかいたような田中の声が聞こえてきた。

片手で受話器を耳に当てたまま、起動したパソコンのインターネット履歴を見ると、綺《き》倉沢はそのままパソコンの電源を落とし、事務所を出た。

麗《れい》に消されていた。

「こんな朝からどうしたんすか」

田中が寝ぼけ眼で現れた。

「昨日から夕方に込み入った仕事が入ってな。ちょっと付き合ってくれ」

「そりゃまあいいすけど。……だいたいもう来ちゃってるし。ありゃ、寝ぼけてたからミットを忘れた。これ、どっちもグラブだ。こりゃ痛いな、……まあいいか。でも」

頭の毛を掻《か》きながら、大きなあくびをした。

「あんなに嫌がってたのに、最近何かあったんすか」

「道楽二代目なんかには想像もつかない深い理由があるんだよ」

「いいようにこき使っといて、もうちょっと誉められないもんすかね」

「それより、これいるか？」

倉沢は手にぶら下げてきたスーパーのポリ袋を差し出した。

「なんすか？」

けげんそうに田中が覗《のぞ》き込む。

「ボールだ」

「ボール？」

田中が袋をそっとベンチに置いた。中から三個の硬球が出てきた。

「その、少し変色してるのが、俺がデビューした試合で投げた球だ。勝ち負けは関係なかったけどな。一番きれいなのは連続奪三振記録を作った試合で使った球だ。そして、今お前さんが持ってる、それが……」

急に倉沢の言葉が途切れたので、田中が顔をあげた。

「例の事故のときのボールだ」

田中の笑顔が硬くなった。

「納戸を整理していたら出てきた。捨てようかと思ったけど、二代目に聞いてみようかと思ってさ」

「そんな、いいんすか？」

「いらなきゃ明日の燃えないゴミに出す」

「とんでもない」がらんとした公園に大声が響いた。

「大切なもんじゃないっすか」

「ボールはただのボールだ。特に、事故のやつは縁起がわるい。そんなものがあるから商売がうまくいかないんだ」

「それは違うと思いますけどね。……ま、わかりました。俺があずかります。兄貴に持たせると本当に捨てちゃうから。返して欲しくなったらいつでも言ってください」

そう言って、ボールをタオルにくるみ、大切なもののように袋にしまった。

「じゃ、始めるか」

まだ人影のまばらな公園の隅、遊歩道からはずれた人目につかない場所に陣取った。構える田中のグラブめがけて一球目を投げる。

ピシッと音がして、綺麗に収まった。

「いてて」

田中がグラブから抜いた手を振って、痛がっている。

「すげえ、赤くなってる」

自分でも、次第に球が速くなっていくのがわかった。倉沢はかまわずじっと見つめる。

バッターボックスに立つ人間を想像する。

振りかぶり、渾身《こんしん》の力で二球目を投げる。

「いててって」

グラブから手を抜く。

「やっぱり、ミットにすりゃよかったなあ。……兄貴、最初から飛ばすと、肩、壊しますよ」

田中が座ったまま声をかけてくる。倉沢は無言で三球目を投げた。

「いてて」

四球目、五球目。

「痛いっすよ」

投げるたび痛がる田中めがけて、取り憑《つ》かれたように投げ続けた。

「やっぱりちょっと納得がいかない」

西野兄妹《きょうだい》が出勤してくるなり、修介はどちらへともなく声をかけた。

昨夜の顚末《てんまつ》のおよそのところを説明した。初枝が持ち出したなぞなぞのことも当然話した。

田中相手に一時間ほど投げて、ぐっしょりと汗を流した。熱いシャワーのあと、水を浴びて、頭はすっかり冴えている。今日は、晴香に言いくるめられずに済むかもしれない。

誰からも返事がなかったので、修介は続けた。

「整理の手伝いに俺が行くのはまあいい。神経がこまやかで背が高くてその上紳士っていうのはそうそういるとは思えないからな。でも、そのあと泊まることに何の意味があるんだ？　あんな話の相手をするためか？　添い寝してくれと頼まれたほうが、まだすっきりする」

返事をしない限り、修介が引っ込みそうもないと思ったのか、「しかたない」という口調で晴香が答えた。寝不足のためか、目の縁が赤い。多少腫《は》れているように見えた。

「さあね、何か深い理由があるんじゃない？　でもあの森本さんなら犯罪には絡んでなさそうだし、そんなに深く考えることないと思うけど。ほかにだって変な頼みは結構あるじゃない」

喋《しゃべ》りながらも半分上の空で、もはや手もとの仕事に気持ちが入ってる。

「我が身じゃないからそんな呑気《のんき》なことが言えるんだ」

「ちょっと出てくるから」

晴香は倉沢の言い分に耳を貸さず、ブリーフケースを抱えて出かけてしまった。

「お前、最近顔色がいいな」

残された真佐夫が聞く。

「トレーニングにも気合い入ってるみたいだし」

「運動不足解消だ。この商売もいつまで持つかわからない。体力しか資産がないからな」

「公園のキャッチボールには、ギャラリーがいっぱい来るそうじゃないか」

「みんな暇なんだろう？」

「俺は壊れたが、お前はどこも変わってない。みんな何かを期待してるんだ」

修介は真佐夫を見た。サングラスに自分の顔が映っている。

「西野……」

真佐夫が立ち上がり、修介の前に立った。

「お前の性格と偏食は相当酷《ひど》い。が、それはどうでもいい。俺はお前のお袋さんじゃないからな。だけど、負け犬ぶって構えるのはいいかげんによせ……」

真佐夫が修介の腹をなぐるふりをして、直前で止めた。

「本当は元気なくせに拗《す》ねてる奴を見ると、俺は腹が立つ」

7

二日目の夜は怪談が待っていた。

慣れて手際がよくなってきた上に、昨日より一時間早く始めたので八時前には全体の八割近くまで片付いていた。

「このあたりにしときましょう。明日の楽しみがなくなるから」

初枝がエプロンをはずしてパンパンと手をはたいた。

倉沢はいっそのこと今日でおしまいにしてしまいたかったが、仕事が一日減れば収入も減る。晴香の怒る顔を見たくなかった。

昨夜とおなじように、ふたりには多めの料理と、念のためにビールと、しばらくはあたりさわりのない会話が待っていた。

仕事の詳しい内容は聞いていないが、大学の講師なら日頃嫌というほど喋っているはずだ。私生活では必要なこと以外口も利きたくないのかと思えば、聞くほうが疲れるほどよく喋る。根っから話し好きなのかもしれない。

晩餐《ばんさん》も終盤に近づいてきた頃、初枝が「季節ごとの実際の降雨量と世間の思い込みに慣用句が与えた影響について」というような話題の切れ目に突然言った。

「ごめんなさい、やっぱり聞いてもいいかしら？」

「算数の成績以外なら」

初枝は初枝の態度に気圧《けお》されていた倉沢も、軽口で返せるようになっていた。

初枝は、ふふと笑みを浮かべてから、やや真顔に戻った。

「あなた、お酒も召し上がらないし、体付きのわりに料理もあまり箸《はし》を付けないでしょう？　よけいなことは聞いちゃいけないと思ったんだけど、どうしても気になって」

倉沢と一緒に食事するほとんどの人間が抱く疑問だった。

「料理はいただいてます。人間、食べなきゃ生きていけませんから」

「そうなのよ！」

突然、何かに思い当たったように初枝が大きな声をあげて、テーブルに身を乗り出した。

「何です？　今頃そんなことに気づきましたか」

「違うわよ。あなたって、まるで生きていくのに必要なカロリーを計算しながら摂取してるみたいなのよね。あるところまでは口に運ぶんだけど、突然ピタッとやめちゃうの。そしてその先は絶対に食べない。それとね……」

ひと呼吸分、ためらった。

「これほど美味《おい》しくなさそうに召し上がる方は初めてだわ」

どれもこれも、みずから事実と認めていることなので返答のしようがない。「そのとおりなんです」とでも言えばいいのだろうか。

「料理は素晴らしいと思います。ただ、私の味覚がちょっとおかしくて」

「西野さんからだいたいは聞いていました。『どうせ何を食べさせても不味《まず》そうに食べるから、死なない程度に犬のエサでもやっとけばいい』って」

口が減らないのはどっちだ。セクハラポイントを三十くらいマイナスさせてやる。

「あなた、テレビも見ないっておっしゃってたし、いったい何に興味があるのか。それにこそ興味を引かれるわよね」

時計を見ると、今夜もまだ九時前だった。

今、自分がもっとも興味があるのは、なぜ三日もお泊まりをするのか。その理由です——。倉沢のその質問は昨日すでに一度拒否されている。彼女はあたりさわりのないことはよく喋るが、言わないと決めたことは喋らないだろう。

「そう、そういえば、ひとつ、不思議なお話があるの。今日も時間つぶしに聞いてくださる？」

「今日もなぞなぞですか？」

本当は外に出て、ジョギングでもしたかったが、こうしていることが仕事なのだから、そうもいかないだろう。

「今日はちょっと違うわね。やっぱり昔話なんだけど、どう受け取るかは聞く人次第かしら」

倉沢が了解を示すように肩をすくめると、初枝が満足そうにうなずいた。

「もう十五年も前のことなんだけど、歳は四十代後半のある夫婦の身に起きた話なの。子供がいないその夫婦は旦那《だんな》さんの母親と同居して三人で暮らしていたのね。そのお母さんていうのが大正の生まれで、七十を二つか三つ過ぎたばかりだったけどそれまでは普通に元気なお母さんだったの」

初枝は、倉沢がイメージを作り終える頃合いをはかって、間を取った。

「ある夏の日、お昼の食事のあと、そのお母さんは自分が手をつけずに残した味噌《みそ》汁を持って庭に降りたのよ。ごく自然に。だから息子夫婦はそのまま見ていた。『何だ？』ぐらいの感じかしらね。そしたら、そのお母さんが、いきなりジョウロに味噌汁をあけ始めたの。これはびっくりするわよね」

「しますね」と答えるほかない。

「息子夫婦がいったい何ごとかと見ていると、母親はそのジョウロの中身を地面に撒《ま》き始めたそうなの。全然ふざけているように見えないし、真面目な顔でやってるのよ。旦那さんがいたから仕事が休みの日だったのね。それでその旦那さんが『お袋何してるんだ？』『もうずっと何って聞くと『だって、お腹空《す》くでしょう』って。『何で腹が減るんだ？』『もうずっと何も食べてないもの』って。息子夫婦はふたつの意味でぞっとしたの。話の中身そのものが気持ち悪いのと、『とうとう来たか』って。……ねえ、こんな話、面白くない？」

初枝が冷めた茶で口を湿してひと息入れた。

「いや、面白いですよ。今日はちょっと蒸しますから、冷えてちょうどいいです」

「そう、よかった。それでね、それだけ聞くと単純に『ボケが始まったのかな』って思うわよね」

「ええ、まあ」

「それが、ちょっと違うのよ。普段の生活は今までとまったく変わらないの。話すこともまともだし。ところが、味噌汁を見るとちょっと変になるの。必ず手をつけずに残した汁をジョウロで庭に撒くの。しかも決まって、お昼のときなんだって」

倉沢は以前、認知症の初期症状はそのようだと聞いた記憶があったが、自信はないので黙っていた。

「それで、困って味噌汁を出さないようにしたら、今度は自分で作り始めたんだって。それはそれで危険だからしかたなく作ってあげて、ようすを見ることにしたそうね。そして何日か庭に撒いた後、今度は食事中に突然自分の頭からかぶったのよ」

倉沢はあることに気づいたが、聞かれるまでは口を出さないことにした。

「奇行が見られるようになってからは、ぬるめの汁を出すようにしてたので、火傷《やけど》はしなくて済んだの。でも、それ以来汁物はうどんとか蕎麦《そば》とか全部だめになっちゃったわ。まあ真夏だったから、元々あまり熱い汁物はなかったけど。暴れたりしないのが救いだった。だって、おかしくなるのは決まってお昼ご飯どきなのよ。普段は旦那さんがいないでしょ。女手ひとつじゃいくら年寄りだって抑えられないもの。それでね、おかしな行動を取るようになって二週間くらいたった頃、すごく暑い日だった。その年は猛暑が続いたけど、ひときわ暑い日だったので覚えているって。そのお婆さん、今度は庭の端をシャベルでほじくり返し始めた。旦那さんはお盆休みで家にいたの。『お袋、何やってんだ』って聞いた。母親は『具合を見てみようと思って』『何の具合見るんだよ』『暑くないかしらね』って。真面目なんだけど、言うことが変だった。真夏の暑い時季だったから、熱射病にでもなったら大変だっていうんで、二人で何とかやめさせようとしたけど、意外に馬鹿力でこれが大変なのよ。どうにか家の中に連れ戻して気の紛れる話をしてその場は収めたの。でもその後、恐れていたとおりになった。……ねえ、人生って『こうならなければいいな』って思う方向に行くわよね」

倉沢は軽くうなずいて同意を示した。

「翌日になるとやっぱりお昼どきに庭に出て、土をほじくり返そうとした。でもその日は旦那さんがいないので、前もってシャベルを隠しておいたの。そしたらどうしたと思う？今度は庭中の石を集めて、庭の隅に積み始めたの」

初枝はそこで一旦《いったん》言葉を切って、何かを思い出そうとするように天井を見た。倉沢は思わず庭のある方角を見た。雨戸は閉めてなかったが、夜の暗さで窓ガラスは鏡のようになり、無表情な自分の顔が映っていた。

「そろそろ結論を話しましょうね。これはやっぱり変だ。そして、庭に何か関係があるって夫婦で相談して、母親にじっくり話を聞いたの。まだ朝方の母親の気持ちがしっかりしているときに。『どうして味噌汁を庭に撒いたのか』『どうしてほじくり返そうとしたのか』『どうして石を積んだのか』って。しばらくぼうっと考えてたけど、そのうち涙がボロボロ流れ始めた。そしてね、やっと話してくれたのよ」

倉沢はその中身におよその見当がついた。もう聞きたくなかった。頭の芯《しん》が痛んだ。気を遣ったせいでいつもより食べすぎたのかもしれない。吐き気もした。テーブルの下に隠した左手を盗み見た。はっきりと震えていた。

「それがね、その当時からさらに四十五年も昔の話なのよ。日本が戦争に負けた年の夏、すごく暑かったことを覚えているって言ってたわね。数えてみるとそのお婆さんは当時二十六、七歳だった。戦争で失業して、拾い仕事のようなことをしている旦那さんと子供の三人暮らし。その、まだ一歳少しの男の子を抱えてどうやって餓死しないか、それが毎日のすべてだったそうね。そして話が突然飛ぶんだけど、そんなある日、家でその女性はひとりの男を殺したって言うの。久しぶりに作った具入りの味噌汁をかけて大火傷を負わせてから、紐《ひも》で首を絞めたって」

倉沢には返事のしようがなかった。初枝の肩のあたりを見つめたまま、続きを待った。

「理由もいきさつも何もわからない。でも、ぐらぐら煮えた味噌汁をかけたことだけは間違いなさそうだった。そして、まもなく帰ってきた旦那さんと一緒に庭の隅に埋めたそうよ」

「わけは話してくれなかったんですか？」

「そうね。隠すっていうより、もう覚えていないみたいだったらしいわ」

「それで、死体は？」

「わからないの」

「わからない？」

「気味が悪くて今さら掘り返せなかったんだって。それに、もし本当だとしても当時としては三回時効になるくらい遠い過去のできごとだし。今さら掘り返して骨でも出て、新聞沙汰《ざた》になったら恥ずかしいでしょう。だから、掘らなかったそうよ。……お願いすれば、おたくで掘っていただける？」

「私はやりたくないですが、紹介はしますよ」

初枝は少し考えていた。

「伝えておくわね。それより、そのお婆さん、そのあとどうなったと思う？」

「冬になったら寒かろうと、手袋を供えました」

初枝の口の端に小さな笑みが浮かんだだけだった。失礼な冗談だっただろうか。

「奇行がなくなったのよ。味噌汁をかけた死体が埋まっていることを話してから、おかしな行動はなかった。結局五年後に肺炎をこじらせて亡くなったけど、最期に意識が朦朧《もうろう》となったときでも、死体のことは二度と口にしなかった。だから、理由も何もわからない。というより、ホントにそんなできごとがあったのかどうかもわからないの」

考えごとをしている倉沢に初枝が聞いた。

「倉沢さん、どう思う？」

「どうと聞かれても、『ああそうですか。変わった話ですね』としか」

「そのお婆さんの心の中が覗《のぞ》いてみたいわ」

倉沢はまっぴらだと思った。

「僕が気づいたことといえば、その『ある夫婦』というのが森本さんご夫婦だということくらいです」

初枝は一瞬息を呑《の》んだが、すぐに笑みが浮かんだ。

「そうね。あなたには『どうしてわかったの？』って聞くほどのことでもないわよね」

「ええ。森本さんは喋《しゃべ》る時にちらちらと庭に視線を走らせていました。ご自分ではそうしないように努力されたみたいですが。それと、ときどき我が身のこととして話されてました」

倉沢は別なことを考えていた。

老婆がなぜ殺したのか。本当に死体が埋まっているかどうか。そんなことではなかった。

森本初枝はどうして、今夜自分にこんな話をしたのか？　ひょっとすると、この話を聞かせたくて自分を呼んだのか？

その後は再び天気に関する伝承に話題が戻り、お開きになった。

その夜、倉沢は何日ぶりかで夢にうなされた。

8

三日目の朝、倉沢は、前日とほぼおなじ行動を取った。

夜明け頃に目覚め、走り込みをしてから七時には事務所に戻った。

西野兄妹《きょうだい》に同意を求めることはあきらめていた。どんな会話があったかを言うつもりもなかった。田中を叩《たた》き起こしてキャッチボールでさらに汗を流す。西野兄妹が出勤して来ても今日は事務的に話を進めるだけだ。

「今日は何時の約束だったかな」

「六時。その前に入ってる仕事は四時には終わるでしょう？　楽勝ね」

「そうだね」

今さら口答えしてみてもしかたがない。まあいい。今夜が最後だ。何が起きていようと、今日で終わりだ。

「行ってくる」

バッグをぶら下げて事務所をあとにした。

こんな状況にも慣れがあることに驚いた。

倉沢は抵抗することなく風呂《ふろ》に入り、テーブルでグラスに水滴が付いたミネラルウォーターを飲んだ。夜のトレーニングをこれで三日さぼったことになるが、その分を早朝にこなしている。体調は上向いてきている。

今のところ田中には言うつもりはなかったが、場合によっては試合で投げてみようかという気になっていた。

嘲笑《ちょうしょう》を受けないだけの体力が蘇《よみがえ》ったら——。

そんな日が来るのか自信はなかったが、田中のミットにボールが収まる音を聞いていると、そこそこいけるのではないかという淡い思いも湧く。少なくとも、永遠に祝日のない日めくりカレンダーのように平坦《へいたん》だった毎日に、わずかに楽しみの要素が生まれたのは確かだった。


三夜目の初枝の話には刺激がなかった。亭主のいまわの際の言葉が「盆栽枯らすな」で、自分に対する感謝の言葉がなかったから、葬式の翌週には盆栽を全部売っ払ったことだの、とりとめのない話ばかりだった。

「こんな話つまらないでしょう？」

とさかんに気にしている。

話も何も——。

そもそもここにいることがつまらない。言えはしないが。

「いえ、気にしないでください」

「彼女に怒られちゃって……あ、このお水、どうかしら？　私、お金出してお水買ったの初めてなのよ。だってこのあたりはずっと……」

あわてて話題を変えようとしたが、倉沢は聞きとがめた。

「何を？」

「え？」

とまどう初枝を初めて見た倉沢は、勇気づけられたような気がした。

「何を怒られたんです？」

「誰に？」

「今言ったじゃないですか。『彼女に怒られちゃって』って。彼女というのは西野晴香のことじゃないんですか？」

初枝は深いため息をついたあと、小さくうなずいて肯定した。

「ええ、そうなの。変な昔話をしたりすると、会社に戻ってからいちいち説明してうるさいから、よけいな話をしないでって……」

さっきまでの快活さが消えていた。あきらかに嘘をついている。そう感じるが、深く考えようとすると再びめまいがぶり返しそうだった。昨日から芯に居座った頭痛も続いている。

倉沢はそれ以上追及するのはやめることにした。今までの話が全部嘘っぱちだろうとかまわない。

それきり、会話は止まった。

気詰まりな空気を払いのけるかのように、初枝が風呂に入ると言い出した。

二日間の経験で、彼女が入浴にたっぷり一時間かけることはわかっていた。中で本を読んでいるらしい。

その間に、三日分の胸の支《つか》えを、少しばかりすっきりさせてもらうことにした。

倉沢は自分が手伝いを始めたときには、書棚の一角がすでに空いていたことを覚えている。

初めて書斎に案内された日に、そのことがなんとなく目に留まり印象に残った。

そして、なぜ気になるのか考えた。

空いた分の書籍を詰めたはずの段ボール箱が部屋にないのが原因だ。格納しきれない本が床に積んである状態で、普段から棚を二段も空けておいたとは考えにくい。倉沢が来る直前に本を箱に詰め、しかも書斎から運び出したということだ。

理由はいくつか考えられる。自然なのは、『触らせたくないほど貴重な本』か『倉沢に見せたくない本』ということだ。触らせたくないなら、そう言えばいい。

とにかく、中を見ればはっきりするだろう。

階下や、まして庭の物置にしまったとは考えにくい。最後にほかの箱に紛れさせて一緒に運べばいいのだ。まだ、二階のどこかにある。

倉沢は初枝が普段寝室と呼んでいる部屋に入った。ドアノブを左手で回そうとして、震えに気づき右手に持ち替えた。足もとに意識を集中して音を立てないようにすり足で進んだ。

比較的新しいシングルベッドがあった。夫の死後買ったものかもしれない。頭の側にライティングデスクが置いてある。書籍も何冊か差さっているが、こちらは女性向けの雑誌や旅行ガイドのような軽めの趣味関連がほとんどだった。

机の脇に段ボール箱がひとつ置いてあった。作業で詰めていたのと同じ仕様だ。第四の色、緑のしるしがある。蓋《ふた》は閉じてあるが、テープで封まではしていない。倉沢は箱を開けた。

実用重視で華やかさのない装丁や題名のレイアウトを見て、瞬間的に学術用の書籍だと思った。比較的新しいカバーの本も何冊もあって、貴重な資料とは思えなかった。その題名を具体的に見る。

なんだこれは――？

「終末期医療における尊厳死」「リビングウィルと尊厳死の行方を探る」「脳死・尊厳死・安楽死の再認識」「自殺というもうひとつの選択肢」

めまいが酷《ひど》くなる。深く息を吸い、吐いた。一度、二度。箱のへりにB4サイズのスクラップブックが差し込んであるのが目にとまった。ぱらぱらとめくる。何かの切り抜きを糊《のり》で付けてある。新聞のコピーやインターネットサイトの一部をプリントアウトしたもののようだ。

やはり、脳死や尊厳死に関するものがほとんどだったが、ある種の事件に関する記事の切り抜きが混じっている。

『自殺者三万人突破』『老母殺害の息子に実刑判決』

そして、最新のページには覚えのある事件が貼ってあった。

『無理心中か？ 妻を殺害のうえ、首を吊る――西東京《にしとうきょう》市七十二歳の夫婦』

畑野家の事件だ――。

直感的にそう思った。事件そのものが微妙な内容のため記事に実名はなかったが、概要を読む限り間違いなさそうだった。

偶然だろうか。この一連のことはすべて偶然なのか？

夢の中で論理的な思考を試みるときのような息苦しさを覚えた。ぼうっとする頭の隅で、「そろそろ箱を元に戻さなくては」という意識が働く。あとで、ゆっくり整理して考えることにしよう。

できる限り記憶にあったとおりに本をしまい、蓋をした。左手の震えが大きくなっている。立ち上がり、部屋を出ようとしたときにふと思いついてライティングデスクの蓋を開いた。現れた作業スペースにも何冊か本が置いてある。

『残された者の思い出』

一般書籍のような装丁に目が留まり、ぱらぱらとめくってみる。今まで開いた本はほとんどが大学の講義で使いそうな堅い造りで、せいぜいグラフの挿絵が入っている程度だった。しかしこれは明らかに対象が違っている。数ページごとにイラストも入ってとっつきやすそうな仕立てだ。二、三ページ単位で投稿の手紙が紹介され、数名の有識者が持ち回りでひと言添えてワンセット、といった構成になっている。

表紙をもう一度見る。共著の中に森本初枝の名があった。

自分で出した本か――。

初めのほうをぱらぱらとめくった。序章のあたりで、また初枝の名を見つけ、視線を引きつけられた。

『味噌《みそ》汁を撒《ま》く義母』森本初枝

背中が強張《こわば》った。

——まず初めに私ごとを紹介させていただきます。十年ほど前のことになります。当時、一部の新聞で記事にもなりましたのでご記憶の方もあるかと思います。我が家には……——

目が字面だけを追って、中身が頭に入らない。倉沢はもう一度最初から指でなぞりながら、ゆっくりと読んだ。ほとんどは昨夜、森本初枝から聞いたものとおなじ内容だった。それがもっと詳しくしかし淡々と綴《つづ》ってあった。

——一人の男が道を尋ねて入ってきました。美味《うま》そうな味噌汁の香りを嗅《か》いで『一杯恵んでくれないか』と言ったそうです。戦地から戻ったが身寄りがない、と語ったそうです。『その人はね、優しそうだったんだよ』まるで自分に言い聞かせるように、何度もそう言っていました。しかし結果的に男は、初めからその後のことを企《たくら》んでいたのかもしれません。義母は同情して、味噌汁を一杯ご馳走《ちそう》しました。男は、飲み終わった途端居直り強盗と化し、僅《わず》かな蓄えを奪った上に身体を要求しました。義母は拒みましたが、男に赤ん坊を殺すと脅され泣く泣く従いました。茫然自失《ぼうぜんじしつ》となった義母に男は『自分は何もかも失った身で死ぬことなぞは怖くない。お前の亭主が戻ったら脅して、暫《しばら》くここに世話になる』そう言ってせせら笑ったそうです。終戦直後は未曾有《みぞう》の大混乱期で、道を歩けば死体が転がっていることも珍しくない時代だったそうです。警察も、ほとんど機能していませんでした。義母が放心状態と思って男が油断している隙に、義母はかまどにかけっぱなしだった鍋《なべ》の中身を男の頭からかけました。その後、声も立てられずに呻《うめ》く男の首を、近くにあった紐《ひも》で絞めていたら動かなくなったそうです――

めまいが続いたが、奥歯を食いしばって最後まで読んだ。

――庭からは遺骨が出てきました。警察で調べた結果、かなり年数を経ており、恐らく義母の話したとおり終戦直後のものだろうということでした。時効云々《うんぬん》を語ることさえ空しいほど遠い過去の出来事でした。ただ、私の心には疑問が幾つも残りました。たとえ身を守るためとはいえ、人を一人死なせたことは事実です。彼女はそのこととどう折り合いをつけたのでしょう。何故、何をきっかけに数十年後に突然思い出したのでしょう。それまでの間、心の何処に仕舞って置いたのか。一度も表に出てくることはなかったのか。それらは謎として残りました。謎は義母の脳と一緒に煙となって永遠に消えました。今にして強く思うのは、義母の存命中に……――

限界だった。これ以上のめまいと吐き気には耐えられそうもなかった。昔体験した船酔いの感覚に似ていた。

急いでライティングデスクを元どおりにし、そのまま二階のトイレに駆け込んだ。顔を突っ込むのと同時に胃の中のものが逆流した。倉沢は声を殺して吐いた。

9

風呂《ふろ》から上がった初枝に『体調が悪いので早く休む』と伝えて早々と布団に入った。できることなら、泊まりはキャンセルして事務所に戻りたかったが、めまいが酷くて安全に帰れる自信がなかった。

そして三泊目の朝もおなじように早くに目覚めた。

初枝もほぼ同時に起きて来た。

「おかげん、大丈夫?」

「なんとか。昨夜早くに寝たのでだいぶよくなりました」

「朝はおかゆでも作りましょうね」

早速、台所仕事を始める初枝の背に倉沢は声をかけた。

「至急事務所に戻る用事ができましたので、これで失礼します。お世話になりました」

初枝の引き止める言葉はほとんど耳に入っていなかった。もう二度ほど「失礼します」の言葉だけ残して家を出た。さすがに外までは追って来なかった。

今日は走り込みはせず、あることを調べるつもりでいた。もっともその気があっても走れるような体調ではなかったが。

事務所に戻った倉沢は、灯《あか》りをつけるのももどかしく、探し物を始めた。

顧客名簿はどこだ――？

『アリエス』からの回しであれ、直《じか》に受けた客であれ、名前や所在地などのわかる限りは名簿をデータ化してある。西野兄妹《きょうだい》のどちらかに頼んで、打ち込んだデータ本体はパソコンの中だ。

とりあえず、晴香が使っている端末を立ち上げる。途中でパスワードを要求してきた。こんなことは今までにはなかった。適当な数字やアルファベットを入力してみたが、やはり無駄だった。

それならば――。

プリントのファイルがあったはずだ。倉沢の希望で毎週末に最新の顧客一覧をプリントアウトしてもらっている。とっさの場合のためだったが、今がまさにその緊急時だった。ファイリングしてあるそれを探す。

普段あまり使わないキャビネットの中身を出してはめくり、戻す。

あった――。

一番上に綴《と》じられた四月末分が最新らしい。顧客名の頭に振られた通しナンバーを見ると三百四十二だった。これがこの二年間で、依頼を受けた顧客のうち情報がわかっている客の数だ。そのうち頭に丸印が打ってある顧客は『アリエス』の紹介ないし下請けだった。ざっと見て三分の二以上ある。二百は下らないということだ。リピーターもあるから延べ数ではこの倍にもなるだろう。

時計を見る。午前の七時半。顧客のほとんどは一般家庭だ。突然電話をかけるには多少早い時刻かもしれない。怪しまれては元も子もない。

倉沢はA4用紙十枚ほどにプリントされたリストをコピーしてブリーフケースにしまった。

まもなく出社した晴香とは、仕事の打ち合わせや事務的なやりとり以外にかわす会話もなく、倉沢は事務所を出た。仕事の合間や昼食時間を利用して『アリエス』絡みの客に電話をかけた。中でも顔や状況を思い出せる家を優先した。

「アフターフォローでご連絡さしあげております。その後、何か不自由でもございませんでしょうか」

さすがに、一度は付き合いがあった先であるし、丁寧な仕事を心懸けていたので、けんもほろろということはなかった。それなりの対応はしてくれる。

五十七軒に連絡を入れることができた。そのうち連絡の付いた先が二十九軒。うち五軒で発注者の名義人が死亡していた。しかも少なくとも一軒は夫婦合わせての事故とはっきり聞かされた。残りのうち三軒は電話番号につながらなかった。

記憶をたどれば、どこも老夫婦ふたりないしひとり暮らしの家だったような気がした。

六人が死亡、三人不明――。

客層として、確かに元々老人が多い。そもそもは自分でテーブルも運べないような人たちが、金を払って部屋の模様替えを依頼したりしているのだ。

それにしても――。

約五分の一の人間が死亡しているとは率が高すぎないだろうか。単純に掛け合わせればよいものでもないだろうが、率だけから推論すれば二百軒中で四十人ほど死んだ可能性があることになる。

しかもその他に電話の不通もある。

不安はますます高まって、ついに倉沢の中の臆病《おくびょう》を追い出した。携帯に登録したまま消さずにおいた広瀬家の電話を呼び出す。午後四時を少し回っている。塾はやめただろうか。

二度深呼吸し、震える指先で発信ボタンを押す。一度コールしたあとで、アナウンスが流れた。

「こちらはNTT東日本です。おかけになりました電話番号は……」

背中が強張った。

「……移転されました、新しい番号は……」

止めた呼吸が小さなため息になって出た。

メモした新しい番号にかける。コールの音が、二度、三度。唐突につながった。

「はい」

優介少年の声だった。続く言葉は聞こえない。防犯上、自分から名乗ってはいけないと教えられているのかもしれない。

「もしもし、広瀬さんのお宅ですか」

「はい、そうですが……」

不審そうな、そして多少の期待感のこもった声に聞こえた。

「ガリ勉君はいますか？」

「あ、やっぱり！」

嬉《うれ》しそうな声が響いた。

「引っ越したんだな？」

「うん。先週越したばっかり。ちょっと狭くなった。でもふたりだから」

相変わらずませた言いかただ。しかし、『ふたり』という言葉に緊張が解けた。

「どうだ？　お母さんも元気か？」

「うん。元気だよ。少し前にちょっと落ち込んでたけど」

「そうか」

那賀川が死んだ頃に違いない。

しかし結果をみれば、広瀬碧は息子と生きてゆく道を選んだということだろう。

「何か、困ったことはないか」

「あるけど、おじさんに言ってもしょうがないし」

久しぶりに声をたてて笑った。エンプティを指していたエネルギータンクの針がわずかに上を向いた。

言ってもしょうがない困りごとなら問題はないだろう——。

「それじゃあな」

倉沢が電話を切ろうとすると、少年があわてたように言葉を挟んだ。

「え。何か用じゃなかったの？」

「いや……、元気にしてるか、ちょっと気になっただけだ。そうだ、帽子大切にしてるか？」

「うん、壁にかけてある。裏返したまま」

「そりゃよかった。毎日拝めばご利益があるかもしれない」

こんどこそ切ろうとして、思いついた。またよけいなことを言う、と晴香に叱られるかもしれない。いや、いまの晴香はそんなことすらも言わないかもしれない。

「あのな」

「何？」

「これは念のために言うだけだけどな、もし、お母さんのようすが変だったら——変、ていうのはつまり、いつもと違うとか、何か考え込んでるとか、例えば……」

「なんとなくわかるよ」

少年が助け船を出した。

「そうだな……、君は大物になると思うなやっぱり。なあ、もしも将来アメリカの大統領になったら俺をスポーツ大臣にしてくれ」

少年が、おじさんこそやっぱり変だ、と笑った。

「生まれつきのアメリカ人じゃないと大統領にはなれないよ。それにアメリカにはスポーツ大臣なんてないよ」

「そんなことを気にしてるようじゃ大統領になれないぞ。二千年も前からある決まりなわけじゃない。それより、さっきの続きだ。何か相談したかったら、夜中でも朝でもいいから俺に電話しろ。いいな。絶対に遠慮はするな」

ほんのひと呼吸の沈黙があった。

「うん。わかった」

「それから、この次はおじさんはやめてくれ」

倉沢は友人に別れを告げて電話を切った。

倉沢は名簿を頼りに死人の出た五軒を訪ねてみることにした。「顧客が亡くなったと聞いたのでご挨拶《あいさつ》にうかがった」この口上を不自然に思う人間はいないだろう。途中目に留まった洋菓子店で適当な詰め合わせを五個買い求めた。

リストを元に近場から回ることにした。

最初は武蔵野市。元々一度は訪れたことのある家だ。路地の曲がり角を一度間違えただけでたどり着けた。

『水谷』という表札に間違いない。

「はい」

無愛想な男の声がインターフォンから流れた。

「以前、お仕事を頂戴《ちょうだい》しました『ヴェスタ・サービス』と申します。水谷高雄様がお亡くなりとうかがいまして、近くに寄りましたついでにお線香だけでもあげさせていただこうかと……」

「誰？」

ちぎり捨てるような言葉が流れた。

倉沢はもう一度ゆっくり、おなじ内容を繰り返した。

ぶつっと回線の切れる音がして、玄関のドアが開いた。サンダルをつっかけた五十過ぎに見える痩《や》せた男が出てきた。毛玉の浮き出たくすんだグリーンのカーディガンを羽織っている。

「何？　何の用？」

無愛想と警戒心が重なった探るような視線を向けるが、倉沢が手にした菓子の入った手提げ袋をちらりと見た。

「昼間、ちょっとお電話でご挨拶させていただきました……」

「ああ、女房が何か言ってたな……。電話をくれた方ね。せっかくだけど、お気持ちだけいただいときますわ。線香あげるような仏壇もないしね」

「そうですか、それは残念です。……あ、これつまらないものですが」

菓子折を差し出す。「いや、そんなことされちゃ」二、三度押し問答をして結局男は受け取った。

「まあ、あんな死にかたされて、残されたこっちはいい面の皮ですよ。まるで虐《いじ》めてたみたいに言われて。死んでからでも縁を切りたいくらいだ」

声をひそめる気配はない。むしろ声の調子は強くなった。近所に聞かせたい内容なのだろうか。

「そうですか。何かご事情がおありのようですね」

倉沢が同情の表情を浮かべる。男は話すうちに少しずつ感情が高ぶってきたようだった。

「あんなに面倒見てたのにさ。あてつけみたいにあんな死にかたされて、今まで見舞いにも来なかった親戚《しんせき》が急にテレビのインタビューとかに出やがって『邪魔者扱いしたんじゃないか』とか言いやがって。涙まで流しやがって。ふざけるなって。確かに邪魔だったよ。邪魔だったけど面倒見てただろうが」

しだいに興奮して喋《しゃべ》っていたが、倉沢の顔を見て我に返った。

「ねえ」

照れ隠しに同意を求めた。

「あんな、というと何か変わった……？」

「あ、そうか知らないのか。自殺したんだよ。農薬飲んで。饅頭《まんじゅう》と雑巾《ぞうきん》の区別もつかなかったくせにどこからあんなもの手に入れたんだか……」

「ええ？　一年ほど前にお仕事いただいたときはお元気そうでしたけど」

「一年か……。そろそろあぶなかった頃だな……まあ、都合よくぼけたりずる賢くなったりしてたからね。とにかく、あんな騒ぎ起こされて、隣近所にもいい恥さらしだよ」

「病気ですか？」

「痴呆症《ちほう》。あ、最近じゃ認知症とかいうんだったかな。聞いたことあるでしょ？　だから、農薬飲んだのだって、うっかりなんだかわざと飲んだんだか……」

腕組みして話していたが、倉沢の顔を見て言った。

「まあそんなわけで、ウチじゃ位牌《いはい》も作ってないんだ。せっかく来てもらったのに悪いね」

もう少し聞き出そうとする倉沢に手を振って、振り返ることもなく中へ戻ってしまった。

――うっかりなんだかわざと飲んだんだか。

「それとも、わざと飲ませたんだか」

ぽつりと口に出してみた。

最初からタンスをひとりで運んだときのような疲労感が湧いた。

あと四軒――。

行けるところまで行ってみるか。

残り四軒のうち、三軒で話を聞くことができた。

赤信号を無視して轢《ひ》かれた。釣りに行って溺《おぼ》れた。もともと癌だった。

決定的に怪しいと言えるほどではない。偶然という範疇《はんちゅう》に納まるかもしれない。しかし、だからこそ盲点なのではないか。

やはり、戸部に直接当たってみるしかない。

いくら経験を積んでも、嘘をつくときはきっと視線が揺れる。それを自分の目で確かめてみようと決めた。

10

駐車場に戻り、車を停めた。時計を見れば午後七時を少し回っている。

事務所には戻らずに電話をかけた。

「はい、ヴェスタ」

最近、晴香は名前を省略して名乗る。倉沢はかすかに彼女の投げやりな気持ちを嗅《か》いでいた。

「俺だけど」

「何?」

「ちょっと用事ができた。遅くなるかもしれない」

「そう」

翌週に離婚を控えた夫婦でももう少し温かみのある会話がかわされているだろうな。そんなことを思った。今日最後のアポイント先へ向かわなければならない。

ＪＲの改札を抜け、ホームまでひと息で駆けあがった。

上り電車のシートには座ることができた。三日ぶりに生還した登山者のように大きなため息をついて深々と身を沈めた。考えは少しもまとまらなかった。

「どうされました。急に」

社長室でもあり、重要な来客の応接室でもある部屋に案内され、ソファに座るよう促された。戸部はコーヒーとアイスティーを持ってくるよう内線で指示を出してから、倉沢の目の前に腰を降ろした。

「お忙しいところ突然、申し訳ありません」

「いえ。それより？」

手のひらを振って、本題を促す。

機嫌が悪いわけではないことを倉沢は知っている。むしろ彼が怒ったところを倉沢は見たことがない。単に戸部という男は、くどい挨拶や社交辞令を好まないだけだった。その点が今までパートナーとしてやってこられた理由のひとつだったかもしれない。

「ある理由から、仕事を請け負ったことのある客先に電話を入れてみました。連絡の取れた二十九軒中、五軒で都合六人の依頼主が死亡していました」

唐突に切り出した。

倉沢はその数がただの数字にならないよう、ひと呼吸間を置いた。

「二年で二割以上の死亡率ということです。これはずいぶん高率だとは思いませんか？」

倉沢は注意深く戸部を観察した。しかし、表情にはほとんど揺らぎはなかった。

「死亡率というのは世代や性別、地域などで変わってきます。それに二十や三十ではサンプル数が少なくて、判断材料にはならないでしょう。さらに、我が社の依頼主は高齢者の割合が多いですから、数字の上での死亡率は高くなると思いますが。それが何か？」

「七十代が四人。六十代と五十代がそれぞれひとり。それと、さきほどの数には入っていませんが、以前仕事の依頼を受けたことのある七十代の夫婦が、先週死にました。夫が妻を絞め殺して、自分は首を吊《つ》ったらしいです。ニュースになったそうですから、戸部さんもご存知かもしれません」

戸部は小さく二度うなずいた。

「畑野さんのことなら知ってます。痛ましい事件でした」

「私は検察官でも記者でもない。そんな結果になってしまった理由を調べて、誰かを告発したり社会問題にしようというのではありません。ただ、真相が知りたい。……あのときに請け負った片付けは、実は死を覚悟した身辺整理だったんじゃないかという可能性です。はっきりノーという結論が出なければ、もうこの仕事は続けられません。戸部さん。何かご存知だったら、全部話してください」

依然として船酔いに似ためまいは続いていた。戸部の口からはすぐには返事が出ない。

倉沢はひとつずつ言葉を選んで先を続けた。

「私が下請けでやる仕事は年寄りの家で家具を動かしたり、山のようにたまったゴミを捨てたり、ほとんどがそんなことです。それ自体は地味だ。でも、見方を変えるとこれは別な商売にならないでしょうか。毎日のようにさまざまな老人の情報が手に入る。中には死んでしまいたいと思っている人もきっといる。外見が病気と区別のつかないような死にかたなら、誰も怪しまない。きっと解剖もされない。そしてどこかで誰かが得をする。その仕組みも理由もわかりませんが。……戸部さん、確か保険に詳しかったですね」

戸部の視線はじっと倉沢に据えられたままだ。少なくともうしろめたさはない、と倉沢は思った。驚きや恐れもない。そして憎悪もなかった。

戸部が興奮したようすもなく言った。

「おっしゃる意味がよくわかりません。いえ、言葉は理解できますが、何を言いたいのか。あなたが西野さん――真佐夫さんのほうですが――のことをまだ引きずっていると聞いたことがあります。こういう話になったので言いにくいことを申し上げますが、軽いノイローゼかもしれません。一度カウンセリングを受けられてはどうですか？　いや、その前に晴香さんときちんと話をされるべきです。この仕事を辞めるにしても、続けていかれるにしても」

「私の考えが風変わりなことは自覚してます。それでは、私も遠慮なく聞きます。戸部さんはこの仕事を始める前から晴香と知り合いだったのじゃありませんか？　私と知り合ってこの世界に巻き込んだのは偶然じゃない。酔ってる席であなたが勧誘を始めたのは計画的だったんだ。……昨日まで三日間引き受けた妙な依頼がありました。森本さんという大学の講師だそうですが、その女性も晴香と知り合いの可能性がある。晴香と知り合いというよりは、戸部さんを通じて知り合ったのかもしれない。彼女たちには共通の興味がある。脳死とか尊厳死とかそんなキーワードです」

戸部はそれが熱心に話を聞く時の癖である、小さくうなずくしぐさをするだけだった。

「こういう考えはどうですか。私には理解できない何かのネットワークがある。彼らは死にたい人間、特に老人の情報を共有している。そしてそれを商売に利用している。例えば、例えば……」

倉沢もさすがに言い淀《よど》んだが、ここまで来ては、続けるよりない。

「死にたいと願っている老人の願いを聞き入れてやり、ついでに家財のあと始末までをセットで請け負う。これは商売になりませんか？　あるいは、一件ごとは少額で目立たない掛け捨ての保険のようなものでも、数がまとまれば馬鹿にならない金額になる。本気で死にたがっていたら、そして綺麗《きれい》に始末をつけてくれるなら、金額の高い安いは問題じゃない。手持ちの現金がない人間でも、保険で払ってもらえるなら話に乗るかもしれない。ついでに言うなら、死にたがっている老人を探すうちにそっちの専門家の森本さんと出会った。ネットワークを使った情報交換でますます商売繁盛。どうです？　戸部さん。まったく心当たりがないと断言できますか？」

戸部の倉沢を見返す瞳《ひとみ》に少しも動揺がないので、倉沢は戸惑い始めていた。戸部の表情には笑みすら浮かんでいた。いくら図太《ずぶと》いといってもこれだけの核心をつかれたら心の乱れは見せるはずだ。それに、たとえ倉沢の指摘どおり死の商人だったとしても、今の倉沢に見せる態度はまるで……。

倉沢はすでに戦意を喪失していた。

やはり大きな勘違いだったのか。自分は単なる心身症で、あれは根拠のない妄想だったのか——？

「さすがですね、倉沢さん。普通はそんな発想、湧いてもこないでしょうね。あらぬ疑いをかけられて私は悲しむべきでしょうか。激怒すべきでしょうか。正直に申しますと、そんな連想をするあなたの心がやはり心配です。しかし……実は倉沢さんがおっしゃることは半分当たっています」

「え？」

自分で指摘しておきながら、倉沢は驚いた。

「死を願うお年寄りたちが我が社に依頼してくるのは、事実です」

「戸部が言葉を一旦《いったん》切る。何かの機械音が壁の向こうから聞こえてくる以外にもの音はしない。その、ゴォンゴォンという単調な重い響きを聞いていると、すべては夢の中のできごとという気がしてくる。

「いつからのことでしょう。はっきりとは記憶していません。それこそ口コミで広がったようです。『人生最期の始末はアリエスに頼め』と」

「それじゃあ、やっぱり……」

「まあ、お待ちください」

戸部がすっかり冷めたコーヒーの残りを流し込んだ。

「それを見抜いたのはさすがに倉沢さんです。しかし、その先は申し訳ないが飛躍のしすぎです。考えてみてください。もし私が死にたいという願いを利用して儲《もう》けているなら、口コミで広がるでしょうか？　口コミで広がるようなことを警察が放っておくでしょうか？……きっかけは思い出せませんが、いつかこの世に希望を失った人たちが私のところにあと始末を依頼してくるようになりました。こんな言いかたは不謹慎かもしれませんが、決して美味《おい》しい仕事なんかじゃありません。依頼が来ると、私はまず相談に乗ってやります。介護や生活保護の申請、ときには補助金振り込みの口座開設も面倒みてやったりしています。驚くことにそういう制度すら知らない人が結構いるんです。その段階で立ち直った人もかなりいます。もちろん最低限の手数料はもらいますがね。我が社は慈善事業ではない。労働に対して対価は受け取ります。我が社が口コミで広まったのは良心的だからにすぎません」

「良心的？　自殺を考えている人から金を取って、心は痛みませんか？」

「それじゃあどうしろと？……世の中には人の手では救えない人生もあります。中途半端な同情は迷惑でしかないといえるほど救いのない人生があります。その方々が最期に身ぎれいにしておきたいという理由で廃棄物の処理や掃除を依頼してきます。彼らははっきりと口には出しませんが、打ち合わせのときに私にはわかります。死を覚悟されているなと。こう言えば正義感の強い倉沢さんのことです、『わかっていながら何もしないのか』とおっしゃりたいでしょうね。理想論を言うのは簡単です。彼らに希望を持ちなさいと口で言うことは……」

戸部はそこで言葉を切って深めに息を吸った。もう一度繰り返した。

「言葉で言うだけなら簡単なことです」

戸部は足を組み替えた。話す調子に淀みはなかった。倉沢は、戸部が真実を話していると信じ始めていた。

「倉沢さん、もしあなただったら、寝たきりになった老いた妻の、大便がこびりついた性器を日に何度となく、十年間も拭《ぬぐ》い続けて、毎日明るく笑っていられますか？　これも人生だからしかたない、希望を持って生きようと言えますか？　しかもこの先、あと十年続くのか二十年続くのか、果てのない悪夢です。自分も確実に老いてゆく。『みんな頑張っているんだから』とか『辛《つら》いのはあなただけじゃないから』と言うのは、何の励ましにもなりません。私には彼らを救う力はない。せめて最期の望みを割安でかなえて差し上げる。儲けてはいません。ときには実費も受け取らないこともあります。幸い私はほかで多少儲けさせていただいていますから。そして、自分のしていることを恥じてもいません」

理屈としてはそのとおりかもしれないと思った。しかし、すべてを認めることもできなかった。心のどこかで許せないという気持ちは消えていない。砂川に投げつけられた言葉が蘇《よみがえ》る。

敵《かな》わないと思った。——ガキだな。

「さきほどおっしゃった保険のことはまた別問題です。個人の予備調査で必要になることがあるんです。あなたに言い訳してみてもしかたないが、悪用はしていません。むしろその逆だと思っています」

自分はこの男を許せないが、敵わない——。

「わかりました。……もうひとつ教えてください。……晴香は、彼女はそのことを知っていますか？　彼女もインターネットでそういうサイトを見ていた。あれは情報を集めているんですか？　営業のために」

大声を立てたわけでもないのに、倉沢の声はわずかにかすれていた。

「倉沢さん。そんなことを言ってはいけない。彼女にそんなことを言ってはいけません。彼女が関心を持つのは別な理由のはずです。もう一度言いますが、ふたりで話し合ってみてください」

戸部の言うとおりだと思った。晴香とじっくり話し合う必要があるのかもしれない。

まともに挨拶《あいさつ》もせず、倉沢は退出した。

広瀬碧にもう一度電話をかけて聞くべきだろうか。「思いとどまったことを後悔していますか？」と。

11

めまいも頭痛もあまり好転していなかった。

それでも避けては通れない。待ちかまえていると、真佐夫がひとりで現れた。

「晴香はどうした？」

「一軒立ち寄る、って昨日言ってたじゃないか」

そういえば、そんな記憶もある。領収書に不備があって出し直してもらうのだと言っていた。

「なあ、倉沢」

しばらく沈黙の続いたあとに、考えごとをしている修介に真佐夫が話しかけた。

「何だ？」

「お前、ここ数日おかしいぞ。大学の先生のところで何か言われたか？」

「べつに。お前にも話したナゾナゾだけだ」

「そうか、なるほどな……」

「なんだその言いかた。引っかかるな。言いたいことがあるなら言えよ」

十秒ほど、窓の外を眺めてから、真佐夫が言った。

「倉沢、お前晴香に何か言うつもりか？」

「それは自分でわかってるだろう」

「何かとは？」

「たしかにひとつはっきりさせたいことがある。だが、西野には関係ないことだ」

「そうか」

真佐夫が肘《ひじ》をついて身を乗り出した。

「悪いことは言わない。ぶちこわしになるようなことは言うな」

「何をぶちこわすんだ？」

「俺が邪魔ならいつでも消えるさ。俺がいればお前の心も安まると思って、見たくもない景色を日がな一日眺めてるんだ」

「こいつは驚いた。お前がいたチームのあの偏屈監督だって、そんな言いがかりはつけなかったぞ。ぐうたらしてるのを見逃してやってるうえに、恩に着せられるとは思わなかった」

修介がつっかかっても、真佐夫は相手にしなかった。

「俺はもういい。晴香と仲よくやってくれよ」

「もういい、っていうのはどういう……」

修介がさらに言い返そうとしたとき、ドアを開けて晴香が入ってきた。

倉沢は見るからに不機嫌そうな晴香に声をかけた。

「ちょっと仕事の前に話があるんだ」

真佐夫は説得をあきらめたのか、軽く首を振って窓の外に視線を向けた。

「何？」

晴香の目つきが険しい。

「これからすぐ税理士さんのところに出かけなくちゃならないんだから、早くしてね」

「どういうことか説明してくれないか」

「何をよ」

虫の居どころは最悪かもしれない。顔にもあまり見たことのないような疲れが浮かんでいる。

戸部は「話し合え」と言った。倉沢もそのつもりだった。真佐夫は「言うな」と言った。みんなして俺に何か隠しているのか？

晴香を目の前にして、こらえていた思いが、言葉となって噴き出した。

「森本さんの依頼のことだ。資料の整理はいい。でも、作業のあと、どうして泊まらなければならないのか。それが不思議だった。あの人は話していてすごくまともな人だ。変わった体験もしているみたいだけどそんなことは誰にでもひとつやふたつある。俺が、頭を搔《か》きむしるくらいに不思議だったのは、君がひと言でいいから『そうだね』と言ってくれなかったことだ。泊まるなんて変だなと俺が言ったときに、『まったくね』と答えてくれていればそんなにこだわらなかった」

「同意してもらえなかったから、拗《す》ねてるの？」

「そうじゃない。人の言葉や行動にはすべて理由があるんだ。君はいつも馬鹿にするが、それは真実だ。君が『変だ』と言わなかった理由、それはあの依頼を君が仕組んだからだ」

倉沢は晴香にじっと目を据えていたが、あまり表情に変化は感じなかった。

「君は森本さんとはこの前の雨樋《あまどい》掃除よりずっと以前から顔見知りだったはずだ。どういうつながりなのかいまだにわからないが、戸部さんを中心にした自殺推進委員会のメンバーなんじゃないか？」

「そんな言いかたしないで！」

倉沢は口に出してしまってから後悔した。戸部に止められていたはずだった。

「あなたに何がわかるっていうの！」

それでも、真実ははっきりさせなければならない。

「じゃあ、言わせてもらう。今度のことは広瀬親子の一件で思いついたんじゃないか？森本さんの家に僕が泊まることが目的だったんじゃない。三日間、僕をこの家から追い出したかったんだ。優介がされたのとおんなじことだ。それで以前から知り合いの彼女に頼んだ。違うかい？　その間、君はこの事務所で何をしてた？」

晴香の目つきが、激情から次第に醒《さ》めたものに変わっていった。

「そうよ。せめて三日、あなたをこの家から追い出したかった。だから森本さんから、近いうちに本の整理を手伝ってくれ、と言われて、泊まりの依頼をしたふりしてもらったのよ。まんざらボケたわけじゃないのね。どうせならさっさと気づいて優介君みたいに気を利かして欲しかったわよ。いちいち『なぜだ。どうしてなんだ』ってうるさくてしょうがない」

吐き捨てるように言う晴香の目尻《めじり》が潤んでいた。よほど何かを怒っている。

「目的はなんだ？」

晴香がため息をついた。

「倉沢さん。あなた、昔はすごくきらきらしてた。私なんか近づいていいのかなって思うくらい存在感があった。だから、初めの頃はここで手伝えるのが嬉《うれ》しかった。……今じゃ面影もないよね。私、なんとかあなたを傷つけずに元に戻って欲しいと思ったけど、無理だったみたい」

「話をそらすなよ」

「それじゃ聞くけど、今がどういう時期か知ってる？」

倉沢は少し考えた。

「会社がという意味か？」

「そう」

「決算期だろう」

「それで？」

「それで、とは？」

「それでよく社長だなんて威張ってるわね。一度もまともに帳簿さえ見たことないからそういうことになるの。このやりくりにどれだけ苦労してるか、考えたことある？　何もかも人まかせにしてるからわからないのよ」

「そりゃ君ら兄妹《きょうだい》を信じてまかせてたからだ」

「そう言って済めば楽でいいわよね。自分は気の向いた仕事だけやって、その仕事さえしょっちゅうさぼって探偵ごっこみたいな真似して。私がいくら『やめて』って言っても気の乗らない仕事は勝手にキャンセルするし。せっかく村越さんが振り込んでくれたお金は返しちゃうし」

「金のことなら……」

「いいかげんに目を覚ましてよ！」

突然泣き出した晴香に、倉沢は戸惑った。反論すべきか理由を探るべきか迷う倉沢に向かって、晴香が食ってかかった。

「あなたが邪魔だったのよ。先月から急に忙しくなって、計算や書類の整理が追いつかなくなった。もう期限が迫ってるの。昼間は仕事があるから、夜中やるしかない。どうがんばっても三日は徹夜しないと追いつかない。でもここはあなたの家でもあるから、夜中仕事してれば当然顔を出すでしょう。そしてきっと言うじゃない。『真佐夫に手伝わせればいいじゃないか』って」

「そのとおりだ」

「もう、やめてよ」

半分泣き声になっている。

「何？　どういう意味だ」

「あなたの寝言に付き合うのはうんざりしたって言ってるの。そんな寝言を聞きたくなくて三日間外泊してもらったのよ」

「だから、何のことだ？」

「知ってる？　倉沢修介と一緒に食事するほど不愉快なことはないのよ。何を食べても、ああこのスパゲッティは不味《まず》い、このラーメンは美味《うま》くない。そして酒もジュースも絶対飲まない。真冬でもただの水か、何も入れないアイスティーを無表情で飲むだけ。何をしてもつまらない、何を見ても面白くない。一緒にいる人間をどれだけ不愉快にさせてるか考えたことあるの？」

　愉快にさせているとは思っていなかった。

「私は知ってる。あなたがあの事故以来、食べることも飲むこともいろんな趣味も、楽しむことのすべてを捨ててること」

「ちょっと待ってくれ……。西野にボールをぶつけた事故のことを言ってるならそれは勘違いだ。俺が酒を飲まないのはただ嫌いになっただけだ。あの事故のせいじゃない。現に西野にぶつけた夜も、翌年のオープン戦でめった打ちにされた夜も、浴びるほど飲んだぞ。きっと一生分飲んで飽きが来たんだ。それに不味いんじゃない、味がしないんだ。きっと慣れない仕事でストレスが溜《た》まったんだ。味覚がおかしいだけだ。そのうち治る」

　倉沢には、喋《しゃべ》りながらも、「いつもの自分らしくない」という醒めた感覚があった。何もむきになって言い訳するほどのことでもない。

「私が言ってるのは、あの試合中の事故のことじゃない」

何？

「兄貴の接触事故のことを言ってるの。……ねえ、聞いてる？」

また、めまいが強くなった。頭の芯《しん》が揺れた。

「兄貴はね、デッドボールで視力障害とめまいの発作が起きる後遺症があったのに、毎晩のようにどこかの馬鹿と飲み歩いてた」

倉沢を睨《にら》む。

「そしてある夜、中央線のホームでふらついて、形が変わるほど頭をぶつけたのよ、快速電車に」

倉沢はもう晴香を見ていなかった。今まで体験したこともないほど震える左手を、右手で抑え込もうとしていた。

「この事務所を立ち上げてまだ一ヵ月も経っていなかった。まともに仕事を始める前に、兄貴は取り返しのつかない大怪我をした。頭の皮はごっそりめくれて、頭蓋骨《ずがいこつ》はテーブルに落っことしたゆで卵みたいに変形しちゃった。あなたは……、兄貴に二度も怪我をさせたと思って、どうしてもそのことを認めたくなかった」

遠い子供の頃、そうだまだ家族四人が一緒に暮らしていた頃だ。高熱を出して寝ている倉沢のところへようすを見に来た母親が何か話しかけた。すぐそばで話しているのに、どこか遠くから聞こえてくるようだった。今の晴香の声はそれに似ていた。

「いい？　しっかりして！　あなたは事実をどうしても認めたくなくて、兄貴の幻を作ったのよ。あなたは毎日兄貴と口喧嘩《げんか》しているつもりかもしれないけど、私から見ればただ窓に向かってひとり言を言ってるだけ。……ねえ、ちゃんと聞いてる⁉」

視線がうつろになった倉沢の肩を、晴香が揺すった。

「本物の兄貴は、今も病院のベッドの上で、自分じゃ寝返りも打てない植物状態になって寝てるのよ。あなたの百倍も颯爽《さっそう》として恰好《かっこう》よかったのに……。いいかげんに現実を認めなさいよ、意気地なし！」

突然晴香の手が伸びて、思い切り頰を張られた。

「今のが兄貴の分」

もう一度。

今度は首がきしむほど強かった。

「今のが私の分」

晴香のまつげは濡《ぬ》れてまぶたに張り付いていた。

「兄貴がもう元に戻らないなら、ただ何十年も寝てるだけの人生じゃない選択肢もあるんじゃないかって考えた。そりゃ尊厳死なんて薄情かもしれない。でも身内の辛《つら》さなんて他人にはわからないわよ。まして、ただ逃げただけのあんたなんかに」

晴香は机の上にまとめてあった書類をブリーフケースに乱暴に詰めながら鼻をすすっていた。

「馬鹿」という言葉が何度も聞こえた。

出かける支度の整った晴香が倉沢を睨んだ。

「決算の手続きをしてくる。私が手伝うのはこれで終わり。明日からはひとりでやって」

そう言い捨てて、晴香は部屋を出て行った。

倉沢は呆然《ぼうぜん》と晴香の去ったドアを、そして西野の定位置を眺めた。

真佐夫はまだそこにいた。

いつもの無責任な表情を浮かべて修介のことを見ていた。

「あれはいったい、何のことだ?」

真佐夫に聞いた。

彼は薄ら笑いを浮かべたまま何も答えなかった。

さらにひと言かけようとして気づいた。窓ガラスに、引きつった笑顔の自分が映っていた。

倉沢の顎《あご》から何かが滴り落ちた。晴香に殴られてどこかが切れたのかもしれない。倉沢はその濡れたものを指にとった。

それは血ではなかった。

透明で、なめてみると塩の味がした。

12

翌日、倉沢修介は始業時刻ぎりぎりまで寝室でぐずぐずしていた。

カーテンの隙間から、初夏の陽光が枕もとまで差し込んで、寝てはいられない。しかし、起きあがろうという気力が身体のどこにも見当たらなかった。酒も飲んでいないのに、頭がふらふらした。

勤め人ならこんなときは休むのだろうか——。

しかし、倉沢の通勤は階段を降りるだけだ。休む言い訳を考える時間もない。シャワーで寝汗を流して、事務所へ降りた。

事務所の前を通りすぎるエンジンの音がした。「会社に住んでいるくせに、遅刻しないでよ」いつも倉沢を叱っていた晴香の声は聞こえない。

室内に人の気配はなかった。

陽光を照り返す葉が窓の外で揺れているだけだった。

修介は今日の予定を確認してから、キャンセルの電話を入れた。あまりに急で一方的なキャンセルに手配担当の事務員が珍しく声を荒らげていた。仕事がぐんと減るかもしれない。いや、これで本当に終わりかもしれない。……それもしかたない。今は、どこを絞っても勤労の意欲が滲《にじ》み出てきそうにはない。

謎はすべて解けた。ぼんやりとそんなことを考えた。

最初に話を持ち出したのは晴香かもしれないが、事情を知った森本初枝は倉沢を研究の対象にしようとしていたのだろう。彼女がした風変わりな話はそのためだったのだろう。遠慮があって義母にはできなかった質問を試してみたかったのかもしれない。授業の材料にでも使いたかったのか。

しかし、今さらどうでもよかった。

ひとつ思い出したことがあった。田中の人のよさそうな笑顔。電話をかける約束になっていた。

――明後日《あさって》、練習試合っすけど、向こうはけっこう強豪です。社会人野球の経験者がふたりもいるんすよ。ずばっとやっちゃってくださいよ。

昨日、興奮気味に語っていたのを思い出す。田中が電話に出た。

「悪いがやっぱり明日はダメだ。体調が悪い」

「ええーっ。残念すねぇ。対戦して欲しかったな。特に四番の豊岡、ぼかすか打つんすよ。今まで所属していたノンプロのチームがリストラで廃部になったらしいすけどね。次の行き先が決まるまで練習代わりに試合に出てるって感じすね」

何も耳に残っていなかった。

「次の機会に」

「次っていうと、来月の多摩地区大会で当たる可能性あるんすよ。試合が盛り上がったこぞってときに登場してくださいよ。メンバー表に入れときますから。まさかあの倉沢修介だなんて思わないだろうな。……そうだ、わざと漢字間違えておこうかな、だってそんなのしょっちゅう……兄貴、どしたんすか？　具合悪そうですね」

何を言っても、「ああ」程度の返事しかしない倉沢の異常にさすがに気づいたようだった。

「ちょっと体調が悪いんだ。キャッチボールも二、三日休む」

「わかりました……。お大事に……」

大事にするものなど、もうなかった。


二日後、意識は拒絶していたが身体に求められて、軽めの走り込みをした。

うっすら汗をかいて事務所に戻ると、玄関先に華やかな包装紙に包まれた荷物が置いてあった。倉沢が手に取ってみると、よく目にする機会のある有名な洋菓子店の包みだった。包み紐《ひも》に封筒が挟んである。倉沢はそれを抜き取り中身を出した。

青空に浮かぶ雲が薄めに刷り込まれた便せんに、細かな文字が書き込んであった。四枚半にわたってびっしりと埋めつくされている。倉沢は本文を飛ばして差出人を見た。

森本初枝。

倉沢は開ける途中だったドアから事務所に入り、まだ読んでいない手紙と封筒をシュレッダーにかけた。それからまた表に出て、菓子の包みをぶら下げたまま公園に戻った。

倉沢はゴミ箱を探し、紐もほどいていない包みをそこへ捨てた。

第四章　利腕

1

インターフォンが応答を求めた。

倉沢は、時間を確かめようと思ったが、部屋にひとつだけある時計は少なくとも三日前に見たときには電池が切れていた。確かめるためには事務所へ降りなければならない。もう何日時計を必要としない生活を送っているだろう。壁のカレンダーをめくるのも忘れている。

数日前から六月になっていたはずだ。

あの日以来、晴香は出社していない。倉沢は、仕事をすべて断っていた。いや断るというのは正確ではない。『アリエス』には当分休業の連絡を入れたきり電話にも出なければ、留守番電話のスイッチも切っている。このまま廃業でもかまわないと思っていた。

朝、日が昇る頃には目覚める。それから二時間ほどベッドの中でぐずぐずとしている。喉《のど》が渇けば枕もとのミネラルウォーターを飲み、すぐに頭から上掛けをかぶる。太陽の角度が高くなりほとんど窓から陽が差さなくなって、誰も出社して来ないことがはっきりした頃、ようやく起き出して階下へ降りる。それが日課になった。

誰もいない事務所。

——今度こそ店じまいだ。

口癖のように言っていたその夢がかなっただけなのだが、倉沢は想像もしていなかった喪失感に戸惑っていた。これから、何をどうすればいいのか。今まで相談に乗ってもらっていたふたりはそこにいなかった。


再びインターフォンが鳴った。

いつものように無視するつもりでいた。どこの誰であろうと開けるつもりはない。唯一の例外は田中だったが、彼が来るのはいつも夕方と決まっている。しかし二階にもつないであるスピーカーから流れて来たのはその田中の声だった。

「兄貴、ちょっとだけでいいから開けてくださいよ」

コードを抜いておけばよかったと思ったが、聞いた以上無視し続けるわけにもいかなくなった。彼は倉沢の生活習慣を把握している。両親や姉と暮らす田中が毎日のように差し入れてくれる料理で生きているといっても大げさではない。

倉沢はベッドから起きあがり、手グシで髪をさっと整え、何日も洗っていないスウェットパンツに、ほとんど使い捨てに近い下着代わりのTシャツといった恰好《かっこう》で下へ降りた。

「今日はずいぶん早いな。何か用かい」

ドア越しに荒れた声をかける。

「これじゃ話しづらいから、ちょこっと開けてくださいよ」

ドアの向こうで田中が大声をあげている。いつものことだが、隣近所に筒抜けだ。倉沢は天井に向かって大きなため息をついてから、ドアを開けた。

「悪いが、俺は……」

「ちわす」

嬉《うれ》しそうな声で挨拶《あいさつ》する田中の後ろに、男がひとり立っている。途端に警戒心が湧いた。

「戸部さん、仕事の話なら当分お断りしますよ」

ぶっきらぼうに言う。愛想もない代わりに、憎しみもない。そして顔を合わせる戸部も田中の肩越しに言った。

無表情に近い。

倉沢は、田中を軽く睨《にら》んだ。

「お前さんだと思ったから開けたのに」

閉めかけたドアを田中の手が摑《つか》んだ。

「ちょっと待ってくださいよ、兄貴。そんなに引きこもってたら身体に毒ですよ」

「お前さんの心配には、どうせ下心があるんだろう？……大丈夫だ。走り込みだけは毎日馬鹿みたいにやってるから、身体の心配はない。ただ、試合で投げる気にはなれないけどな」

「兄貴、情けないこと言わないでくださいよ。野球ができなくたって、兄貴のことは尊敬してますって。この戸部社長さんが『どうしても頼みたいことがある』ってわざわざ俺のところに寄ってくれたんです」

頼りにされたことが嬉しそうだった。

「誰の知恵ですか？」

「知恵とは？」

「聞くまでもないか。晴香ですね。相手が花屋ならドアを開けるだろうっていうのは彼女が思いつきそうなことだ」

田中が口を挟む。

「みんな心配してるんすよ。それと、戸部さんの話だけでも聞いてあげてくださいよ。お願いします」

田中にしては珍しくまっとうな話しぶりだった。倉沢は閉めかけたドアを摑んだまま迷っていた。

彼らふたりには多少の借りもあった。

「わかりました。手短にお願いします」

社名である『ヴェスタ・サービス』は、元々この戸部に考えてもらった。「ヴェスタ」とはローマ神話に出てくる竈《かまど》の女神の名で、団欒《だんらん》をも意味するらしい。らしい、というのは倉沢自身はまったく興味がなく、調べてみたこともないからだ。

久しぶりに戸部を事務所に迎え入れることになり、ふとそんなことを思い出した。倉沢は苦笑いを浮かべようとして、顔が引きつりかけたのでやめた。少なくとも、今の状態は、団欒と呼ぶにはほど遠いかもしれない。

ふたりを暖炉と憩いの場であるはずの事務所に通した。

「晴香ちゃんから、およその事情は聞きました」

応接セットに腰を降ろすなり、戸部が口を開いた。

「今日はよけいなお節介や同情で来たのではありません。純粋に仕事の依頼で来ました。でも……、こうして会ってみると、やはりひと言言いたくなります」

倉沢の瞳《ひとみ》が曇るのもかまわず、戸部が続けた。

「あなたがそうやって燻《くすぶ》っているのは惜しい。晴香ちゃんの言うとおりだ。私が最初に会ったときの倉沢さんは、仕事のあてもないのになんだかきらきら光っていた。今でも覚えています。バーの薄暗いボックス席の中で、あなたのところだけスポットライトが当たっているようでしたよ。私はそんなあなたとぜひ一緒に仕事がしたいと思って、巻き込んでしまった。そのことで結果的に嫌な思いをさせてしまったのでしたら、謝罪します。私に協力できることがあれば言ってください」

倉沢は左手の指先を見つめながら聞いていた。顔をあげずに返した。

「戸部さんの仕事を引き受けようと受けまいと、今のこのありさまに変わりはなかったと思います。むしろこれまで仕事を回してもらって感謝しています。今は……、しばらく放っておいてください」

脇で田中が心配そうな表情でうなずいている。

「それより戸部さん。せっかくだから聞かせてください。あなた、晴香の何です？　本人にも聞きそびれました。晴香とは前からの顔見知りですか？」

戸部は一瞬言い淀《よど》んだが、言葉に詰まるほどには悩まなかった。

「晴香ちゃんの親父さんと古い友達なんです。真佐夫君があんなことになってすっかり老け込んでしまったですがね。ああ……、悪く取らないでください」

皆おなじことを言う――。

真佐夫の話題のあとに決まってこう言うのだった。

――気を悪くしないでください。

そんな言葉が出てくる以上、自分に向けられているのは同情と非難。意識しようとしまいと。つまり、やったのはお前だと宣言しているのだ。

「ということは、私がこの仕事を始めたきっかけも偶然じゃなかったわけですね」

「まあ、晴香ちゃんに相談を受けたのがそもそもの始まりでした。でもさっきも言ったように……」

今さら、過去の事情などどうでもよかった。倉沢は戸部の言葉を途中で遮った。

「いつも冗談で言ってましたよ。世界中の奴が厄介ごとを持ち込んでくるみたいだって。

まんざら見当はずれでもなかったわけですね。戸部さんも晴香も村越も、みんなグルだったんだ。皆で僕に同情し、仕事を持ち込んだんだ」

戸部は反論しなかった。倉沢はそれ以上追及する意欲もなくしていた。

「それで、ご用件は？」

「ひとつ仕事をお願いしたいんです」

「申し訳ありませんが、タンスを担ぐ気分じゃない」

田中を指差した。

「この二代目なんかどうです？　どうせつぶれかかった花屋だし、ロクに仕事もしないでぶらぶらしてるだけですから、うってつけですよ」

突然の紹介に田中が目をむいた。

「そりゃないすよ。ひでえな。俺に当たらないでくださいよ。あの店、俺で持ってるんすからね。飲みに行くんだって、営業のうちなんすから」

戸部は田中に興味はないようだった。

「力仕事ではありません。もう一度『付き添い』の仕事です。受けてもらえませんか」

倉沢に苦い笑みが浮かんだ。

「たった三回引き受けて、三回ともロクな目に遭ってません。まして社長さんみずからお出ましじゃ、とびきり酷《ひど》い中身に決まってる」

「ご名答です」

その答えが気に入って、久しぶりに声に出して笑った。

「それで、どこのどなたです？」

「私、そして私の娘。車で付き添って欲しいんです」

「あなたと娘さん？　つまり、親子旅行の体《てい》のいい運転手ですか？」

「そうともいえます」

「どこまで？」

「どこまで行くかはあまり問題ではありません」

「戸部さん。禅問答みたいなことに付き合う気分じゃない」

「申し訳ない。……おそらく仙台の少し先、石巻《いしのまき》あたりになると思います」

「石巻？　別荘でも探しに行くんですか？」

「二ヵ月前、私の娘の母親が死にました。石巻市の出身でした。その故郷へ行きます」

倉沢が口にする程度の皮肉では、戸部の表情は皺《しわ》さえも動かない。故郷へ行くというのに「あたり」とはどういう意味なのか。相変わらず戸部の話は摑みどころがない。

「妻と言わずに、わざわざ娘さんの母親と呼ぶのは、それなりの事情がおありだと思いますが、でしたらなおさら親子水入らずで行かれたらどうです？　戸部さんなら金があるんだから、飛行機でも新幹線でもお好みのままでしょう。それともあれですか……」

以前の倉沢であれば、そんな言葉が自分の口から出るとは思えない言葉を吐いた。

「それとも……、元プロ野球の選手に運転手をさせて娘さんにいいところを見せたいんですか」

戸部は珍しくあわてて「とんでもない」と手を振った。

「乗り物が何かは問題ではない。倉沢さんに付き添っていただきたい。しかしその理由は今おっしゃったような見栄《みえ》を張るためではありません。広瀬親子の一件で、そしてウィルマ帰国のいきさつをうかがって思いました。あなたの人間性が救いになるかもしれないと」

「誰の救いです」

「私たち親子の」

「今度は親子の断絶の調停ですか。来月あたり民営の家庭裁判所でも開設しますよ。繁盛するでしょう。……私は今、他人の家庭の仲を取り持つ気持ちの余裕はありません」

倉沢は、戸部がずっと言おうとして言い出しかねている言葉があるのはわかっていた。だから珍しく持って回った言い方をしているのだと。しかし戸部も、ようやく踏ん切りがついたようだった。

「あなたの会社には未回収金がずいぶんとあります。ロイヤリティはほとんどいただいていませんし仲介手数料はすべて留保しています。もし今これを全額請求したら『ヴェスタ』は立ち行かない」

「脅迫ですか？」

「感情的なとらえかたをすれば、酷いといえるかもしれません。しかし私はビジネスマンです。倉沢修介の資質を買い、ビジネスとして代償を払います。依頼を受けていただけたら、債権放棄をします。贈与にならない税法上の手続きもこちらでやります」

倉沢が言い返す前に、戸部が言葉をつないだ。

「それから、法律の問題を出すなら公平を期すためにお伝えしておきます。収支が破綻《はたん》したら、あなたには民事再生や破産の選択肢もあります。つまり逃げるという道もあります」

倉沢は風に揺れる木々の葉を眺めていた。いつも変わることのないその単調な動きを眺めていると、心が落ち着いてくるのが不思議だった。真佐夫が眺めていた気持ちがわかる、と思った。

つい、笑いが漏れた。

そうだった。眺めていたのは、真佐夫の目を通した自分自身だったのだ。とうとう笑い声を立ててしまったので、しかたなく言葉を続けた。

「プロ野球の世界は個性的な奴らばっかりです。というより、あたりさわりのない平凡な性格じゃあ、ひとシーズンも持ちませんからね。あなたもご存知の村越なんか紳士的なほうですよ。たいていの変わった奴は見てきました。その私でも、戸部さんの息子に生まれてきたいとは思いませんね。逃げ道があると言われたら、僕が逃げられない性格なのを知って言ってる」

戸部が微笑んだ。

「娘もまったくおなじことを言います。あんたなんかの娘に生まれたくなかった、と」

ふたりが帰ったあとで、倉沢は最近の日課になった、ランニングを始めた。

皮肉なことに鍛え始めた肉体が、汗を求めるようになっていた。

自分に向けられる言葉や態度を責める資格などない。晴香の言うとおりだとすれば、そしておそらくそのとおりなのだと思うが、自分はただ逃げていただけだ。振り返りもしないで一目散に逃げ出した臆病者《おくびょう》だ。自分は本当にそんな人間なのだろうか。

もう少し待ってくれ――。

晴香にはもう少しだけ待ってもらおう。戸部親子の問題に決着がついたあとで、すべてのことを見つめ直そう。

倉沢は走った。やがて息があがり、理屈でものを考えることができなくなり、あらゆる感情が汗と一緒に蒸発して大気に溶け込んでゆくまで、走り続けた。

2

倉沢修介は一行の顔ぶれを見渡しながら、どういう反応を示したものか戸惑っていた。

新宿の百人町にある『アリエス』本社の駐車場。午前九時にまだ十分ほど間があった。

倉沢の一番近くに立っているのが、今回の依頼主でもある戸部社長。ブルーストライプのシャツにグレーのスラックス、濃いクリーム色のジャケットを手にかけ、いつもながら無表情に近いかすかな笑みを浮かべている。

二メートルほど離れて立っている若い女が、話に聞いた戸部の娘だろう。二十一歳になったばかりだそうだ。本名井上さくら。芸名は『SA・KU・RA』と聞いた。「全部英字の大文字で、どういうわけか、音節ごとにナカグロが入るそうです。記号ではなくてこれが名前だそうです」と戸部が説明した。表情には出さないが、好きとか嫌いではなく理解を超えているといったようすだった。六ヵ月前に発売された事実上のデビューシングルがそこそこ売れているらしい。テレビのバラエティ番組に出始めているらしい。今は二枚目のレコーディングに入る直前の微妙な時期らしい。

テレビやまして週刊誌のグラビアなど見る習慣のない倉沢には、すべてに「らしい」という程度の知識しかなかった。

井上というのは三年前に死んだ戸部の妻の姓ではないと聞いた。別な女性との間に子供をもうけていたことになる。

倉沢はさくらの頭からつま先までをさりげなく観察した。

芸能人風を吹かせた態度には感じないし、香水臭くないのは好ましい。迷彩模様のカットソーの上に銃殺刑になった囚人が着ていたとしか思えないデニムのジャケットを着込んでいる。ピアスは外見では耳だけ、服の下までどうかはわからない。ジーンズは三ヵ所ほどぱっくり割れて、太腿《ふともも》が露《あらわ》になっているし、ベルトの位置がかなりずり下がって下着が見えているが、あまり見つめているとトラブルの元かもしれない。

さくらは、黒い革製で角にメタルの補強をしたスーツケースを持参していた。この中に例のものが入っているのだろうか。

倉沢は芸能人と付き合いがないわけではなかった。特に現役の頃は、シーズンオフになればバラエティ番組で意に沿わない三枚目役をさせられたこともある。成人式も迎えていないような若いタレントを見て、「この中の何人が来年も残っているだろう」などと考えていたが、明日は我が身であったと、思い知らされることになった。

そのいわゆるアイドルたちと比べても、顔つきは華奢《きやしや》だった。小ぶりな鼻、薄い唇、細く切れ長の目、細く尖《とが》った顎《あご》。戸部にはあまり似ていない。確かに美人の一典型だろうと思う。だが、ビーナスだろうが鬼子母神だろうが今の自分には関係ない。

気になるのは、彼女の射るような目つきだ。

昔、倉沢が投げて負けた試合に有り金をすべて賭《か》けていたのだろうか。

そんなことを聞いてみたくなる視線を投げつけている。しかし、少し観察するうちに、彼女が戸部に対して向ける視線に比べれば、まるで陽差しを浴びた羽毛布団のように温かみがあることがわかって、気が楽になった。

「こんにちは」

とりあえず全国共通の挨拶《あいさつ》を試みる。さくらはただ睨《にら》み返しただけだった。戸部も苦笑を浮かべている。

倉沢は間が持たなくなり、さっきから視線の隅で気になっていた彼女の足もとに目をやった。

おまけに、こいつはいったい何ごとだ——。

どう考えても場違いなしろものが、さくらの足にまとわりついている。「こんな話は聞いてない」とあやうく口に出しそうになったが、誰かが話題に出すまで触れないことにした。もしかすると、これも幻かもしれない。

仕事もせずに、トレーニング三昧《ざんまい》の毎日を送るようになっていくらかよくなってきた左手の震えが、再びぶり返しそうだった。倉沢は気を取り直して最後のメンバーに視線を移した。

左手どころか全身に震えが蘇《よみがえ》りそうだった。

怒りは感じなかった。ただ、無表情に倉沢を見返している。それがいっそう不安にさせた。倉沢は頬がうずくような気がして、知らぬ間に手を当てていた。

「久しぶりですね」

どんなときであれ、礼儀は欠かさないことにしていた。

「そうね」

晴香が無愛想に応《こた》えた。

結局、彼女が同行すると聞いたことも、引き受ける気になった要因のひとつであることを、戸部に悟られないよう努力した。しかし戸部はそんなことは見抜いているだろう。見抜いているというよりは、計算のうちかもしれない。どうであれ、その表情から、腹の中を探るのはむずかしい。

十分近くも苦笑を浮かべていることに疲れたのか、戸部が場をまとめた。

「さ、顔合わせは済んだようですし、出発しますか。まあ、事故にだけは気をつけて。よろしくお願いします」

倉沢は右手をあげて、了解の合図をした。溜《た》まっていた息が漏れた。

「さあ、いつまで立ったまま睨み合っていてもしかたがない。皆様方、ご乗車ください」

倉沢と晴香が前列。交替で運転手とナビ役を務めるためだ。

戸部とさくらがうしろのシートに乗ることになった。

倉沢はさくらのためにスライドドアを開けてやった。ついでにスーツケースを持ってやろうとして睨まれた。彼女はそれを荷台の隅にしっかりと立てかけた。

「急カーブで倒れるかもしれない」

倉沢は親切で言ったつもりだった。スーツケースの蓋《ふた》でも開いて、例のものが散乱するようなことになっては寝覚めが悪い。

「いいよべつに」

想像していたよりは愛想のいい言葉が聞けた。

さくらはスーツケースを積むと、ふた抱えもありそうなおそらく元々は犬用と思われるケージを組み立て始めた。業務用に三列目のシートは取り外してあるが、このケージを積めば荷台の半分ほどは占領されることになりそうだった。

無事ケージを積み込んださくらは一旦《いったん》車から降り、静かに待っていた足もとのそれを抱きかかえようとした。やはり幻ではなかった。

何が起ころうと口出しをしないと誓っていたはずだったが、早速禁を破った。

「ちょっと待って。さっきからどうしても気になっていたんですが、その……、その何て言うか、ポークは本当に連れていくんですか？」

さくらの倉沢を睨む目がさらにきつくなった。

「失礼な奴。ちゃんとハナっていう名前があるんだよ」

そう言って、彼女は豚の仔《こ》らしきものをしっかり抱きかかえた。その小ささからして、ミニブタと呼ばれている種類なのかもしれない。

「さ、ハナちゃんおいで」

さくらに抱きかかえられた仔豚が倉沢の匂いを嗅《か》ごうとして鼻をもごもごと動かしている。黒目がちというよりはほとんど黒目ばかりのつぶらな瞳《ひとみ》で倉沢の顔を見上げている。片側の目の周りだけ、パンダのように黒い模様がついていた。抱かれているハナの腹が見えた。レディは全部で三人だということがわかった。

「ハナちゃんていうのか。仲よくしような」

倉沢が挨拶代わりにハナの腹をなでようとしたところ、さくらが倉沢の手から庇《かば》うようにあわてて身をよじった。

「俺だってそんなにすぐには食わないよ」

さくらの視線は不服そうな表情を浮かべる倉沢の眉間《みけん》を貫きそうだった。

首都高へは北池袋インターから乗ることにした。その先の道のりは考えるほどのことはない。首都高から東北自動車道へ、あとは目的地近くまで信号すらない。そして石巻までほとんどスケジュールが決まっていない一泊二日の旅。そしてこいつが最後の付き添い屋の仕事になるはずだ。

人間四人とミニブタ一匹、そして、そもそもこの旅の目的のひとつであるそれ。すべて積み込んだ。

ハナは自分用のケージにブランケットを敷いてもらい機嫌がよさそうだった。ケージは蓋が開けてあって出入りができるようになっている。ときおり出て来てはさくらに鼻面を押しつけたりしている。

スタートは快調だった。晴香が怒り出すこともなく、ハナが粗相をすることもなく、そして突然西野真佐夫の悪態が聞こえることもなく、無事に東北道に入ることができた。

少しばかり長旅になる。赤切符覚悟で飛ばし、さっさと目的地に着きたい気持ちも倉沢にはあったが、特別急いでくれとも言われていない。今回は乗客も多い。ほどほどの運転でいくことにした。

「気が向いたら交替してくれ」

倉沢が前方を見つめたままぼそっと言う。ヘッドレストに頭を載せ目を閉じた晴香が無言でうなずいた。

さくらは首からぶら下げた、使い捨てライターを連想させるフラッシュオーディオプレーヤーでじっと音楽を聴いている。戸部はブリーフケースからファイルノートを出してペラペラめくりだした。なるべく仕事は持ち込まないと言っていたはずだった。

手持ち無沙汰《ぶさた》なのはハナだけのようだった。

「ハナちゃん。行儀がいいね」

倉沢が声をかけた。

さっきまで、うろうろ歩き回り、そこらじゅうの匂いを嗅いでいた。飽きたのか安心したのか、今は眠そうに寝転がっている。脇には専用トイレも置いてある。躾《しつけ》はいきとどいているらしい。

ハナは自分の名を呼ばれたことがわかったのか、急にきょときょとした顔を倉沢の方に向けた。

「ハナちゃんはどこが一番美味《おい》しいのかな」

倉沢は半身振り返って、ミニブタにほほえみかけた。ハナが嬉《うれ》しそうに「ふご」と答えた。

「ハナに変なこと言わないで」

さくらが怒っている。聞こえていたらしい。

「失礼。ちょっとヒマだったもんで」

「ちょっと。こっち見ないで前見て運転してよ」

眉間に皺《しわ》が寄っている。似ていないと思ったが、きりりとした目もとは父親似かもしれない。性格はどうだろうか。倉沢は戸部が感情にまかせて怒っているところを見たことがない。

「実は運転があんまり好きじゃなくて、ときどき眠気覚ましに一回転したりするんです。しっかりシートベルト締めておいたほうがいいですよ」

「晴香さんに聞いてたとおり」

「何を？」

「さあね」

「晴香とは知り合い？」

「今回、付き添ってもらうよう私が頼みました。女性の連れもいたほうがいいだろうと思いまして」

今まで黙っていた戸部が、突然口を挟んだ。

実はそのことは戸部自身から既に聞いていた。話の振りに聞いてみただけだ。

さくらはむすっとしたまま変わらない。

「じゃあ、自己紹介はしなくていいかな」

返事はなかった。ご主人様に代わってハナがまた「ふご」と鼻を鳴らした。

知らない間にこいつを食ったら飼い主も泣くだろうか。ふとそんなことを考えた。

――断っておきますが、今度こそよけいなお節介はやきません。目の前で、マムシの躍り食いを始めても止めるつもりはありませんよ。

――けっこうです。

それでようやく引き受けた付き添い兼運転手役だった。

「散骨？」

旅の目的を聞いた倉沢が聞き返した。

「ええ、そうです。さくらの母親の遺骨を故郷の海に撒《ま》きに行きます。彼女のかなり強い希望です。最初はマネージャーから連絡が来ました。そのために二日間、休みがとれなければレコーディングはしないと、それどころか仕事も辞めると。だいぶ事務所も困らせたようです」

「デビューしたてなのに、大物ですね。さすが戸部さんの娘さんだ」

「やめてください。二日というので事務所側も折れたようです。私に連絡が来たその理由なんですが、さくら本人が私の同行を望んでいると」

「親子旅行がしたい？」

「そんな穏やかなことではないと思います。母親の遺骨の前で私に何か言いたいことがあるんでしょう」

「そのためにわざわざ石巻まで？　しかも墓には入れないんですか？」

「海に撒く、の一点張りです」

「それで、なぜ車で？」

「わかりません。それも彼女の希望です」

親子ではるばる石巻まで散骨に行く。その運転手を務める。倉沢は心の中で笑っていた。

俺の人間性が救いになるだって――？

何の救いだというのか。

戸部のことだ、必要なことのほとんどは話していないだろう。聞かなくとも想像はつく。落ち込んだ人間を元気づけるには、壁に突き当たった人間を立ち直らせるのには、もっと惨めな人生を見せるのが手っ取り早い。

ある日突然カクテル光線の下に立てなくなった人間がどうやって自分を慰めているか。それを見せたいのではないか。年収が二十分の一に落ちぶれた男がどう這《は》いつくばっているのか、それを見せたいのではないか。友人を再起不能に追いやった人間が、どう自分をごまかしているのか。それを……。

いいでしょう――。

心の中で答えた。

二十歳そこそこで挫折《ざせつ》ごっこをしているなら、この自分の姿を見て笑ってまた歌を思い出せばいい。

3

「SA・KU・RAっていう芸名は自分で考えたの？」

本当はそんなことはどうでもよかった。ただ、退屈で襲ってくる睡魔になんとかして耐えなければならない。隣に座る晴香は返事すら期待できないので、まだ歌手のほうが望みがあると思った。面倒くさくなってすっかりぞんざいな口の利きかたをしているが、さくらもそんなことは気にしていないようだった。

無視されるかと思ったが、意外にも返事が聞こえた。

「べつに。決められただけだから」

「本名をもう一度聞いていいかな」

「井上さくら」

「そっちのほうが可愛い感じもするけどね」

「可愛くなくたっていいよ」

よし、ようやく目標が見つかった――。

倉沢にとって、今回の旅は苦痛以外の何ものでもなかったが、これでようやく張り合いができた。このSA・KU・RAと友達になってみよう。別れ際に挨拶《あいさつ》してもらえる程度の。

優介ともウィルマともやっていけた。ハナを味方につけてみるのもいいかもしれない。

「テレビには何回くらい出てる？」

「数えてない。レギュラーは週一本。あとは単発。今度のシングルがよければ、十月からふたつ増えるって言われてる」

出会いの挨拶では睨《にら》みどおしだったが、今は意外なほどすんなり受け答えしている。根はやはり子供なのかもしれない。

さくらが大きなあくびをした。倉沢もわけてもらった。戸部は少し前から狸寝入りをしている。倉沢は彼女が多少なりとも喋《しゃべ》るのは、戸部が口をはさまないせいかもしれないと思った。

「どんな歌、歌ってる？」

「どうでもいいじゃん。……おじさん、テレビ見ないの？」

ぶっきらぼうに聞く。

「申し訳ないけど、テレビは見ないんだ。買う金がなくて家にない。それより、おじさん」

「立派なおじさんだけど。……自分もおなじかな」

「若いのに可哀想《かわいそう》だな。買えないんだったら、俺のを貸そうか？」

「さっき、ないって言ったじゃんか」

さくらの顔に笑みが浮かんだような気がしたが、確認できなかった。

「どうせあったって見ないよ。見てて自分が映るとチョウむかつくから」

「君も変わってるな。普通は逆なんじゃないか。自分が映るシーンしか見ない、とか」

「そういうコもいるね。でも自分は見たくない」

「じゃあどうしてこの世界に入ったんだい？」

「関係ないね」

ごもっともだ――。

そのとき、ギリギリの車間に割り込んできた車があり、倉沢はクラクションを鳴らしながらブレーキを踏んだ。がさっと音がして、スーツケースが倒れた。

起きている者も寝たふりをしている者も、息を呑《の》む気配が車内に充《み》ちた。

さくらはあわてず半身を起こすと、スーツケースを元どおりに立てかけ、何ごともなかったかのようにシートに座り直した。

「ちょっと寝るから」

さくらがシートを倒す音が聞こえた。

よほど普段寝不足が溜《た》まっていたのか、すぐに寝息が漏れてきた。一瞬緊張した車内の空気も同時にほぐれた。これでまた静寂が訪れる。

しかたない、ハナとコミュニケーションでもはかっておくか――。

倉沢がミニブタに声をかけようとしたとき、寝ていると思った晴香が眼を閉じたまま言った。

「疲れたら言って。運転交替するから」

わずかだったが、重たく垂れ込めていた倉沢の気が晴れた。嬉しくなってハナに声をかけた。

「ハナちゃん、こっちこないか」

振り返って、指先で「おいで」をすると、よたよたやってきた。

コンソールボックスの後ろから鼻面を出して匂いを嗅《か》いでいる。

倉沢は左手を嗅がせてやった。少々湿っぽかったが気にするほどのこともない。つぶらな黒い瞳《ひとみ》で倉沢を見上げている。情が湧いて、食料にするのが可哀想になった。

「非常食だなんて思って悪かったな」

ぐふぐふ鼻を鳴らすのは、返事をしているつもりだろうか。

「どんなに腹が減っても、お前だけは食わない。約束する」

「相変わらずね」

聞いていた晴香が抑揚なく言った。


二時間近く車に揺られた頃、さくらが「酔ったので外の空気を吸いたい」と言い出した。

最寄りの上河内《かみかわち》S.A《サービスエリア》で休憩をとることになった。

それほど混んでいるわけではなかったが、倉沢は、あえて建物から離れた人目につかない場所に駐車した。

「ついでにひと息入れましょうか」

戸部が伸びをしながら言った。戸部が「休む」という意味の単語を口にするのを耳にしたのは、初めてだった。

さくらは車に残ると言い出した。

「缶コーヒーでいいから買ってきて」

誰に向かってともなく言う。躾《しつけ》は基本料金の中に入っていないので、倉沢は何も言わなかった。そして倉沢も車に残ることにした。半分は皆と連れ立って行く気が湧かなかったため、もう半分はさくらを見張るために。

「アイスティーでも買ってくる」

晴香が温かい言葉を残して出て行った。

戸部と晴香が出て行ってまもなく、外の空気を吸いたいからとさくらも降りた。

車周りはほとんど人目につかない。倉沢には止める権利も義務もないので、好きにさせることにした。今のところそれほど反抗的な態度は見せていない。とりあえず終点まではおとなしく同行してくれそうな雰囲気だ。

さくらは、スーツケースには触らないよう倉沢に念を押し、濃いサングラスと帽子を身につけて、外へ出た。ハナは車に置いたままだ。倉沢はすることもなく、イミテーションの木材でできたベンチに座り、何ごとかを考えている彼女を見ていた。

十分もしないうちにさくらが戻ってきた。

「生理になりそう」

そんなことを言われてもどうにもならない。「ご苦労様」とでも言えばいいのか。ますます嫌われるような気がする。

「お願い。晴香さんに頼んで買ってきて」

生理用品のことだろう。「自分で買ったらどうだ」とも思ったが、こんな人目につくところでタレントが生理用品を買うのは多少抵抗があるかもしれない。

「どんなのを買えばいい？」

しかたなく倉沢が聞いた。

「ちょっと待って」

さくらはバッグから取り出したメモ帳をちぎって、そこに商品名を書いて手渡した。

「なければ、似たのでいい」

倉沢はうなずいてメモを受け取り、車をあとにした。

キーを抜いて行こうかと迷ったが、さくらがもう少しそのあたりを散歩したいと言うので、残していくことにした。

「離れるときはドアロックを忘れないで」

「わかった」

頭の隅に何かの警告灯が灯《とも》った。それが何なのかはっきり考えないまま、倉沢は売店を目指した。階段を上ろうとして、降りてくる晴香と鉢合わせした。

「あれ、もう終わったのか？」

「うん、私たちもテイクアウトして車で飲むことにした」

紙製のカップホルダーに入った四つのカップを両手に持った晴香が言った。

「戸部さんは？」

「トイレ」

「さくら先生がこれを買って欲しいそうだ」

両手のふさがった晴香のために、倉沢はメモを開いて晴香に見せた。

しかし晴香は、差し出されたメモを見ようとはしなかった。無視されたことに多少腹が立ち、倉沢は見上げる位置に立つ晴香の顔を睨んだ。彼女は口を半分開いたまま、遠くを見ている。

「なんだ？　どうした？」

「あれ、私たちが乗って来た車じゃない？」

倉沢はさっきの警告灯が何を告げていたのかようやく理解した。

やはりこのところ部屋に閉じこもりすぎて、惚《ぼ》けたのかもしれない。いつか晴香が言ったことがある。「あなたは気の乗らないときは本当に何も考えていない」と。今さらそんなことを反省してみても、手遅れだったが。

倉沢のバンが、駐車場の出口へ向けて加速していくところだった。

「さくらを甘く見ていましたね」

特別非難するでもない口調で、戸部が言った。

「どうするつもりかな」

他人《ひと》ごとのように倉沢が言うのを、晴香が睨《にら》む。

「誰の責任？」

「せっかくハナと友達になれそうだったのにな。ひとりで食う気かな」

「ふざけてる場合じゃないでしょう？　どうするの？」

さっきまでは一番冷めた態度だった晴香が、興奮している。そもそもは付き人代わりについてきたのだから、責任感の強い彼女としてはもっともな反応かもしれないと倉沢は思った。

「追いかけるしかないだろうね」

「だからどうやって」

「うん……タクシー呼んでる暇はなさそうだし。警察沙汰《ざた》にもできないしな」

戸部の表情をうかがう。

「まあ、できれば」

「そうだ、携帯は？」

晴香が妙案を思いついたように大声をあげた。戸部がベルトにつけたケースから携帯電話を取り出す。ボタンをプッシュして耳に押し当てている。何の表情の変化もなかった。

「だめですね。電源を切ってる」

「まあ、たとえ出たとしても、引き返せと言って引き返してはこないだろうけどな」

「呑気《のんき》なこと言ってないでよ」

「今、考えているんだ。……残るは」

腰に手を当てて駐車場を見回した。百台くらいは停まっているだろうか。

「ヒッチハイクしかないな」

晴香の顔を見た。

「それじゃ晴香君」

「だから、晴香クンじゃないでしょ。なんで私なのよ」

「だってそうじゃないか……、こんなとこでヒッチハイクしてるのを俺の過去を知ってる人が見たら、夢を壊すことになるだろ？」

「何が夢よ、都合のいいときだけ……」

晴香が怒りながらも、建物から出て来たカップルのほうへ歩いて行った。以前の彼女に戻ったような気がしてうしろ姿を見送った。

「私も当たってみます」

戸部社長も見込みをつけた車に向け歩き出した。

「しかたない」

倉沢もなるべく人目につかない方角を目指した。

4

すんなりとは、思いどおりにいかなかった。

「あんた、車なくて困ってるのか？」

五組に断られたあと、少しばかり途方にくれていたときだった。頬が少々ゆるんだ感じの中年男が見かねたように倉沢に話しかけてきた。

「ええ、そうです」

倉沢は自分より二十センチは背の低い、脂性《あぶらしょう》のその顔が救いの天使に見えた。

「どうした？　車盗《と》られたの？」

「いえ、ちょっとした手違いで置いて行かれたんです」

「なんだ？　彼女に振られた？」

「単に積み忘れだと思うんですが」

「そうなの。よくあるよね」

大人が三人も置いて行かれたと知ったあとでも、よくあることだと笑うだろうか。

「途中までで結構ですから乗せていただけませんか？」

そのつもりで声をかけてくれたのだろうとは思うが、確認してみる。

「おお、いいけど……。どこまで？　ひとり？」

「三人です。行き先は当分先のほうまで」

「三人？　そりゃまた大量に積み残したね」

どひゃどひゃというような品のない笑い声を立てて、男が笑った。今はそれでも天恵の微笑みと思って我慢するしかない。気の変わらないうちにと、倉沢は急ぎ晴香と戸部を呼び戻した。

「この方が乗せてくださるそうです」

倉沢に紹介を受けて晴香と戸部がそれぞれ礼を言った。

「ありがとうございます」

「お手数おかけします」

「ま、よかったら乗りなよ」

男はてかてかと艶《つや》のいい顔をほころばせ、車検を四回は経験したと思われる濃紺のブルーバードのドアを開けた。

「あんた、前がいいかもな」

倉沢を助手席に招いた。

「めいっぱい椅子を引けばどうにか足も収まるだろう」

晴香はさっさと後部座席に乗り込んだ。名残り惜しそうにあたりを見回していた戸部が最後にゆっくりと腰を降ろした。

「それじゃあ、行きますよ。もう、積み残しはないね？」

どひゃどひゃと楽しそうだ。

倉沢は時計を見た。四十分ほど無駄にしたようだった。

スムーズに車を本線に合流させながら、男はあたりまえのようにさらりと言った。

「あんた、倉沢さんだろう？　ピッチャーだった」

「そうです」

倉沢もためらいなく答えた。

追い越し車線に出たときにはすでに、スピードメーターの針は百キロを超えている。運転慣れしているようだ。

「やっぱりな。そうじゃないかと思って見てたんだ。俺の車に乗ってもらえるなんて嬉《うれ》しいね。昔、ときどきテレビで見たよ。昔っていったって、まだ二、三年かな」

「退団して、この秋で丸三年です」

「そんなもんかね。今でも恰好《かっこう》いいね。やっぱり近くで見るとでっかいね」

「目立つばっかりであまりいいことはないですね」

「こんなところで、何やってんの？」

「雑用係みたいなもんです」

「球団の？」

「いえ、世の中の」

「洒落《しゃれ》たこと言うね。なんだか面白そうだね」

速度は百二十キロ前後でほぼ一定している。

「あんまり飛ばしてさ、捕まっちゃっても意味ないだろ」

何が面白いのかまたどひゃどひゃ笑う。恩人だから、好き嫌いは言っていられない。

「失礼ですが、お名前うかがってもよろしいですか？」

戸部が口を挟んだ。

「俺？　俺は名乗るほどの者じゃないけど、まあ、藤島っていうんだ」

「お仕事のご迷惑じゃないんですか？」

「どうせ、急ぐ旅でもないし、困ったときはお互い様だよ」

どひゃどひゃ。倉沢は自分と晴香のマイナスな気分を補って余りある陽性のエネルギーを感じていた。

「それよりお姉さん。さっきからずっと手に持ってるそれ」

ルームミラー越しに晴香の手もとに視線を向けた。

「飲み物だろう？　遠慮しないでやってよ。シミを気にするような新車でもないし」

どひゃどひゃ。思い出したように晴香がカップを倉沢と戸部に渡した。喉《のど》の渇いていた倉沢は、すっかり生温《なまぬる》くなったアイスティーを三口ほどで流し込んだ。

男の運転は淀《よど》みない。百二十キロ程度の速度でも意外にするすると追い抜いていく。思ったより乗り心地はいい。倉沢は視界の全てに神経を注いでいた。自分の車だから見落とすはずもないが。

あの、誰も信じていないと宣言しているような瞳《ひとみ》の彼女は、いったいなんのつもりで乗り逃げなどしたのだろう。

走り出して落ち着くまもなく、次の矢板北P．A《やいたきたパーキングエリア》の表示が見えてきた。

「サービスとかパーキングも寄らないとまずいだろうなあ」

藤島が誰にともなく言う。

「お願いできますか？」

バックシートから晴香の声がした。

「乗りかかった車ってんだね、こういうの」

また、どひゃどひゃ笑う。倉沢は、ふだんの自分も似たような冗談を言っている気がして、嫌な気分になった。

結局、路肩や作業車用通路にも見つからないまま、矢板北P．Aに着いた。ここは狭い駐車場で、捜すというほどのものではない。隠れ場所もない。ひと回り流してもらって再び本線に戻った。

やがて一行は西那須野塩原《にしなすのしおばら》インターを過ぎ、黒磯《くろいそ》P．Aでも十五分ほどを無駄にした。

「いったいどこまで行ったんだろう。何のために乗り逃げなんかしたんだ？」

倉沢の言葉は、ひとり言のようであって、実は戸部に向けられていた。

「昔さ、ゴルフに行ったんだよ。車三台に分かれて」

藤島の明るい声が響いた。

「行きのときに俺の車に乗った奴が、幹事どうしの打ち合わせがあるっていうんで、帰りは別な車に乗り換えたんだな。ところが、その乗り換えたほうの運転手がうっかりして、そいつを乗せないまま出発しちゃったんだ。運悪く、トイレが長引いていたんだ。あ、レディの前で失礼」

「気にしないでください。それで？」

そんな話に興味はなかったが、隣に座った義理で倉沢が聞き返す。

「俺たちの車も出発したあとだった。置いて行かれた男はあわてたよね。まだ携帯電話なんかなかった時代だから。それでやっぱりあんたらみたいにヒッチハイクをしようって思いついたんだけど、人相の悪い男だったんでなかなか乗せてくれる人がいなかったらしい。それでどうしたと思う？」

「ただひたすら、頼んだんじゃないんですか？」

「それがさ……、あ、ここも捜すだろう？」

那須高原《なすこうげん》S．Aの標識が見えた。

車から降りて捜すことになった。

車内では気づかなかったが、標高が高くなったせいか、顔に当たる風が冷たかった。車中ほとんど身動きもできず、ぼうっとなりかけていた頭が晴れてゆく気分だった。

倉沢は、紫色に見える山を眺めながら、大きく伸びをした。このサービスエリアは広い。隅々まで捜して回れば多少の運動になる。

「あのさ、あんたたちが捜してる間に、飯食っていいかな。さっさと済ませるからさ」

「あ、どうぞごゆっくり」

三人とも今朝の出発以来、口にしたのはさきほどの飲み物だけだったが、今は昼食どころではなかった。

三人は捜索の段取りを決めた。

まずは展開して出口方面から駐車場内を建物に向かって捜す。大型車の陰や給油所の中も覗《のぞ》いた。どこにも車はなかった。

「次へ行くか、建物の中も見るか」で意見が割れた。

車がなければ運転してきた人間もいないと考えるべきだが、万が一ということもある。つまり、考えたくはないが彼女自身もまた乗り逃げされた可能性もある。

結局、戸部社長が建物全体の出入りが見える場所で見張り、倉沢と晴香が建物の中をひととおり見て回ることになった。

建物の中にもさくらが見つからなかったことに一行は落胆したが、ある部分ではほっとしていた。元気にドライブを続けているということになるからだ。

つまようじをくわえた藤島が楽しそうな表情を浮かべて戻って来た。

5

ここでもすでに三十分ほどを無駄にした。さくらに二時間近い遅れをとったことになる。そのまま先へ進んでいるとすれば、仙台あたりまで行っていてもおかしくはない。

最初は子供のいたずら程度に受け止めていたが、あまりに綺麗《きれい》に消えられて、特に晴香の受け止め方に変化が出てきた。口には出さないが、落ち着かないそぶりを見せ始めている。

しかし、本来ならもっとも不安な表情を見せるべき戸部は、腹が据わっているのか泰然としている。

「そろそろ行くかい？　そういえば、あんたら、飯はいいの？」

藤島に聞かれ、戸部が思い出したように言った。

「そうでした。おふたりは、どうぞ、昼食を召し上がってください」

晴香が倉沢の顔を見た。倉沢は顔を横に振った。

「もうちょっと捜してからにする」

晴香が代表して戸部に断った。

「それじゃ、行きますか」

「あのう、藤島さんはどちらまで行かれるんです？」

誰かが聞くだろうと思っていた疑問を、とうとう晴香が口に出した。

「次のインターで降りるよ」

そう言われるのがなんとなく怖かった。「せめてもうひとつ先の交差点まで」と頼むのとはわけが違う。

「俺？　俺はまだ大丈夫。ずっと先まで行くから」

藤島が気楽な口調で答えたとき、少なくとも倉沢はほっとした。もう一度ヒッチハイクのお願いをして回るのはうんざりだ。「あんた、見たことあるね」そんな会話はもうたくさんだ。

「それならせめて、少し運転代わりましょうか？」

倉沢がさっきから何度か申し出ているのは、気遣いからよりも手持ち無沙汰《ぶさた》をどうにかしたかったからだ。この狭い室内に身動きもせず、ただ座っていることが苦痛だったからだ。

「いや。いいよ、いいよ。元エースに運転なんかさせちゃ申し訳ない。元々ひとり旅のつもりだしさ、運転は慣れてるから。それより、見落とさないようにしてよ。追い越したのに気づかないと地球一周しちゃうからね」

どひゃどひゃ。

楽しそうだった。笑い声を聞いて、運転を代わるのが億劫《おっくう》になった。正確には「エース」ではなかったという説明をする気はさらに湧かなかった。

倉沢が窮屈なシートベルトを締め、藤島がエンジンをかけた直後に、戸部の携帯が鳴った。

「もしもし」

戸部が落ち着いた声で応対する。

「はい。はい……。そう。……今は、那須高原サービスエリア……」

藤島が、エンジンを止めた。皆の視線が集まる。

「はい、はい、どこだって？……そう、わかった。待ってる」

戸部が携帯を切って、胸ポケットにしまった。

「もしかして……」

待ちきれない晴香が聞いた。

「さくらです。今、西那須野塩原インターだそうです」

「西那須野インター？」

藤島が素《す》っ頓狂《とんきょう》な声を立てた。

「ほうら、やっぱり追い越した」

予言の当たったことが嬉《うれ》しそうだった。

「追い越したというよりは、彼女が一度インターから降りたんでしょう」

「何しに行ったんだろう？」

晴香が誰にともなくつぶやいた。答える者はいなかった。

「二時間も何してたんだろう？」

倉沢が口真似をした。その問いにも誰も答えなかった。

「それで、どうする？」

藤島が聞く。

「ここで待ちます。十五分もあれば来るでしょう」

「また置いて行かれて、待ちぼうけってことはないでしょうね」

倉沢が聞く。

「わざわざ電話してきたのですから、たぶん大丈夫だと思います」

藤島には礼とともに「もうけっこうです」と言ったのだが、「元々置いて行かれたのだから、迎えに来る保証はない」と筋の通った反論をされ、結局もうしばらく付き合わせることになった。

入口が見える駐車スペースに停めた車の中で、四人は待った。

倉沢は、することもなく藤島という人物のことを考えていた。多少品《ひん》はないが、憎めない男だ。そして、その愛想のよさに隠れているが、どことなく不思議な雰囲気も持っている。ひとりでどこへ行くのだろうか。多少の興味は湧いたが、これでお別れだ。

しかし、変わっているというなら、さっきからほとんど口を利かない戸部も今さらながら筋金入りだ。血のつながった娘が行方不明だというのに、ほとんど心配なそぶりをみせていない。藤島に対しても、最初にとおり一遍の礼を口にしただけで、あまり会話を試みようともしない。

初めて出会ったときから印象は変わっていない、得体の知れない男だった。

倉沢が事務的に言った。

「来たぞ」

その声に皆の視線が前方に集中する。進入路の樹木の間からちらりと走る車の影が見えただけだった。

「あれ、そうなの？」

「間違いないね」

やがて見覚えのあるバンが、進入路近くの端に停まった。

誰が合図をしたわけでもなく、ほぼ同時に三人は外へ出た。晴香が走り、倉沢は早足で歩き、戸部は煙草を買いに行くような足取りだった。

晴香が運転席のドアを開けた。倉沢がそして戸部が覗いた。さくらがヘッドレストに頭を載せて目を閉じていた。

さくらはようやく周囲の気配に目を開け、身体を起こした。寝不足の目をこすったときのように縁が赤かった。

「怪我はない？」

晴香が聞く。心配はしているが、声は怒っている。

自分も話の輪に加えてくれとでも言いたげに、シートの陰からハナが現れた。「ふごふご」何かを訴えている。こころなしか嬉しそうだった。倉沢はハナの足もとを見た。

「おやおや、汚しちまったね」

ブランケットはたたんだようだ。荷台に敷いたマットの上をハナが興奮して歩き回ったらしく、泥や藁《わら》のようなものがこびりついていた。

「ま、そのためのマットだ。しかたないね」

「何をしてた？」

起きあがったさくらに戸部が穏やかに聞いた。

「あるいは何をするつもりだった？」

「関係ねえだろ」

さくらはぷいと左の道路脇の茂みに視線を向けた。

「当ててみようか」

なげやりな口調で倉沢が言う。

「また、よけいなことはやめておきなさいよ」

晴香が釘《くぎ》を刺す。倉沢はかまわず続けた。

「最近、俺の周りで起きる厄介ごとには共通のキーワードがあるんだ。『倉沢修介をコケか？」

にしよう』っていう合い言葉だ。君も、俺が車を盗《と》られて泣くとでも思ったんじゃない
「そんなんじゃねえよ」

先ほど、心を開いたと思ったのは間違いだったようだ。ただ油断させるために猫をかぶっていただけなのかもしれない。

「ったく、うぜえんだ……」

ピシ、とさくらの頰が鳴った。

「そもそもあんたが言い出したドライブだって聞いてるけど」

晴香が腕組みをしている。

「もし私の聞き違いだったらどうぞ私を殴って。だけど、そのとおりなら、あんまりガキみたいな真似はもうやめてくれない。行くと決めたならぐずぐず言わないでよ。ハタチ越えてるんでしょ？　行きたくないなら、ここから歩いて帰りなさい」

打たれた頰を押さえながらさくらは晴香を睨《にら》み返した。倉沢は「大事な商品なんだから傷物にするなよ」と口を挟もうとしてやめておいた。殴られる人間がもうひとり増えるだけだ。このお姉さんを怒らせないほうがいい、と忠告しておいてやればよかった。自分など、車の持ち主なのに歩いて帰らされたことがあるのだと。

「まあ、こんなところで立ち話もなんです。せっかくみんな揃ったんだ。もう二時近い。ご一緒にレストランに戻って食事でもどうです？　あ、藤島さんにもお礼がしたいので、

どうですか?」

戸部が、脇に立って煙草を吹かしながら成り行きを眺めている藤島に声をかけた。

「いや、そんな。礼なんていいですよ。困ったときはお互い様だ」

「そういうわけにもいきません」

「それじゃあ、礼なんていう堅苦しいことじゃなくて、私もちょこっと休憩させていただきますわ。コーヒー一杯だけ奢《おご》っていただいて」

どひゃどひゃ笑った。


「ちょっと手洗いに」と藤島が消えるなり、晴香がテーブルの向かいに座る戸部のほうへ身を乗り出した。窓際の席で、日が差し込んでいる。

「あの胡散臭《うさんくさ》い男、どうしてまた声をかけたの?」

戸部は表情も変えずに答える。

「胡散臭いからだよ」

「え?」

「さっき、倉沢さんがあの男に名前を聞いた。その直前に追い越したロングボディのトラックがあったんだ。私はたまたまそのトラックのパネルを見ていた。『藤島輸送』って書いてあった。今持っている金を全部賭《か》けてもいいけど、藤島というのは偽名だと思う」

「それじゃあ、なおさら不思議なんだけど。どうして?」

晴香は納得できないようだった。

「話してみればはっきりすると思ってね。初めから私たちに用があったのかどうか。それに……」

窓の外に目をやる。眩《まぶ》しいのか半分ほど目を閉じた。

「ドラマでもやってるじゃないか。怪しい奴はとりあえず泳がせろ、って」

晴香が指先でこめかみを押した。「誰か頭痛薬持ってない？」

さくらが口を開いたのは、スパゲッティを注文するときだけだったが、そのせっかくのスパゲッティも半分残した。

なだらかな山並みが見える。穏やかに晴れた午後だった。

食事を済ませ、皆がひと息ついた頃合いをみて、倉沢は晴香をひと足先に外に誘った。その気になって探さなければ見落としそうな古いベンチがあった。倉沢は晴香に腰を降ろすよう促して自分も座った。

「何？」

そんなに睨み続けていて、疲れないだろうか。

「俺はさっき、心から反省した」

倉沢が抑揚のない話しかたで答える。

「何？　今さら」

「さくらをはたく君を見て思った。あの日、よく俺をバットでぶん殴らなかったな」

晴香は、いつもの癖で倉沢を殴るそぶりをみせたが、途中でやめてしまった。倉沢は今の自分の顔はそれほど情けないのかと思った。

「西野のことは申し訳ない。だが俺も悪気があったわけじゃない。正直言うと今でも自分でどうしていいかわからない」

晴香は答えずに、紫に近い灰色をした山並みに目を向けた。

「というよりも、何が現実で何の夢を見ているのかはっきりしない」

倉沢の視線の先には左手の指先があった。

「夜が明けたのに、まだずっと夢を見ているようだ」

「あなた、すっかり変わったね。自分で気づいてる？　昔からとても失礼な奴だったけど、私の前では絶対に弱音は吐かなかった。いつでも、つまらない冗談でごまかしてた。最低ランクだけど、どうにか紳士にぶらさがってたのに……。今はそこからも落ちたね」

倉沢は目の前に揺れる草を眺めていた。

「そうか、そんなことには気づかなかった」

「ただ、それでも車の運転はうまいから、運動神経は人間性とは別ものなんだねって思ってた。……でも今のを聞いたらさすがに心配になった。ここから私が運転する。夢見てる人間には頼めない」

「そうしたければしてくれ。この馬鹿げたドライブが終わったら、今度こそ見舞いに行くつもりだ。君がどう思おうと」

「今さらあなたが見舞っても、どうにもならない。感動して兄貴が目を覚ますなんてことは絶対ないから」

どこかで鳥が鳴いている。倉沢には名前のわからない鳥だった。

風が晴香の髪を乱した。目にかかった前髪をうっとうしそうに掻《か》き上げる。

「俺の頭の中はどうにかなっちまったのか？　あいつが頭をぶつけたときに、本当は俺も一緒にぶつけたんじゃないのか？」

「私もそう思う」

「なあ、正直に言ってくれ。いっそ仲よく隣のベッドで寝てることになったら気が済んだか？　それとも俺が代わりに寝ていればよかったか？」

つい、語気が強くなり、問いつめるような口調になった倉沢が我に返ってうなだれた。

「悪かった。俺にそんなことを言う資格はない」

「資格とかいう問題じゃなくて……」

晴香はベンチの脇に生えている雑草の穂先をちぎって、ひらひらと振った。

「あなたは現実を見つめることができない臆病《おくびょう》者だったってことでしょう？　それを忘れずにいてよ」

手にしていた穂先を、倉沢に軽く放って、晴香はベンチを立った。そのまま振り向かずに車の方へ歩き始めた。

6

晴香が運転席に座り、旅は再開した。

藤島とは別れた。別れ際に藤島は「もう、乗客を忘れちゃだめだよ」とさくらに声をかけ、もう一度どひゃどひゃと笑った。

戸部が会話の中で探りをいれたが、胡散臭いという以上の具体的な怪しいところは見つからなかったようだ。

「このまま石巻まで行けばいいの？」

視線は前方に向けながら、晴香が聞いた。

「そうだね。予定どおりでお願いしようか」

戸部がのんびり答える。

「牧場へは、もう寄らなくていいのかな」

窓の外に視線を向けたまま、ぼそっと倉沢が言った。

「牧場？」

「何のこと」

「お嬢さんに聞いたらいい。人間の方の」

戸部と晴香の視線が同時にさくらに向いたが、本人は窓の外に顔を向けたまま聞こえないふりをしていた。

「本人が言いたくなさそうだから、俺もやめておく」

ときおり、晴香がサービスエリアに乗り入れるかどうか聞く以外にほとんど会話のないドライブになった。

番組の打ち合わせは何回ぐらいするのかとか、大物歌手に会ったことがあるかとか、たまに晴香が話しかけてみるが、さくらにはほとんど反応がなかった。

一度、「新曲は自分でつくったの？」と聞いたときだけ「あんなの自分の曲じゃない」とふて腐れて答えた。

それきり会話は跡絶《とだ》えた。


「ねえ、私の気のせいかもしれないんだけど」

しばらく続いた沈黙を晴香が破った。ちょうど国見《くにみ》S．Aの案内標識を過ぎたあたりだった。

「何が？」

戸部が反応した。

「四、五台後ろの紺色の車、さっきの胡散臭いおっさんみたいな気がするんだけど」

「気のせいじゃないよ」

「え？」

寝ていたと思っていた倉沢が答えたことに驚いたのか、晴香が脇見をした。

「あぶないから、ちゃんと前を向いてくれよ。いつも君が言ってることだ」

「ああ、ごめん」

倉沢の真剣な口調に晴香が謝った。

「気のせいじゃない、って？　見たの？」

「サイドミラーに時々映るからね。さっきの男のブルーバードだ。この車をつけてる。そんなに熱心な俺のファンだとは思わなかった」

「視力と観察力がいいのは認めるけど、相変わらず冗談はつまらないね」

「まあ、倉沢さん目当ての可能性もないとは言えないでしょうが、さくらが目的かもしれませんね」

戸部は、半日の間に二人の口論が発展しないように割って入るコツを摑《つか》んだようだった。

晴香が戸部に答える。

「さっきばっちり見られちゃったもんね。でも、あんなおっさんのくせしてさくらちゃん知ってるのかな。カラオケスナックでど演歌、って感じだけどね」

「仕事なら知ってるんじゃないか」

ぼそっと倉沢が言う。

「仕事？」

「芸能関係のライターあたりかもしれないね」

戸部の口調も淡々としている。

「ライター？　ええ、何よそれ？　偶然？」

「休暇中の偶然の女神がたまたま東北道をバスツアー中だって、そんな出会いは難しいと思うね。つけてきたんだよ、おそらく」

倉沢の意見に戸部がうなずいた。

「私もそう思う」

「停めてよ」

突然さくらが口を開いた。

「え？」

「自分で追い返すから、停めてよ。ぶっとばしてやる」

「停めてと言われても」

一瞬とまどった晴香だったが、すぐにルームミラーで戸部の表情をうかがった。

「でもホントに追い返すなら、適当なところでやってみる？」

「驚いたね。世の中にこんな女性がふたりもいるんだ。君らがタッグを組めば世界征服も夢じゃない」

「あなたはちょっと黙ってて。戸部さん、どうするの？」

「どうにもできないだろうね、今のところは。ここは公道だし、彼は私らに迷惑を与えたどころか恩人だからね」

「気になるなら、変な写真を撮られないように注意したほうがいい」

「べつに気にならないよ」

「飛ばして振り切ってみる？」

晴香の声には多少楽しんでいる響きもあった。

「放っておこう。私たちにはほかにも問題が山のようにあるから」

戸部のひと言で無視することに決まった。

しばらく走ったところで倉沢の携帯電話が鳴った。ディスプレイを見ると、相手は田中だった。

「もしもし」

「あ、兄貴っすか」

「すか、じゃないだろう。こんなところまで追いかけてきて、用件が『投げてくださいっすよ』だったら、警察に訴えるからな」

「大当たり」

「切るぜ」

「ちょっと待ってください。明後日《あさって》にはこっち戻りますか？」

「たぶんね」

「ピッチャーの中島の奴、バイクにぶつかって肋骨《ろっこつ》折ったんすよ。もう、ピンチもいいところ。あとは兄貴に頼むしかないんす」

「もうひとりいたんじゃないか？」

「だから、抑えで。びしっと頼みます」

「なにがびしだよ」

「頼みましたからね」

「受けてないぜ」

「それじゃ、詳しくは戻ってからってことで」

「おい、待てよ……」

端で見ていた戸部が口を挟んだ。

「彼は好青年ですね。自営業じゃなかったら、ヘッドハントしたいくらいです」

「確かに、しつこさは戸部さんといい勝負ですね」

「はは」

やがて車は仙台南インターで東北道から分かれ、仙台南部、仙台東部道路とつないで石巻河南《かなん》インターを目指した。晴香の走りはいつもながらなめらかで、気まぐれな倉沢の運転より皆くつろげたようだった。さくらの乗っ取りもハナの脱走事件が起きることもなく料金所のゲートを抜けることができた。陽はすでに落ち、倉沢は晴香の疲労を感じていた。施設脇のスペースに停車し、次の予定を決めることになった。

藤島の車は、仙台の手前あたりまでは確認できていたが、うまく距離をとっているのかその後は倉沢の目でも確認することができなかった。夕闇の訪れとともに見失っていた。

「そろそろ宿の目処《めど》をたてましょう」

戸部の提案に、とりあえずは石巻の駅前まで出ることになった。

「泊まるあては？」

「ない」

「おじさんらしくもないわね」

晴香が疲労を隠すように軽口を叩《たた》いた。

「予定の立てようがなかったからね。この時刻まで全員揃ってる保証もなかったし」

「冗談じゃなくてね」

晴香がうなずく。

「ねえ、あそこの交番で、観光案内所がどこにあるか聞いて来てくれない？」

どちらに対して言ったのだろうと倉沢が考えている隙に、戸部がすっと車を降りて行ってしまった。ひとつおじぎをして交番の引き戸を開ける姿までは見えたが、中のようすは死角になってわからない。場所を聞くだけにしてはやけに長い時間が過ぎ、相変わらず無表情な戸部がパンフレットのようなものを手に戻った。

「観光案内所は五時半で閉まるそうだ。困っていたら親切にそこの交番でこんなものをくれたうえに宿まで教えてもらった。もう電話で予約を済ませたよ」

戸部が見せたのは観光マップのようだ。現地案内図として役に立つかもしれない。

倉沢が運転席の晴香に声をかけた。

「代わるよ。ずっと運転で疲れただろう？」

「いいよ」

晴香が睨《にら》む。

「大丈夫だ。紳士じゃないが、運動神経だけは自慢なんだ」

晴香はそれでもなお数秒間睨んでいたが、やがて運転席のシートを譲った。

7

三十分後には案内されたとおりに国道を逸《そ》れ、バンは傾斜の道を上り始めていた。

案内所で紹介してもらった旅館へ向かっている。「なるべく近くで、なるべくひなびた宿を」という要求に応《こた》えて探してもらった。戸部と制服警官が顔をつきあわせて妙な宿を検討しているようすを思って、倉沢は小さく笑った。

「東京から来る人はわざわざさびしいところに泊まるっちゃね」

警官があきれるように笑っていたと表情を変えずに戸部が報告した。パンフレットの裏に書いてもらった略図をもとに晴香がナビゲーション役をしている。

次第に信号の間隔が長くなり、民家の灯《あか》りがまばらになり、対向車が減っていった。

「そこ、左折」

急坂を上る。辛うじて舗装はされているものの、いきなりカーブから対向車が現れたら危険なほどの道だった。

「かえって夜道でよかった。ライトでわかる。昼間じゃ出会い頭が怖い」

倉沢がせわしなくハンドルを切る。

「あれかなあ」

やや視界が開け、立木の向こうに灯りと建物の影らしきものが見えたとき、晴香がつぶやいた。

「たぶんそうだ」

倉沢がちらと視線を走らせる。

「玄関先で人が待ってる」

「また……」

晴香は「ふざけないでよ」と言いかけ、思いとどまったようだった。倉沢が見えるというなら、そこに人が立っているのはおそらく本当だからだろう。

『白鳥旅館』というアクリルの看板が見えて、倉沢の視力が証明されたときは少なくとも晴香と戸部はほっとため息をついた。

その宿は山間《やまあい》を走る県道を見下ろす位置に建っていた。

旅館とは名乗っているが、ほとんど民宿に毛が生えたような造りだった。

「ひなびた宿っていうのは希望どおりだったね」

晴香が口にした皮肉に、戸部が笑った。

普段着のような恰好《かっこう》のまま出迎えたのが女将《おかみ》のようだ。日に焼けて血色のいい顔いっぱいに笑みを浮かべている。

「どごがら来たのっしゃ？」

晴香の荷物を受け取りながら、女将が聞いた。大きな構えの旅館やホテルでは東京風の言葉遣いをするのかもしれないが、この女将は素で話しかけてきた。

「東京です」

戸部が答える。

「あらあ、ずぃぶん遠いとっがらきたんだっちゃ。こえぐねぇすか」

「多少、疲れました。運転のおふたりは大変だったでしょう」

戸部にふられて、照れ隠しに振り返った晴香が声をあげた。

「海。海が見える」

遮るもののない視線のはるか先に、月光を反射した海面が光っていた。

「朝になれば、もっとよく見えそうだ」

案内され引き戸の敷居をまたいで、ぞろぞろと四人が入った。

「なんにもねぇげっとも、ゆっくりしていがいん。んで、先に風呂《ふろ》さへってけらいん。あがったらご飯できてっから」

垢抜《あか》けないが気取りもないよく喋《しゃべ》る女将に案内され、外見から想像したとおりの部屋に落ち着いた。男ふたりと女ふたりでそれぞれひと部屋ずつに分かれて。

初め、ハナと一緒に車に寝ると言ってきかないさくらを皆が説得した。それを女将が見かねて助けた。

「そんなにめんこがったら、部屋さ入れでもいがすと。んだげど、もぐさないようにしてけらいん」

「もぐさない？」

脇から晴香が聞き返した。

女将の顔がほころんだ。

「ト、イ、レ、のことだっちゃ」けらけらと笑いながら行ってしまった。

業務用の仕入れで使った大きな段ボールをいくつかわけてもらい、板の間に敷き詰め、その上にブランケットを敷きハナの寝床が完成すると、どうにかさくらも納得した。専用トイレもある。

どんなに小さかろうと、豚を客室に連れ込んでいいというのは、突然東京から現れた四人組に驚いた、破格のサービスだったかもしれない。

馬鹿げた一日もこれで終わってくれないものか、と倉沢は思った。

8

いくつかの理由で、食事はそれぞれの部屋に分かれたままとることになった。

供された料理は、華美ではないが心遣いが感じられた。

相変わらず味ははっきりしないが、刺身は活《い》きのいい魚特有の舌触りがあったし、強めのアクを感じる山菜類は近くでとれたものかもしれない。なにより、冷えた料理は冷えたままで、熱い仕立ては熱いうちにという心配りがされていた。もっとも、急な来客にあわてて整えたせいかもしれなかったが。

舌鼓を打つ戸部を珍しく思いながら、倉沢は味覚を失ったことを久しぶりに残念に思った。

食事を済ませると、急にすることがなくなった。

「夜風にあたってきます」

いつのまにか和机にファイルを広げた戸部にそう言い残して倉沢は部屋を出た。

三和土《たたき》で備え付けのサンダルを引っかけ、引き戸を開けて踏み出た。さびしげな水銀灯に照らされた砂利の道を抜けて、門の外へ出た。

左手の道ばたに浮かぶ人影に気づいた。腰ほどの高さの岩に腰を降ろしている。

顔のあたりで赤い光が輝いた。

「夜更けにこんなところで煙草?」

話しかけるが返事はない。

「晴香に気を遣ってこんなところで吸ってるのか?」

「用がないならほっといて」

そう言って井上さくらは、ぽいと吸いさしを投げ捨てた。

倉沢は煙草の飛んでいったあたりまで歩いて行き、道ばたに落ちたそれをきつく踏みつぶし、ポケットから出したハンカチに包んだ。

何を始めるのかという顔つきでさくらが見ていた。

「開幕前のキャンプに行くと、雨が降った日なんかは意外に時間を持てあますんだ。これでも、何冊か本も読んだ。だいぶ前に読んだ小説を急に思い出した」

吸いがらを包んだままハンカチをポケットにしまい、両手をぱんぱんと叩いた。

「主人公は悪事の限りをはたらいて、人を平気で殺す奴なんだ。あるとき、森の中で相棒が吸いかけの煙草を投げ捨てる。すると、それを見ていた主人公が静かにその吸い殻を拾い上げるんだ。『こんなところに煙草を捨てるな』ってね。それがすごく恰好よかった」

「あんたやっぱヘン」

さくらはポケットから出しかけた煙草をしまった。

「ちょっと歩きながら話さないか?」

「話したくないけど」

「まあ、そんなこと言わないで。ハナちゃんの将来設計の話でもしないか」

さくらが、わずかに目を広げて倉沢を見返した。

「いいよ」

立ち上がってついてきた。

「言っとくけど、あれぐらいで恩に着せんじゃないよ」

「恩？ なんのことだ？」

「さっきのバカ犬だよ」

「ああ、あれか。忘れてたよ。俺はまた、生理用品を買いに行かされたことかと思った。あっちのほうがよっぽど決死の覚悟だったぜ」

「ヘンな奴」


仙台目前の菅生《すごう》P．Aで休憩をとることになった。

藤島の出方を見るという意味もあった。交替で手洗いに行き、残りのメンバーがさくらを保護しつつ見張るという役割をした。そのとき、晴香が車に残り、さくらは例によって近くをミニブタを連れて散歩し、少し離れたあたりを倉沢がぶらぶらとついていた。

夕刻という時間帯でもあり、ほとんど人気はなく、倉沢も気を抜いていた。

茂みの陰から、やはり休憩ついでに犬の散歩をさせているらしい中年の女性が現れた。ロープの先で、飼い主を引きずり回しているのは成犬のボクサーだった。その有り様を見れば飼い主との関係は容易に想像がついた。もしも暴れ始めたらこの女性には制止できないことも。

倉沢はそのコンビが視界に入るなり、考えるまもなく走り出した。ボクサーは一瞬立ち止まり、この意外な場所に獲物の匂いを嗅《か》ぎ俄《にわか》に興奮した。

グゥ。

一度低く唸《うな》ったあとで、高らかに吼《ほ》えた。倉沢も一瞬たじろぐほどの声だった。さくらが気づいて、あわててハナを抱き上げようとした。しかし突然抱きかかえられようとしてハナがあわてた。

グヒィ。

甲高く鳴いて、さくらの腕から逃れた。危険が近づいていることに気づかないらしいハナは、五、六歩走ったところで止まってしまった。呑気《のんき》に地面の匂いを嗅いでいる。

「あ、やめなさい。リッキー！　リッキー！」

飼い主の女性が引きずられながらも犬をなだめようとするが、走る獲物を見てすっかり興奮した犬はロープを張ったまま、つんのめりそうな勢いでハナめがけて突進する。

「逃げろ！」

倉沢は全力で走りながら叫んだ。間に合わないことはわかっていた。

ようやく異変に気づいたハナが潤んだ鼻面を天に向けて、我が身に起きていることの匂いを嗅ごうとしたとき、ふたりと一匹と少し遅れたひとりがその小さな身体めがけて突進していた。

ボクサーの茶色の身体が茂みから現れて、わずか十秒ほどの間のできごとだった。

三体がほとんど同時にミニブタに飛びかかったかに見えた。

結局、自分の身体でハナを抱きかかえたのはさくらだった。倉沢はスライディングの要領でボクサーに身体ごとぶつかった。

はじき飛ばされ、一瞬ひるんだリッキーだったが、すぐに体勢を立て直して新たな標的の倉沢に飛びかかる姿勢をとった。倒れ込んだままの倉沢はとっさに足を突き出し、飛びかかるリッキーの腹を蹴《け》った。犬は一メートルほど転がって、すぐに立ち上がった。歯茎が見えるほどに興奮している。ひと呼吸おいて飛びかかる気配だ。倉沢は噛《か》ませるものを探した。

何もない。自分の腕を食わせるしかない。

ボクサーが飛んだ。倉沢は一瞬迷って右腕を差し出した。せめてもの抵抗で、噛まれる瞬間、肘《ひじ》で横面を殴りつけた。犬の顔がわずかにずれて、シャツの袖口《そでぐち》を噛んだ。

ボクサーが怒り狂ったように顔を左右に振った。あっという間に袖が引きちぎれそうになる。

噛まれる瞬間は痛いだろうか――。

ようやく思考が追いついた倉沢はそんなことを思った。ほとんど噛まれることを覚悟したそのとき。

キャイン。

嘘のように情けない甲高い吼え声を残してリッキーが飛び退いた。

そのまま、一目散に逃げてゆく。

飼い犬の名を呼ぶほかは、なす術《すべ》もなく立ちつくしていた飼い主の女性は、一瞬迷ったが倉沢に大きな怪我がなさそうなのを見てとると、「すみません！　あの、あとで」と言い残し、愛犬のあとを追った。

「リッキー、リッキー」

倉沢が、どんな幸運が自分を救ったのかと顔をあげてみると、そこには晴香が立っていた。手には電気シェーバーの親玉のようなものをぶら下げている。

「ずいぶん物騒なモノを持ってるな」

以前、「我が社で扱うレンタル品だ」といって戸部に見せてもらったことのある、スタンガンに間違いなかった。

「これで、何のために君がついてきたのかわかったよ。ミス・ボディーガード、ハルカ」

身体についた泥を落としながら倉沢が立ち上がった。

「藤島を追い返すと言ってたのは、まんざら冗談でもなかったんだな」

「あんなことで恩を押し売りできるなら、世の中楽チンだ」

倉沢がどうでもいいことのように言う。さくらは反応しない。

「今を売れっ子の、こんな可愛い娘《こ》ちゃんと夜の散歩もいいかと思って」

「馬鹿にしてんなら帰るけど？」

さくらが倉沢を睨《にら》む。

「それに、説教だったら無駄だよ」

倉沢はさくらの横顔を見た。

「説教なんかする気はないよ。可愛いというのもお世辞じゃない。だけど、顔は可愛いけど……ときどき君が晴香の妹じゃないかって気がする」

さくらは足もとの石を拾い上げて森に向けて放った。かさり、と音をたてて闇に落ちた。

「明日、どこで骨を撒《ま》くつもりだい？」

「海」

「海か、なるほどね。しかし海なら東京湾で撒いても、つながってるのにな」

「別に、わかんなきゃいいよ」

「悪かった。それで、そのあとどうする」

「言いたくない」

「戸部さんを殺す気だろう？」

胸もとに速球。

「え？」

今日、出会って以来初めて、さくらが倉沢の言うことに過敏に反応した。倉沢の顔をきつく睨んだが、口を開くようすがないので倉沢はもう一度聞いた。

「そのあとで、君自身も海に身投げするとか冷凍庫に閉じこもるとか高級外車を乗り逃げするとかいろいろ考えているのかもしれないが、とにかくは戸部さんをどうにかするつもりなんじゃないか？　そして、たぶん戸部さん自身もそのことを知っている」

「何で？　あいつ……。あいつが何か言ったのかよ？」

「そう興奮するところをみるとやっぱり図星だな」

倉沢も適当な石を拾って太めの杉の幹に狙いをつけて放った。しゅっ、という空気を裂く音がしたと思うと、すぐにカンという響きが伝わった。

「ストライク」

「自分で言っといてはぐらかすなよ」

「戸部さんは何も言わない。ハナちゃんに教えてもらった」

「ハナが？」

「あの仔《こ》はいい仔だ。僕が初めて愛情を感じた豚さんだ、本人にはまだ打ち明けていないけどね」

かり、と音がした。倉沢が何かの木の実を踏んだらしい。

「君とハナちゃんが一度消えて戻って来たとき、ハナの足もとは汚れていた。泥と藁《わら》くずのようなものが蹄《ひづめ》に詰まっていた。僕たちが見ていた間はハナはそんな泥や藁が付くようなところは歩いていない。そもそも出発して以来、車から降りていなかったしね。つまり、君と消えていた間にお転婆《てんば》したことになる。君がわざわざハナを散歩させるために車を乗り逃げしたとは思えない。君が戻ったのは西那須野塩原インターだ。あのあたりは牧場が多い。戻って来たとき君の目もとは赤かった。僕は君がハナをどこかに預けに行こうとしたのだと思った。みんなを置き去りにしたのは、別れのシーンで泣くところを見られたくなかったからだろ？」

さくらの横顔を見る。ほとんど表情は変わらない。

「僕は普段から『こいつはなんでそんなことをするんだ』なんてことばっかり考えている。それで晴香に変人呼ばわりされるけどね。……で、結局君はハナちゃんと別れられずに戻って来た」

黙ったまま睨んでいるということは認めているのだと思った。

「それで次に、君がそんなに好きなハナちゃんを手放そうとした理由は何かを考えた。助手席に座ってるだけってのは、退屈だから。……そして思いついたのは、近々君がハナを飼えなくなるということだ。仕事が忙しくなるせいじゃない。お母さんの遺骨を撒きに行けないならば仕事を辞めるとかいう気性の君なら、仕事よりハナちゃんを選ぶだろう。だから、君がどこか遠くへ行く覚悟なんだろうと思った。ハナが飼えなくなるくらい長い時間、遠くへ。……考えてみたら、君が消えたと騒いだのは晴香だけだった。僕は興味がないからにしても、戸部さんが落ち着き払っていたのは不思議だった。あの人は物事に動じないけど、それが欠点でもあるね。君の行動をみればひとりでどこかへ行ってしまうという可能性も充分あった。さっさと灰を撒きに行ってそのまま失踪《しっそう》するとかね。それがあれだけ落ち着いてたのは、君が戻って来るという確信があったんだ」

遠くで、ホウ、と何ものかの鳴く声がした。

「フクロウだな、野生のフクロウの鳴き声を聞くなんて何年ぶりだろう？……話を戻すけど、戸部さんはなぜ君が戻って来ると信じていたのか。それは君の最終目的が灰を撒くことじゃないからなんだ。もっと本命の何かを積み残して行ったってことがわかっていた。君と関係のある積み残しといえば戸部さんぐらいしかない。つまり戸部さんをどうにかするために戻って来る」

倉沢は再び拾った石をさっと放った。今度もひゅっという音に続いて、カンと鳴った。

「ストライクツー。だとすれば、まあ、君のあの人に対する態度から見ると、それは物騒な問題、つまり殺すとかそういうつもりじゃないか、という結論になる」

さくらも真似をして、石を放った。がさり、と下草の中に落ちた。

「ボール」

「だって……」

さくらがようやく口を開いた。

「だって……、ネットで調べた牧場に頼んでもらった。マネージャーに話してもらって。牧場の人、すごくいい人で、ハナを優しく育ててくれるって約束したんだ。でも……、普段、公園とかで遊んでるとき、わざと木の陰に隠れても平気なのに、牧場に預けて帰ろうとしたら、鳴くんだもん。すっごい悲しい声で、今まであんな悲しい声で鳴いたことないのに……」

「で、やっぱり連れて来た」

「十分間、車に隠れてたけど、ずっと鳴き続けてたんだ」

月明かりで細かい表情まではわからないが、さくらの声は湿り気を帯びていた。倉沢はさりげなく話題を変えてみた。

「なぜ戸部さんを殺したい？」

さくらは短い時間考えた。

「なりたいものになったから」

「わからないな。こう言ったら怒るかもしれないけど、君らはやっぱり親子だね」

さくらが倉沢を睨んだ。

「なりたいものになったのに、なりたいものじゃなかったからだよ。本当になりたかったのかもわからない。今考えると、お母さんが喜ぶからなっただけかもしれない。……だから私はどうでもいいんだ。あいつを道連れにしてお母さんのところへ行く」

「晴香の前でそんなことは言わないほうがいいぜ。歯が折れて、二度と歌えなくなる」

「晴香さんはあんたが大馬鹿だって言ってた」

「彼女が知ってる誉め言葉は、馬鹿とセクハラだけなんだ」

雲から完全に月が顔を出した。電灯の明かりがないところでも本が読めそうな気がした。

「仕事がイヤなら辞めればいいだろう？」

「だから人生ごと綺麗《きれい》サッパリやめてやるんだよ」

「仕事に飽きるたび自殺してちゃ、魂を風呂敷《ふろしき》に包んで担いで歩かなきゃならないな」

「死んだらそれで終わりに決まってるだろ。だから、あいつも道連れにしてやるんだ」

「ハナはどうする？　別れが悲しくないか？」

「そのとき考える……、あんた飼ってくれる？」

「飼うのはいいけど、永遠に食わない自信はない。愛との勝負だ。家の近くに串焼《くしや》き屋もあるし」

「やっぱりヘンだね」

倉沢は夜空を仰いだ。何かの冗談かと思いたくなるほど、多くの星が輝いていた。

「わかった。もうこれ以上はくどく言わない。だけど、ひとつだけ頼む」

さくらは返事をしない。がさがさと物音がした森の奥に視線を向けている。夜行性の動物がエサでも探しているのかもしれない。

「二十歳すぎた人間が本気で死のうと思ったら、ずっととめておくことはできない。仕事が思いどおりにいかないという理由で死ねるんだったら、今は思いとどまっても来週あたりにはまた死にたくなってる。だから、死ぬというなら好きにしてくれ。俺は運転手として雇われることにしか同意してないからな。君がひとりで実弾使ったロシアンルーレットを始めても、脇で黙って見てる。ただし、戸部さんをどうにかするのはやめてくれ」

「なんでだよ」

「あの人がいないと、仕事がなくなる」

「金にならないって言ってたじゃないか」

「そうだ。……本当は借りがあるからだ。あの人にはまだ借りがある。それを返すまで殺さないでほしい」

「自分勝手な頼みだな」

「なんでもいい。頼む」

「やだね」

さくらが思い切り石を投げた。初めてカンと鳴った。

「ひと晩考えてみてくれ」

「やだね」

「さてそろそろ、道に迷わないうちに戻るか。自殺する前に遭難しちまったら、シャレにならない」

「あんたの頼みなんか聞かないよ。絶対にぶっ殺す」

「もっと気楽に、恋のことでも考えたらどうだ」

さくらが睨《にら》んだ。表情が山の空気より冷たかった。

晴香がいなくてよかった――。

そんなことが頭に浮かんだ。

部屋に戻って、相変わらず和机に向かって黙々と仕事をしている戸部を見ているのも飽きた。

「風呂でも行きませんか？」

倉沢のほうから誘ってみた。戸部はファイルから顔をあげて、眉間《みけん》のあたりをしごいた。

「いいですね。さっき聞いたら、小さいけど露天風呂もあるようです」

いつものことだが、戸部と話し合うには手札を充分に用意しておかなければならない。

今回はさくらとのデートで何枚か手に入れることができた。

9

小さな宿によくある、交代で男湯と女湯を切り替える方式の風呂だった。今夜の振り分けはローマ風呂というのが女湯で、露天風呂つきの大浴場が男湯となっている。大浴場といっても三メートル四方程度の岩風呂だった。ガラスのサッシを引き開けるとそこがすなわち露天風呂になる。露天は湯船も床も檜《ひのき》でできているが、大きめの家庭用風呂と呼ぶほうが似合っていそうだった。

ひととおり身体を流して、ふたりは結局外には出ず、岩風呂の縁に腰をかけた。

寒かったからではない。口には出さないが、声が漏れるのをふたりとも避けようとしていた。

「話してくれませんか、何があったのか」

倉沢は自分でも驚いていた。今回こそは傍観者でいられると思っていた。何かを為《な》し遂げようという意欲はまったく失《う》せて、ただ借金を棒引きにしてもらうことで三流週刊誌のネタになるような事態だけは避けられると思って受けた仕事だった。

自分のどこに、そんな好奇心のエネルギーが眠っていたのか。

世の中に不思議なことはいくらでもあるが、なぜ自分はいつもみずから求めてトラブルに首を突っ込むのか。その性分だけは理解できなかった。

「楽しい話ではないですよ。私を軽蔑《けいべつ》するでしょう」

「戸部さんのおかげで、楽しくない話には慣れました」

ははは、と静かに笑った。

「あなたはいつでも変わらない」

「晴香もよく、『死ななきゃ治らない』と言いますよ」

戸部が笑みを浮かべた。絞ったタオルで一度顔を拭《ぬぐ》ってから話し始めた。

「さくらの母親と知り合ったのは彼女が生まれる一年半ほど前でした。絵美という名でした。あれから二十三年になるということですね。……そのとき、私はすでに結婚していました。郡山《こおりやま》での仕事を終えて、新幹線に乗りました。平日夜間の上りでしたから、普通席でもあまり混んでいなかった記憶があります。座席は半分ほど埋まっていてボックスに女性がひとり座っているところに相席を頼みました。人の運命なんてそんなことで決まるんですね。そのとき、隣の車輛《しゃりょう》に乗っていたら、今回のこの旅行もなかったでしょう。……それはともかく、書類の整理にも飽きて、向かいの女性の読んでいる本に目が留まりました。立原正秋《たちはらまさあき》の詩集でした。私はなにげなく声をかけました。それが絵美との出会いです」

気の早い虫の鳴き声が聞こえる。

「彼女は石巻の実家からひとり暮らしのアパートに戻るところでした。私は、東京での再会をねだり、承知させました。そして約束どおりに会い、日をおかずに男女の仲になりました。付き合い始めてすぐ、陳腐な言いかたですが『こんなに人を好きになるのか』と思い知りました。今振り返ると青臭い思い込みだとは思いますが、偽りの気持ちではなかったと言えます。あのときは全身全霊で恋してしまいましたよ。ただ、私は離婚をするつもりはありませんでした。妻の父親に融資してもらって事業を始めた直後でした。その会社は結局つぶしましたが、今の事業の基になったと思っています。結局打算を選びました。恋と事業のための婚姻は別と考えていました。男の身勝手な理屈です」

「そしてさくらさんが生まれた？」

「ええ、付き合い始めて数ヵ月経った頃、彼女に妊娠を告げられました。すでに三ヵ月だと言ってました。私は『産んで欲しい』と頼みました。妻との間に子供がなかったのです。『結婚はできないが認知はする。いずれ自分の子供として引き取ってもいい』と」

窓の向こうに出ている月が明るい。眩《まぶ》しいという表現が似合いそうなほど、煌々《こうこう》と地表を照らしている。

「ちょっと聞くと懐の深いもの言いのようですが、実はものすごく自分勝手な言い分だったことにかなりあとで気づきました。やがて女の子が生まれました。桜が満開の季節でしたのでさくらと名付けたのは絵美です。認知することは彼女のほうから拒否されました。それでもさくらが一歳すぎになる頃まで私が用意した今までより広いアパートに暮らしていました」

湯気がこもって息苦しかったので、倉沢は引き戸をわずかに開けた。声が漏れる心配はなさそうだった。

「さくらがよちよち歩きを始めた頃でした。ある日突然、母娘《おやこ》が消えたのです。何の前ぶれも感じませんでした。身の回りの最低限のものだけを持って、夜逃げのように。私は……」

どんな話をするときもほとんど感情を表に出さない戸部が、珍しく言葉に詰まった。倉沢はついその横顔を見た。それほど思い詰めた表情には見えなかった。

「私もいつか死ぬでしょう、明日にも玉突き事故で死ぬか。運命のいたずらで三十年後にモチが喉《のど》につかえて死ぬのか、それはわかりません。しかし、もしも死後の世界に扉があって、入口の番人に『人生のできごとで何をもっとも悔いているか』と聞かれたら、あのときのことをあげます。彼女が夜逃げのように消えた日のことを。彼女がそんなふうな人生を送らなければならない理由はどこにもなかった。すべて私の身勝手が生んだできごとでした」

倉沢は、戸部にかける言葉を探してみたが、見つからなかった。そして戸部自身もどんななぐさめも望んでいないだろうと思った。

「近所の人に話を聞くと、若い男が一緒だったことがわかりました。私は手をつくして、居所を突き止めました。ひと月後、そのアパートまで行ってようすを見ていると、部屋から三人が出てくるところを目撃したのです。さくらをまんなかに挟んで両方から子供の手を握り、ときおりゆらゆらぶら下げてとても楽しそうでした。男は多少頼りなさそうでしたが、誠実そうな印象でした。私は理解しました。子供を産んだ絵美にとって、自分の恋愛よりさくらの父親が欲しかったのだと。二十年前の当時ですら古風な考えだったかもしれません。

私は、すぐに現金で仕送りをしました。拒絶はされませんでした。彼女の相手もそれを受け入れたと聞きました。間もなくふたりは籍を入れました。私のほうから連絡はとりませんでしたが、初めは直接現金封筒で、しばらくして振り込みの形で仕送りはずっと続けていました。それがよかったのか悪かったのか、結果を見てもわかりません。これはずっとあとになって知ったのですが、生真面目だった彼女の夫は次第に酒に溺《おぼ》れるようになったそうです。自分が育てている娘の本当の父親から金銭援助を受けている。突き返したいくらいだが、それがなければ生活できない。彼は元々身体が丈夫でなく、あまり激しかったり長時間だったりする労働には耐えられずアルバイトやパートタイマーの仕事にしか就けなかったらしいのです。この国はそういう労働者が生きていきづらい国です。

絵美も働きには出ていたようですが、生活は汲々《きゅうきゅう》だったようです。そんなある日、夫が死にました。さくらが小学校六年生のときです。病死としかわかりません。私のほうも事業が忙しくなり、会社の人間に頼んで機械的に仕送りをするだけになっていました」

戸部がしばらく、言葉を探していた。ふたりともすっかり茹《ゆ》で上がって岩の上に腰を降ろしていた。

「一年少し前、手紙が届きました。絵美からでした。さくらが歌手のオーディションに受かってデビューできそうだ。ただ、多少の準備金が必要になる。一時借りられないか、という趣旨でした。実はこっそり調べたのですが、デビューといっても大手レーベルからの正式デビューではなく、まあいわば自費制作のようなものでした。しかし、古くさい言いかたかもしれませんが薄幸という言葉が似合う絵美のこれまでの人生で、これが最大の夢なのだろうと思い、私はほとんど言いなりの金を工面しました。母親の不運は娘には遺伝しなかったようで、その限られた発売条件で出したCDが大手のプロデューサーの目に留まり、今度こそ本格デビューすることになったのです。ほんの半年前のことです。彼女にとって二枚目、事実上のデビューシングルはヒットチャートの十二位まで昇りました。絵美から喜びに満ちあふれた手紙が届きました。そしてさくらのCDが店頭に並んだ四ヵ月後、つまり今から二ヵ月前、絵美は全身に転移していた癌であっけなく死にました。ちょうど、次の新曲の話が決まりかけていた頃です。デビュー直前には進行した乳癌が転移していることまでわかっていたようですが、黙っていたのです」

湯が流れる音以外何も聞こえない。時間のすぎかたさえも特別な場所に来たような感じがしていた。

「そして今度はさくらから手紙が届きました。ショックでした。商売上クレームの手紙はよく来ますが、あれほど憎しみに満ちた手紙というものを初めて読みました。絵美が娘宛に残した手紙に、これまでのことがすべて書いてあったようです。絵美はおそらく私に感謝の気持ちを抱かせたくて書いたのでしょうが、招いた結果は逆でした。さくらは自分の幼い頃からの困窮の生活や父と信じていた男の失意の死、そして今、天涯孤独になった原因がすべて私にあると信じ込んだのです。手紙は『絶対に許さない』という言葉で結ばれていました」

「なぜ今回のドライブを」

「なぜ、言いだしたのか、思いついたのか、わかりません。『石巻のお母さんの生まれ故郷に灰を撒《ま》きにいく。同行しなければ、テレビ番組の収録中に自殺する』と連絡してきました。先週のことです」

「それで私を？」

「倉沢さんは広瀬碧の自殺を思いとどまらせた。違法を覚悟でフィリピン人姉妹のすり替わりを手助けした。そしてなによりも、あなた自身が言葉にできない辛《つら》い目に遭っている。

さくらの固まった心を解かせるのはあなたしかいないと思ったのです」

「買いかぶりですよ。いちいち反論はしませんが、見込み違いもいいところです。晴香に聞いてもらえばわかります」

「さくらのことを相談したら、倉沢さんを強く推したのが晴香ちゃんです」

晴香、君はやはり疫病神だ。

「今さらこんな言いかたは卑怯《ひきょう》ですが、あなたはあまり重く受け止めないでください。さくらがどうしても考えを変えられないというのなら、それもしかたありません。見て見ぬふりをするのが親として唯一してやれることかもしれません。でも……」

倉沢の顔を見た。何を言いたいのかはわかった。

「できるなら『自殺は思いとどまらせてくれ』ですか？」

「はい」

大きなため息をついた。

「充分な重荷ですよ」

最後にもう一度湯船につかった倉沢が、ざざーっと湯を撥《は》ね上げるようにして立ち上がった。復元し始めた胸や腕の筋肉が赤く染まっていた。

「戸部さんは嘘はつかないですが、本当のこともあまり言いませんね。さくらちゃんは自殺も考えているかもしれないが、第一の目的はそれじゃない。戸部さんだ。恐らくあなたを殺すと宣言しているはずだ。そしてあなたもその覚悟をしている。むしろ望んでいる印象さえある。私と晴香を連れて来たのは、父親を殺して興奮した彼女が、自殺しないよう止めるための役。違いますか？」

身体を拭《ぬぐ》ったタオルを荒く絞った。びたびたと水が滴り落ちた。

10

翌朝はきれいに晴れた。

海から吹き付ける少し強めの風に、皆の髪や服がはためいていた。

ハナは車の中で待たせておくことになった。万一海に落ちたら、泳げるかどうかわからなかったからだ。

宿を出発するとき、さくらが自分で運転すると言いだした。倉沢が戸部を見ると、やむを得ないという表情でうなずいた。それで決まった。

「今日は、どっつまでいぐのしゃ？」

朝食の時に女将《おかみ》が聞いた。

「牡鹿《おじか》半島の先のあたりです」

戸部が答えた。

そのときはひとことも口を利かなかったさくらが、板場にいる女将に道順らしきものを聞いているところを目撃した。比較的簡単な道のりらしく、すぐに納得したようだった。

倉沢は彼女が人に礼を言うところを初めて見た。

　さくらの運転は、覚悟していたほど乱暴ではなかったので、倉沢は強張《こわば》りかけていた背中の緊張が解けるのを感じた。晴香とハンドルの奪い合いにでもなったら、止める自信がなかったからだ。

「朝ご飯も美味《おい》しかったね」

　バックシートに座る晴香が努めて明るく言う。戸部は、詳しい事情は説明していないと言っていたが、晴香も勘のいいほうだ。さすがに昨日一日戸部親子と同行して、「何かある」と感づいたのかもしれない。

「ただの海苔《のり》があんなに美味しいとは思いませんでした。朝のご飯をお代わりしたのは何年ぶりですかね。やはり、ファクシミリも電話も来ないところでよく眠れたせいかもしれません」

　最期の朝食と覚悟したからではないか——。

　その人生の終点が目前に迫っているかもしれないことを知りながら、純粋に休暇をくつろいだようにしか見えない。どこまでいっても、倉沢には底の知れない男だった。

　カーナビの調子が悪く、使いものにならない。それでも、さくらは半島に入ってからほとんど迷うこともなく車を走らせた。現地の地理は事前に調べておいたのかもしれない。

「散骨」という言葉はよく聞く。たとえ身内であれ、焼いた人の骨を撒くという行為は法的に認められているのだろうか？　倉沢はさびしくなっていく景色を眺めながら、そんなことを考えていた。

今はそんな法律問題はどうでもいい。娘が父親を殺すと誓っているのを、殺される本人も付き添い人の自分も知っていてなすがままにしている。正気の沙汰《さた》ではないかもしれない。

やがて国道から逸《そ》れ、細い道はしばらくくねくねと続きとうとう行き止まりになった。数台分の車止めスペースがあるだけだ。切り返しで頭を入れ替えなければバックできないような場所だった。

エンジンを切ると何の物音も聞こえなくなった。

「降りて」

さくらが言った。

どうやってこんな場所を探したのだろう。あとで、昼にラーメンでも食いながら聞いてみよう。それまで何人残っているかわからないが。

倉沢以外の三人はほとんど横並びの身長だった。彼らより頭ひとつ高い倉沢が見渡しても、墓地どころか地蔵すら見当たらなかった。本当に海へ撒くつもりらしい。

誰も何も問わなかった。さくらはハナに何か言い含め、車に残した。次にスーツケースを取り出し、持とうとする戸部の手を振り払った。

終点は近いのかもしれない。

ハナ以外の、人間と昔人間だったものは、さくらの進むまま車道の行き止まりからさらに進んだ。まばらな松林を抜ける。三十メートルほど歩くと、急にあたりが開けた。膝丈《ひざたけ》ほどの雑草が茂っている。さらに遊歩道のような小路を数メートルも進めばそこが地面の果てだった。

やや高台になった海岸だ。視線の向こうには海が見える。断崖《だんがい》というほどではないが、数メートル下に波が打ち付けている。

朽ちかけた、腰ほどの高さの手すりで行き止まった。その先には海しかない。その場所は、しゃもじの半分から上のような形に海に突き出した土地で、三方が海に囲まれている印象を受ける。遠くに見える建物が原子力発電所かもしれない。

風が右から左に吹き抜けて行った。

手の届きそうなところに島がある。こんな状況でなかったら、ピクニックシートでも広げたいような気持ちのいい日だ。

さくらはスーツケースを地面に降ろし、蓋《ふた》を開けた。大きめの広口瓶のようなものを取り出すのが見えた。中には白いものが三分の二ほど入っている。母親の遺骨に違いなかった。普通の骨壺《こつぼ》を想像していた倉沢はじっとそれを見た。戸部の表情にもわずかに驚きが浮かんでいた。これならば、スーツケースが倒れても、さくらがあわてなかった理由もわかる。

さくらが瓶の蓋をひねって開けた。

瓶本体を左手に抱え、右手でフリスビーのように蓋を放った。勢いよく飛んで行った蓋は、海面に吸い込まれる寸前、陽の光を反射してきらりと光った。

さくらはほとんど役目を果たしていない手すりを越え、瓶を両手で持った。晴香が止めようと足を踏み出したが、戸部が右手を広げて遮った。

彼女は海に突き出すように持った瓶を逆さにした。白い粉が風に舞った。比較的大きな破片は斜めに落下して行き、粉は天空に舞った。灰色のしみのように広がったそれは、空中にそしていつしか海面に溶け込んで消えた。

しばらく空を見上げていたさくらはふと思い出したようにガラスの瓶を思い切り放った。瓶は、数秒後小さな白い泡を残して海中に沈んだ。

手すりを越えて戻ったさくらは、もう一度スーツケースのそばにひざまずいた。

倉沢は、儀式はすでに終わって、あとはただ蓋を閉じて持ち上げるものだと思っていた。

しかし、さくらは再び何かを取り出した。

紺色のビロードのような布に包まれた中身を取り出す。彼女が手にしたそれは透明で光っていた。重そうに両手で抱えた物体は直径も高さも十センチほどのスノードームのように見えた。

さくらは、人がうずくまったほどの大きさの岩にハンカチを敷き、その上にスノードームを置いた。

戸部と晴香は目をこらしたようだったが、倉沢にはよく見えた。

確かにそれはスノードームによく似ていた。しかし、中で舞っているのは雪ばかりで、サンタクロースも、トナカイも、樅《もみ》の木もなかった。しかも、一見雪のような白い粉末は、粒の大きさがまちまちだった。

倉沢には、その中身がたった今さくらが撒いた遺骨と同じ物に見えた。近くで覗《のぞ》き込んだ晴香と戸部が相次いで息を呑《の》むのがわかった。

「お母さん」

さくらが誰にともなく紹介した。

「少し取り分けて、ずっと一緒にいることにした。私のたったひとりの家族だから」

戸部が食い入るように視線を注いでいた。

「最近、納骨せずに手もとに置くというのは聞いてはいたが、見るのは初めてだ」

戸部が貴重な骨董品《こっとうひん》でもあるかのように目をこらしていた。それはアクリルのような素材で遺骨の破片を永遠に閉じ込めたものだった。

「とぼけたこと言ってんじゃないよ。さあ、謝れよ」

さくらの右手には、いつのまにか刃物が握られていた。薄くて華奢《きゃしゃ》なつくりだ。刃渡り十二センチほどの普通のプティナイフに見えた。

道中はそれでもずっとこらえていたのかもしれない。その憎しみがとうとう抑えきれなくなって、溢《あふ》れ出て来ているようだった。

「どうせ、育てるつもりもないくせに生ませたんだろう？　毎月金送ればそれでいいのかよ。うちらがどんな生活してきたかわかんのかよ」

自分で喋《しゃべ》るうちに興奮してきたらしく、ナイフの先が震え始めた。

「早く謝れよ。お母さんに。それが終わったら、刺して、海へ突き落としてやる。お母さんの灰を撒《ま》いた海で腐って死ねばいい」

倉沢はさくらがすぐに刺すとは思えなかった。これまでに溜《た》めた恨みを全部はき出すのが先のはずだ。もう少し時間はある。

今は晴香を視線の隅で観察する。最初の驚愕《きょうがく》がすぎれば、止めに入るだろう。倉沢はむしろその先のもみ合いを止めようと思った。

ほどなく、戸部が草の上に膝を折り、正座のような形で座った。そのまま両手をつき、頭を下げた。

「すまなかった」

「そんな謝りかたじゃ許さねえよ」

興奮しているとき、相手が素直に謝罪するとかえって人は逆上するものだ。倉沢は、予想したとおりにことが運ぶのを不思議に冷めた視線で眺めていた。

「もう、いいだろう？　人を刺すなんて寝覚めが悪いぞ。と言っても俺だって刺した経験があるわけじゃないけどな」

倉沢はさくらに近づき、左手を差し出した。

晴香が態度を決めかねている今なら収拾がつく。晴香まで逆上しては倉沢ひとりで制止できる自信がない。苦し紛れに一か八か冗談でも言ってやろうかと思ったとき、視線の隅で何かが動いた。

そちらに目をやる。松林の中。人影、そして突き出された腕の中で光るもの。

あの木の陰だ――。

「いいかみんな、そのまましばらく動くな。戸部さんは謝るふりを続けてくれ。俺が戻るまで、君も刺しちゃいけない」

倉沢のささやくような、人を食った申し出に皆の動きが止まった。さくらさえ、目的を一時忘れたようだった。

倉沢はなるべく自然に皆のそばを離れた。手すり沿いにぐるりと回って死角に入るような位置を探した。気のないふりでようすをうかがう。また、ちらと見えた。手に持っているのはカメラに違いない。距離は三十メートルほどか。ちょうど一塁までの全力疾走だと思えばいい。

倉沢は息を整えて、走り出した。

11

走り寄る倉沢に気づいて男は身を翻した。

松林をよたよたと走って行く、毎日走り込みを続けている倉沢はみるみる距離を縮めていく。駐車スペースに出て、車に乗って逃げられては捕まえられない。

倉沢は無言で走った。追いかけながら叫ぶのは無意味だ。ほとんど飛びかかれば届きそうな距離まで詰めた。

男がブルーバードのドアに手をかけるのとほとんど間をおかず、倉沢がドアの前に立ちはだかった。

「珍しいところで……、会いますね、藤島さん。……高速で聞いた、話の続き、……聞いてもいいですか？」

息を整えながら、できるだけ平静に聞こえるよう努力した。

「え？　何？」

「ゴルフ帰りに、……置いてけぼりを食った、男の話」

「え？　ああ、置きざりにされた話？　どうしたかって？」

突然まったくこの場に関係のないことを聞かれて藤島は戸惑っていた。倉沢の表情は、ごく普通の会話をしているようにしか見えなかった。

「……まあ、たいしたオチじゃないんだ。実はすでにもうひとりゴルフ場で置いてけぼりを食った奴がいて、タクシーで追っかけてきたそいつに拾ってもらったっていう笑い話だよ」

話すうちに他のメンバーも周りを取り囲むように集まった。

「あなた、どちらかの記者ですか？」

戸部が穏やかな口調で聞いた。

「フリーのライターですよ。といっても、ほとんどは流文舎さんのお世話になっていますが」

「流文舎というと例のすっぱ抜きの？」

戸部は知っているようだった。

「ええ『大人の囁《ささや》き』の専属記者をやってます。本名は沼田といいます」

晴香が露骨に顔をしかめた。

大人数に囲まれたことでかえって開き直ったのか、沼田は落ち着きを取り戻したように見えた。

「SA・KU・RAが新曲のレコーディング前に二日も休みをとったという情報が入ったんです。それもダダをこねて強引に休んだらしい。マネージャーもつけない完全オフらしいってね。事務所じゃかなり神経遣ったみたいだけど、まああちこちいろ鼻薬は利かせてますから」

さくらの目つきが、先ほどの戸部を睨《にら》んでいたときとおなじくらいにきつくなっていることに気づき、倉沢の背中が強張《こわば》った。

「普通、こういうケース――っていうのはつまり、デビューしたての新人、特に女の子が『これから』って時期に意味不明なキャンセルをしたり失踪《しっそう》騒ぎ起こしたりするのは、ほとんど男が絡んでるんですわ。今まで付き合ってた男が、相手の娘がデビューすると急に妬《や》いて難癖つけるんです。こいつはひさびさのスクープいただきだって、血が騒ぎましたね」

どひゃどひゃ、と笑う。笑い声は作りものではなかったらしい。

「しばらくあとをつけてみると、秘密の恋の逢瀬《おうせ》にしちゃ付録が多すぎる。しかもそのうちのひとりは、あの元本格派投手の倉沢修介だ。なんのわけだか豚までいる。なんだかようすがおかしい。もしかしたら、恋愛ものより面白いかもしれない、とワクワクしてたら、今度は乗り逃げでしょう？　もう、なんていうか記事をあきらめたわけじゃないですが、首を突っ込まずにはいられませんでしたよ」

ハンカチを出して汗を拭《ぬぐ》った。

「昨夜、山道で野宿した甲斐《かい》があった。この次はもう少し町中で泊まってください」

「渡しなよ、写真。撮ったんだろ？」

さくらと晴香が実力行使に出る前に、倉沢が手のひらを差し出した。

「冗談じゃない。あなたにそんな権利はないでしょう。報道の権利を否定するんですか」

再びどひゃどひゃと笑った。倉沢はつられて笑う気分ではなかった。

「何が報道の権利だ。ただの覗き見じゃないか。悪いことは言わない。そのデータを消せ」

まだ薄ら笑いを浮かべている。

「撮ったよ。撮ったけど渡せないね。脅されていちいち返してちゃ、スクープなんかモノにできないさ。それに、昨日途中で連絡つけていろいろ調べさせた。何年か前に死んだ父親は実の親じゃないとかね。面白いことがわかった。結構いけますよ、これは。明日の朝の入稿に間に合えば、来週発売の号にはばっちりだ」

よほど満足だったらしく、鼻をふくらませて心持ち身を反らせた。

「二十年前に見捨てられた実の父親に包丁を突きつける美人アイドル歌手、ってね。みんな喜ぶんだよ、そういうの」

馬鹿な奴だ――。

倉沢は晴香が短気をおこさないようになだめるつもりで脇を見て、その向こうにいるさくらの目に気づいた。相変わらずナイフを手にしているが、切っ先は震えていなかった。

もう止められないかもしれない――。

「おい。本名なんかどうでもいいけど、覗《のぞ》き屋のあんた。悪いことは言わない。すぐにデータを消しなよ。この状況がわかるだろう？　身体張ってモノにするほど価値のあるネタじゃないだろうが」

「おたくもくどいね。覗き見だから売れるんだよ。他人が、特に有名人が泥にまみれるのは蜜《みつ》より甘いんだよ。苦労して、こんなところまで運転手してきた甲斐が……」

さくらが一歩前に踏み出した。倉沢が間に踏み込んだ。

「ついでにお前もぶっ殺す」

さくらが沼田を睨みつけたまま言う。倉沢が先に答えた。

「もういいじゃないか。どうせ歌手は辞めたいんだろう？　これでさばさばするさ。あとでこの男を逆に訴えればいい」

沼田がいつのまにか取り出したデジタルカメラのレンズを、挑発するかのようにさくらに向けた。倉沢はそれを叩《たた》き落とした。

「何するんだ！　そんなことして、こっちこそ訴え……」

「ふたりとも馬鹿な真似はもうやめろ」

倉沢が大声だが落ちついた口調で言った。そしてさくらに向き直った。

「俺もよく『馬鹿』呼ばわりされるけどな、君ほどじゃないぞ」

「うるさい」

ナイフの先を倉沢に向けてもう一度沼田に戻した。

「自分は死ぬんだよ。どうせ」

「死ぬなら、誰も巻き添えにしないでどこか遠くで死んでくれ。昨日も言っただろう？それなら止めない。それとも、ウチに来て雨樋《あまどい》の掃除でもするか？」

「ふざけんな、勝手について来たくせに」

「戸部さんは君のことを心配して僕らを呼んだ」

「それがうざいって言ってんだよ」

プティナイフの先で沼田を招く。

「お前、来いよ。来ないならこっちから行く」

「私のことは好きにしていいから、他の人たちを傷つけるのはやめてくれ」

戸部の声が聞こえた。このややこしいときに割り込まれるとよけいに話が混乱する。ちらと視線を向けると、晴香が戸部の腕を摑《つか》んで動きを止めていた。

そこまで気がまわったなら、口も閉じさせておいてくれ——。

ただし、スタンガンにはまだ早い。

「さくらちゃん、聞いてくれ。それ以上のことをしたら、このクズ野郎の思うつぼだ。もう気が済んだだろう。豚とサヨナラできない人間に人を殺せるわけがない」

しきりに戸部が前に出ようとしているのが視界に入った。そちらに気を取られた一瞬だった。

「じゃあ俺は行くよ。来週の『大人の囁き』楽しみに……」

半身になった沼田が言い終える前に、さくらの右手の先が閃《ひらめ》いた。

「？」

反射的に顔を背けた沼田が、違和感を覚えたらしく頰に手を当てようとした。それを待っていたかのように血が噴き出した。右の頰に十センチほどの裂け目ができている。

「うわあっ、なんだ」

沼田は真っ赤に染まった手のひらを見、二、三歩あとずさりしてしゃがみ込んでしまった。

「なんてこった」

倉沢がうめいた。

「……誰か、警察、いや救急車」

沼田は頰を触っては出血を確かめ、わめいている。

戸部が素早く携帯電話を取り出したが、表示を見て首を振った。

「圏外です」

倉沢は沼田に手を貸して立ち上がらせた。事態の急変に、晴香もタオルや応急セットを出すため、あわてて車のドアを開けた。倉沢には大げさとしか感じられない騒ぎの沼田を、晴香がタオルを当てて止血しようとしている。

倉沢はさくらを見る。ナイフは持ったまま、肩で息をしている。

「次はお前だ。さっきの場所に戻れ。血を流して泣いて謝ってるところを見ながら死んでやる」

戸部に向けていた。

もはや実力行使しかないかもしれない。倉沢は晴香に視線で合図を送ろうとした。

突如、悲痛な鳴き声が響いた。

晴香が開け放しにしていたドアから、ハナが仲間に加わりたくて出て来てしまった。血の臭いを嗅《か》いで興奮したのか、自分の車に戻りかけていた沼田の足もとを嗅ぎ回ったらしい。血が上った沼田がそのハナを力まかせに蹴飛《けと》ばした。

一メートルほど飛んだハナは甲高く鳴いて走り去った。

「ハナ!」

さくらが叫ぶ。

馬鹿な——。

倉沢は胸の内でうめいた。

ずっと拭《ぬぐ》うことのできなかっためまいの原因が、意識の中で鮮明な形になってゆく。

すべてがぶちこわしになる。あのときのように。


——西野、あぶない!

叫ぶ間もなかった、すでにホームに進入し脇を走り抜けてゆくオレンジ色の車体に、酔ってよろめいた真佐夫の頭が触れた。

触れたと思った瞬間、はじき飛ばされるように真佐夫の身体が転がった。修介が駆けよったとき、彼の頭の皮は手のひらほどにも剝《む》けて、白い頭《ず》蓋骨《がいこつ》が露出していた。立ちつくしている修介の足もとにまで血だまりが広がっていく。

修介はぴくりとも動かない真佐夫の脇にしゃがみ込んだ。

「救急車だ」「動かさないほうがいい」周りで叫ぶ声が次第に遠のき、何も聞こえなくなった。真佐夫の血がついた左手を見た。まるで意志を持った別な生き物のように猛烈に震えていた。

「やめて！」

晴香の叫び声に我に返った。

瞬く間のことだったらしい。羽交い締めにしている晴香を振り切って、戸部がさくらに追いすがろうとしているところだった。ハナを蹴飛ばされて逆上したさくらが沼田に迫っている。

倉沢は反射的にさくらと沼田の間に身を割り込ませた。一度だけ戸部が掴んだ腕を振りほどいて、さくらがナイフを横なぎに払った。

「あっ」

晴香が叫んだ。

五人の動きが止まった。倉沢の周りの音が消えた。

やがて倉沢の耳に戻って来たのは、草むらを渡る風の音と、のどかな潮騒《しおさい》、そしてうめき声だった。

「……おお」

その声は自分の頭の中から響いた。

さくらのナイフが傷つけたのは、沼田を庇《かば》おうと突き出された倉沢の左手だった。

「倉沢さん！」

晴香が、倉沢に走り寄った。倉沢はうずくまり、左手を腹のあたりに抱え込んだまま、言葉にならない声をあげているだけだった。

「倉沢さん！」

晴香がもう一度叫び、腕を見ようとした。

「大丈夫？　どのくらい切った？」

倉沢自身が左手を握りしめている右手の指の隙間から、まるでスポンジでもしぼるように血がしたたっている。

「タオル！　タオル貸して！」

晴香の剣幕に、沼田がさっき渡されたタオルを突き出した。

「見せて！」倉沢に怒鳴る。

「痛いよ。ちきしょう、痛い……」

痛がる倉沢の右手をどうにか解くと、左手首の元から三センチほど下のあたり、中央から側面にかけて、ぱっくりと裂けていた。

「！」

晴香の身体が硬直した。

倉沢も他人《ひと》ごとのように、自分の傷口を覗《のぞ》いた。次々と血が湧き出るその切り口は、まるで獲物を仕留めた魔物が笑っているようにも見えた。

「さくらを、ナイフを……」

「ナイフは取ったよ。よけいなことは言わなくていいから」

晴香が腕の付け根を止血しようとしている。

——兄貴、頼みましたからね。

場違いな声が聞こえた。

「田中。結局ダメだったな」

すでに朦朧《もうろう》となった倉沢がうなされるようにつぶやいた。

脇で見つめる真佐夫の姿を見たような気もしたが、声はかけなかった。

12

ずいぶん地味な蛍光灯に買い替えたな。

倉沢が目覚めたとき、最初に思ったのはそれだった。誰かが無断で替えたらしい。やがて麻酔の余韻から醒《さ》めるにつれ、ここはいつもの自分の部屋でないことに気づいた。

病院特有の匂いが漂っている。

急激に潮が満ちるように記憶が蘇《よみがえ》り始めた。そうだ。皆で大騒ぎして病院に担ぎ込まれ、そのまま手術を受けることになった。痛みと出血で朦朧となっていたので、ただ、されるがままに身をまかせていた。酸素吸引マスクのようなものを口の周りに当てられたところで記憶は跡切《とぎ》れている。

ここは病院だろうか？

顔を横に向けると、窓の向こうに見たことのない風景があった。高さは三階あたりか。

遠くには山も見える。

そうだ、昨夜一旦《いったん》麻酔から醒めたあと、鎮痛剤を飲まされて、再び眠りに落ちたのだ。

ようやくそこまで思い出したとき、顔を向けている反対側から声が聞こえた。

「どう？」

いくぶんかすれて、ささやくような声だ。

「とうとう死に神のお迎えか」

窓に映った半透明の人影に向かって、倉沢がつぶやく。

「その情けない顔に免じて、今日のところは体罰は勘弁してあげる」

声は小さいが、いつもの晴香の声だった。

寝返りを打とうとしたところ、下腹部に違和感があった。

「なあ、晴香君。寝てる間に、大切なところに変なものを突っ込まれたらしい。……早いところ看護師呼んで、さっさと抜くように頼んでくれないかな」

ベッド脇に立っていた晴香が腕組みをほどいた。

「目が覚めるなりいろいろうるさいわね」

苦労して首から上だけを晴香に向けると、ナースコールボタンを押すところだった。

「なんなら、君が抜いてくれてもいいよ。やさしく頼む」

「もう一回私にそんなことを言ったら、本体ごとひっこ抜くから」

倉沢のかさかさの唇に笑みが浮かんだ。

「馬鹿ばっかり言ってないで。それより傷はどう？」

「どうと聞かれても、これじゃあな」

左手の肘《ひじ》から先は包帯のようなものでぐるぐる巻きにされて、太さが三倍ほどにもなっていた。ぴくりとも動かせない。

「痛む？」

「うずくような感じがするけど、よくわからない」

「機能は完全には回復しないかもしれないそうです」

廊下にいたのか、戸部が入ってきた。

倉沢も、ようやく部屋の中を見回す余裕ができた。六人部屋のもっとも窓際のベッド。使われているのは倉沢を含めて三台ほどのように見えた。

「まだ、石巻の病院ですか？」

そのとき、晴香が押したナースコールに応《こた》えて、女の看護師が入ってきた。

「目が覚めました？　どこか、しびれるようなところはないですか」

言葉遣いはほとんど標準語だったが、そのアクセントを聞いて、東京に戻っていないらしいことがわかった。

「肘から先、全部しびれてます」

「それはしょうがないわね」

頭がかゆい、とでも聞き違えたのかもしれない。

手順に従って看護師が倉沢の身体をいじりまわしている間、晴香と戸部は廊下で待っていた。

「あとで、先生が巡回に見えますので。詳しいことはそのとき聞いてください」

特徴のある語尾でそう言い残して、看護師は慌ただしく出ていった。

「昨日あのあと、ここに運ばれてそのまま手術を受けました」

戸部が続きを説明する。

「お世話になりました」

ほかにもっと気になることがあった。

「さくらちゃんは？」

「警察です。昨日、逮捕されてまだそのままです」

排尿用のカテーテルは抜いてもらえたが、腕にささった点滴用のものは抜いてもらえなかった。まだ、処置を受けるということだろう。

「あなたにはお詫《わ》びのしようもありません」

戸部がベッドにつきそうなほど、深々と頭を下げた。

倉沢は小さく一度うなずいた。

「さくらちゃんどうなります？」

「そうですね。起訴されれば裁判になるでしょう」

「法律の詳しいことはわかりませんが、よく『不起訴』って聞きますよね。ああいうのはないんですか？」

「検察次第です」

「私が『告訴しない』って言えば済むんじゃないんですか？」

「ふふ。そんなに単純なものではないですよ。傷害罪は親告罪ではありませんから」

「すみません。たぶん麻酔のせいだと思うのですが、意味がよくわかりません」

「つまり、被害者が訴えようと訴えまいと、罪に問われる……」

そのとき、倉沢は本当にまだ麻酔が切れずに幻を見ているのかと思った。明日地球が二つに割れる、と宣言されても取り乱すことがないと思っていた戸部の目に、涙が浮いていた。

「……倉沢さん、これだけは信じてください。私は自分の身代わりにあなたをたてようなどとはまったく考えていませんでした」

「そんなことはわかっています」

「あとのことになりますが、償いはいかようにも……」

脇で、もうひとり鼻をすする音が聞こえた。倉沢はやりきれなくなった。

「なんだか、嫌な展開ですね。本当は自分は死んでいて、抜け出した魂だけが自分のお通夜を脇から見ているような気分だ」

さっきの看護師が慌ただしく戻って来た。

何か忘れ物だろうかと思ったが、同室の他の患者から順に体温計を渡し始めた。単に正規の巡回のようだ。

「さ、そろそろお引き取りくださいね。本当は面会は午後一時からですからね」

看護師にやんわりと追い出されることになった晴香が倉沢の右手にそっと触れた。それで思い出したことがあった。

「戸部さん」

立ち上がって身支度を始めている戸部が動きを止めた。

「何でしょう？」

「さくらちゃんには、サービス業は向かないかもしれませんね」

戸部の顔が歪《ゆが》んだので、倉沢はあわてて付け加えた。

「それと、こんなときにせこい話題ですみませんが、約束どおり借金の棒引きをお願いします。晴香にもう一本の腕も折られたら、車の運転が少しばかり不便ですから」

「性格は手術でも治らなかったみたいね」

帰り際に晴香が言い残した。

ふたりが去った後、倉沢は窓に顔を向けたまま顔の表情すら変えずに横になっていた。時計を見ることもなく、死んだように動かなかった倉沢が一度だけため息をついた。

そしてまた、じっと景色を眺め続けた。

13

「残念すね。せっかく試合で投げてくれる気になってたのに」

倉沢のまだ完全には包帯の解けない左手を見ながら田中が言った。

伸筋腱《しんきんけん》断裂。

特に第一指から第三指までつまり親指から中指までは、軽い物を持つ程度の機能しか戻らないと宣言されている。本格的な手術を受けに渡米を勧める昔の知り合いもいたが、倉沢はそのつもりはなかった。

「別に約束してたわけじゃないぜ」

「今さら照れなくたっていいすよ。どっちみち、夢は消えましたから」

「他人をアテにした夢なんか見るなよ」

倉沢は左手でゆるくスローイングする真似をして、とたんに顔をしかめた。

「くそう、痛てて。このありさまじゃ、草野球も無理だな」

久しぶりに事務所を開けた『ヴェスタ・サービス』のソファに腰掛けて、田中はうつむいている。

「でも、やっぱり見たかったすよ……。投げるとこ」

「本当を言うと、そのノンプロ野郎に目にもの見せてやりたかったけどな」

「俺もっすよ……。ちくしょう」

田中が誰に言うとでもなくつぶやいた。

さくらは逮捕後送検されたが、結果はまだ出ていない。戸部の雇った弁護士は、不起訴か悪くとも起訴猶予だろうと見通しを立てていると聞いた。倉沢の出した嘆願書の効果があったのだと晴香は言っているが、倉沢自身は根拠のある話だとは思っていない。

沼田は仙台の病院に移り、抜糸が済むまでホテルに滞在した。当然ながら費用はすべて戸部が負担した。慰謝料を払う申し出もしている。それでも沼田は告訴を取り下げなかった。

永遠に消えない勲章として、沼田の右頬の傷は残りそうだった。

「他人に聞かれるたびに大げさに脚色して話すよね。あいつ」

晴香が憎々しげに言った。

沼田の撮った写真と記事はそのまま暴露ネタが売りの週刊誌に掲載された。倉沢に対する傷害事件で、皮肉にも話題性は倍増した。

さくらの短い芸能生活はあっけなく終わる可能性が強い。少なくとも、レギュラー出演していた番組はさくらの登場するシーンを急きょカットしたらしい。このまま降板は間違いないだろう。シングル発売の話も同様だ。急に空きができたレコーディング・スタジオはすでに別な予約で埋まったに違いない。

不思議なことに誰もそれを悲しんでいなかった。戸部も、聞くところによればさくら本人も。

戸部はそれまでと変わりなく会社を運営している。個人の悲喜劇と企業活動はまったく関係ないというのが戸部の主義だということを倉沢はあらためて思い知ることになった。

戸部から「アリエスの持ち株を半分譲り渡す。共同経営者として迎えたい、もちろん名目だけのことで、あなたは働く必要はない」と申し出を受けたが、倉沢は断った。

当然のごとく、晴香が「馬鹿」を連発した。

記事を読んで倉沢のもとに仕事の問い合わせが何件か来たのは皮肉だった。もっともしばらくは力仕事などできる見込みもなかったが。

「まあ、そうしょぼくれるなよ。そんなに嘆くほどのことでもない」

あれ以来左手の震えが消えて、いつも何ものかに追われていたような息苦しさが消えた。しかし、その始まりを誰にも告げなかったように、終わりも自分だけの秘密にしておくことに決めていた。

「それよりなあ……」

倉沢は、なかなか切り出せなかったことの決心がようやくついたようだった。

「二代目を見込んで、頼みがあるんだけどな」

「兄貴こそ……その呼び方は勘弁してくださいよ。……それで、なんすか？」

顔を上げた田中はさりげなく、目尻《めじり》のあたりを拭《ぬぐ》っている。倉沢は気づかないふりをして、軽い口調で言った。

「左手はたぶん、リトルリーグでも使いものにならないと思う……、だから、右手で練習してみようと思うんだ」

　突き出した右手を握って開いた。

「右手……？」田中がようやく顔を上げた。

「そうだ、右手だ」

「だって……」

「俺は元々右手だってそこそこ使ってたしな。お前さんとこのピッチャーのヒョロヒョロ球を見てたら可哀想になっちまった。まだ俺の右のほうがましだぜ。だからな、いつかみたいに怒らないでボールを受けてくれないか。右だって、一応真面目に投げる」

「兄貴……」田中の顔が歪みかけた。

「どうした、クシャミならあっち向いてしてくれ。傷口からバイ菌が入るからな」

「ねえ、少しは真面目に話したら」

　晴香が田中の味方をして、背中に手を置いた。

「俺、だって……、晴香さん、俺知ってんすよ。最近じゃほとんど一日も欠かさず走り込みしてたんすから。それなのに、悔しいす。どうにかできないのかな……」

　田中は右腕を目に当てて、またうつむいた。

「ほら、甘やかすから泣き出したぞ。……お前さんもあきらめが悪いね。それに、そうやって『すかすか』言われると、悲惨さが薄れるような気がするぜ。右投げのボールじゃそんなに悔しいか？」

田中はすばやく首を振った。

「一四五グラムでした」

「なんだ、急に」

「硬球の、重さっすよ。兄貴だって、正確な数字は、言えなかったでしょ。調べました。悔しいから。規定だと、公式ボールは一四一・七から一四八・八グラムの間。妙にハンパなのは、もとの基準が、オンスだからすね。この前、兄貴にもらった、ボールで量ったら……」

「なあ、二代目。鼻をすするか説明するか、どっちかにしてくれないか」

「……量ったら、三つともほとんど差はなくて、約一四五グラムでした。意外に軽いんすよ。いつも食ってるランチのハンバーグでさえ一五〇グラムあるのに」

「何だよ、何がいいたいのかよくわからないぜ」

「どうせ兄貴はいつだって何もわからない」

「晴香、この男どうにかならないか。泣いてたかと思えば絡んでくる。期待してたエースのあてがなくなったんで、壊れちまったらしい。俺だってまだリハビリ中なんだしさ」

「もういいよ。その話はまた今度ね」

晴香が田中の背中をぽんと叩《たた》いた。普段倉沢を叩く十分の一程度の力だった。

晴香はそのまま無言でうなだれる田中を促して外へ連れていった。

手持ち無沙汰《ぶさた》になった倉沢が、話し相手になってもらおうと、最近増えた居候を探した。目の届くところにはいなかった。自分から探しに行くのもめんどうで、座ったますっかり色の濃くなった桜の葉を眺めていると、いつのまにか晴香が脇に立っていた。

「ねえ、ひとつ聞いてもいい？」

「商売の見通し以外なら」

「あなた、利き腕で二度とボールが投げられなくなったっていうのに、どうしてそうやってへらへらしてるの？　ショックで本当に壊れちゃったの？」

倉沢は口の端を歪《ゆが》めて笑った。

「酷《ひど》いな。別にへらへらしてるつもりはないぜ。ただ……、ただ、俺も今さら現役復帰できると本気で思ってはいなかったけど、何かが起きるかもしれないっていう漠然とした期待を抱いちまった。田中におだてられてね。でもそれは楽しみなようで、実は息苦しかった。中途半端な希望は辛《つら》いだけだ。今度こそ決定的に可能性は消えた。肩の荷が降りたよ。さばさばした」

「嘘つき」

「馬鹿の次は嘘つき呼ばわりか？」

「さばさばなんかしてないでしょう。私にくらい、本当の気持ちを言ってくれたっていいじゃない」

「俺に何を期待してるんだ？　この左手を眺めてボロボロ泣けば気が済むのか？　辛くて立ち直れそうもないと言って、君の胸に顔でも埋《うず》めれば満足か？　俺は……」

もはや震えることのない左手を見つめた。

「俺は……、俺にもまだ、なくしてこんなに悲しいものが残っているとは、思わなかった」

最後のほうはわずかにかすれ声になった。

「これで満足か？」

晴香は窓の外に視線を向け、何も言い返さなかった。

もういい——。

二人とも口を開かず、再び部屋から音が消えた。倉沢は胸の内で誰にともなく続けた。

もういい。田中のやり場のない悔しさも、ほんとうはわかっていた。

たった百四十五グラムの硬球が西野のこめかみをくだいたとき、あの瞬間に、真佐夫と自分の選手生命は事実上終わっていた。そして真佐夫だけが、さらに孤独な場所へと去った。

とりのこされた自分は、夢から覚めるのを恐れ、もがいた。晴香や田中の差し伸べる手を振り払い続けて。夢など詰まっていないといいながら、握りしめたそいつをいつまでも放せずにいた。

そいつ——五オンスから五と四分の一オンスのあいだ。十五歳のときに練習で触れて以来、このちっぽけなボールが希望と失意のすべてだった。

一度、大きく息を吐いた。

「すまない。真佐夫の見舞いにもまだ行ってない」

「いいよ。どうせずっとどこにも行かないし、あなたみたいな意気地なしがいきなり見たらショックで寝込むからさ」

さびしげに笑う。両親も、真佐夫の一件で老いたと聞いた。ひとりで抱えるには少し荷の重い人生かもしれない、と思った。気分を変えようじゃないか。

「田中なんかどうだ」

卑怯《ひきょう》だという自分の声が聞こえたが、他にうまい言葉は見つからなかった。

「どうって?」

「こんな会社のことは忘れて、結婚するっていう手もあるぜ。田中はいい奴だよ。あれで意外に頼れる。物好きにも君のことが好きらしい」

「いい人なのはわかってる。誰かさんより、百倍も優しくて大人だよ。だから、ああいう人には可愛らしい彼女が似合うと思う。いくら美人でも最後は腕力で決着つけるような女は向かないのよ」

倉沢は噴き出してから、痛そうに左手を抱えた。

「頼むから、あんまり笑わせないでくれよ。傷口が開いちまう」

「怪我人だからって、絶対殴らない保証はないからね」

「わかったよ。……だけどな、そんなこと言ってたら、君に向いてる男なんて世界中探してもいないと思うぜ」

「いるかもしれない。ひとりだけ知ってる。世界一ダメな男」

「なんだか嫌な予感がする。悪いことが起きる前は、背中が強張《こわば》るからわかるんだ」

「ひとりじゃ何もできない、身体が大きいだけの子供がいるのよ。この辺に」

「この辺ってどこだ？」

倉沢は、窓の外を眺めるふりをした。

「たぶん俺の知らない奴だな」

晴香はつかつかとホワイトボードの脇に歩み寄って、マス目の模造紙を乱暴に剝《は》がした。

それをくるくると巻き、再び倉沢のところに来て巻いたまま顔の先に突きつけた。

「さあ、ポイントが溜《た》まったから、責任取ってもらいましょうか」

「何をどうやって取ればいいんだ。金はないぜ」

のけぞった倉沢が目をむいて聞いた。

「そんなのは従業員の知ったことじゃない。そうでしょ、社長さん」

丸めた模造紙で倉沢の頭をポンと叩いた。そのまま弾みをつけて、倉沢のすぐ隣に座り込んだ。

「そんなに近くに寄らないでくれ。彼女がやきもち焼くだろう」

「大丈夫。向こうでお昼寝してるよ」

「なんだ、だったら襲えばよかった。意外にいい身体してるんだ」

「馬鹿なこと言ってないで。さ、未払いの給料、耳を揃えて払ってもらいましょうか。それとも……」

睨《にら》むように倉沢の目を覗《のぞ》いた。虹彩《こうさい》の模様が見えるほど近くに瞳《ひとみ》があった。

「たまには、私を泣かせるような気の利いたセリフを聞かせてよ。それまで、ここから一歩も動かないからね」

その時、昼寝から覚めたらしいハナが、満足そうに鼻を鳴らした。

わずか百五十グラムに満たない小さな白いボール。

彼はそれを、とても速く正確に投げることができた。

しかし、優雅とさえ呼ばれたその左腕で、再びボールを投げることはおそらくない。

今では悲しむ人間も数えるほどしかいないのかもしれない。

彼がかつてカクテル光線を浴びて投げたという事実は、時間が経つにつれてきっと人々の記憶から消えていくだろう。

それでも、
私は忘れない。

私の身体の中の一番深いところに焼き付いて、消えることはない。

数万の視線をただ一点に集めて、彼が私の兄を三振に仕留め、ガッツポーズの拳《こぶし》を突き上げていた姿を。

憎らしいほど輝いていたあの日の姿を。

彼が――、
夜よりも長い夢の中でもがいているのなら、
私はおなじ夢を見ることはできない。
ただ、寝顔を見ながらその枕もとに佇《たたず》むだけだ。

本書は、二〇〇六年五月小社より単行本として
刊行された作品に、加筆修正し文庫化したものです。

145gの孤独《こどく》

伊岡《いおか》 瞬《しゅん》

平成21年 9月25日 初版発行
令和5年 12月20日 32版発行

発行者●山下直久

発行●株式会社KADOKAWA
〒102-8177 東京都千代田区富士見2-13-3
電話 0570-002-301（ナビダイヤル）

角川文庫 15876

印刷所●株式会社KADOKAWA
製本所●株式会社KADOKAWA

表紙画●和田三造

●お問い合わせ
https://www.kadokawa.co.jp/（「お問い合わせ」へお進みください）
※内容によっては、お答えできない場合があります。
※サポートは日本国内のみとさせていただきます。
※Japanese text only

ISBN978-4-04-389702-5 C0193

◆◇◇

角川文庫発刊に際して

角川源義

第二次世界大戦の敗北は、軍事力の敗北であった以上に、私たちの若い文化力の敗退であった。私たちの文化が戦争に対して如何に無力であり、単なるあだ花に過ぎなかったかを、私たちは身を以て体験し痛感した。西洋近代文化の摂取にとって、明治以後八十年の歳月は決して短かすぎたとは言えない。にもかかわらず、近代文化の伝統を確立し、自由な批判と柔軟な良識に富む文化層として自らを形成することに私たちは失敗して来た。そしてこれは、各層への文化の普及滲透を任務とする出版人の責任でもあった。

一九四五年以来、私たちは再び振出しに戻り、第一歩から踏み出すことを余儀なくされた。これは大きな不幸ではあるが、反面、これまでの混沌・未熟・歪曲の中にあった我が国の文化に秩序と確たる基礎を齎らすためには絶好の機会でもある。角川書店は、このような祖国の文化的危機にあたり、微力をも顧みず再建の礎石たるべき抱負と決意とをもって出発したが、ここに創立以来の念願を果すべく角川文庫を発刊する。これまで刊行されたあらゆる全集叢書文庫類の長所と短所とを検討し、古今東西の不朽の典籍を、良心的編集のもとに、廉価に、そして書架にふさわしい美本として、多くのひとびとに提供しようとする。しかし私たちは徒らに百科全書的な知識のジレッタントを作ることを目的とせず、あくまで祖国の文化に秩序と再建への道を示し、この文庫を角川書店の栄ある事業として、今後永久に継続発展せしめ、学芸と教養との殿堂として大成せんことを期したい。多くの読書子の愛情ある忠言と支持とによって、この希望と抱負とを完遂せしめられんことを願う。

一九四九年五月三日